新潮文庫

叶えられた祈り

カポーティ
川本三郎訳

新潮社版

7951

叶えられた祈り◆目次

叶《かな》えられなかった祈りより、叶えられた祈りのうえにより多くの涙が流される

——聖テレサ

叶えられた祈り

I

まだ汚れていない怪獣

この世界のどこかにフロリー・ロトンドという名前の非常に優れた哲学者がいる。先日、たまたま、小学生の子どもたちの作文を特集したある雑誌で、活字になった彼女の思考に触れた。

こういう内容だった。

――もし何でも出来るなら私は、私たちの惑星、地球の中心に出かけていって、ウラニウムやルビーや金を探したいです。まだ汚れていない怪獣を探したいです。それから田舎に引越したいです。フロリー・ロトンド。八歳。

可愛《かわい》いフロリー。きみが何をいいたいかよくわかる。たとえきみ自身はわからなくても。まだ八歳のきみにどうしてわかるだろう？

私は、私たちの住む惑星の中心に行ったことがある。少なくともそういう旅につきものの苦しみを味わった。ウラニウムとルビーと金を探した。その途中、同じものを探している人間たちを見た。だからフロリー、聞いてくれ、私は、まだ汚れていない怪獣に会ったことがあるんだ！　それに汚れてしまった怪獣にも会った。まだ汚れていない怪獣は、これまで見たことがないような珍しいものだった。たとえば、黒ではなく白のトリュフや、畑で栽培されているのとは違って苦味のある野生のアスパラガスのように。まだしたことがないのは田舎に引越すことだけ。

実は、この文章をマンハッタンYMCAで、備えつけの便箋《びんせん》に書いている。ここの二階にある、見晴らしがきかない部屋に一ヶ月ほど存在している。六階の部屋のほうが好きだったが――もし窓から外に飛び出す決心をしたら、すべてはもっと違うものになるだろう。たぶん部屋を変る。上の階に移る。いや移らないかもしれない。私は臆病《おくびょう》だ。しかし思い切って飛び降りるほど臆病ではない。

私の名前は、P・B・ジョーンズ。いまどちらにしようか迷っている。つまり、白分自身のことをここで書いてしまおうか、それとも、それはこれからの物語の流れのなかに徐々に織り込んでゆくか。できることなら自分のことは何もいわないでおきたい。いったとしてもほんの少しだけにしたい。この作品のなかで自分をただの報告者と思いたいから。自分を物語の登場人物にしたくない。少なくとも重要な登場人物には。しかし、たぶん自分のことから書き始めるほうが楽ではあるだろう。

いまいったように、私はP・B・ジョーンズと呼ばれている。年齢は三十五か三十六。年齢が確かでないのは、私がいつ生まれたのか、両親が誰なのか、誰も知らないから。わかっているのは、セントルイスの、あるヴォードヴィル劇場のバルコニーに捨てられていた赤ん坊だったということだけ。一九三六年一月二十日のこと。そのあとミシシッピ川を見渡す土手の上に立つ、質素な、赤い石で造られた孤児院で、カトリックの尼僧《にそう》たちに育てられた。

私は尼僧たちのお気に入りだった。頭がいい子どもだったし、美しかったから。彼女たちは、私が本当は本心を明かさない、表裏のある人間であることには気がつかなかった。また私が、彼女たちの単調な生活や雰囲気、香の匂《にお》い、食器を洗ったあとの汚れた水、ろうそく、クレオソートの匂い、汗の匂い、そうしたものをとても嫌っていることにも気がついていなかった。尼僧たちのなかでは、マーサのことが好きだった。国語を教えてくれた。彼女は、私には文才があると確信していたので、私自身もそう信じるようになった。にもかかわらず孤児院を逃げだしたとき、置き手紙をしなかった。それ以来、彼女に連絡をとることもなかった。これを見るだけで私がいかに冷淡で、いい加減な人間かがよくわかるだろう。

特にどこに行くというあてもないままヒッチハイクをしていると、白いキャデラックのコンヴァーティブルを運転している一人の男が車に乗せてくれた。鼻の曲がった、そばかすだらけの、赤ら顔をした、見るからにアイルランド人という感じの、たくましい身体《からだ》つきをした男だった。外見だけでは誰も彼がゲイだとは思わないだろう。しかしゲイだった。どこに行くのかと聞いた。私はただ肩をすくめて見せた。彼は私がいくつか知りたがった。私は、十八歳だといった。本当はそれより三歳若かったが。彼はニヤッと笑っていった。「そうか。俺は未成年者のモラルを堕落させるつもりはないよ」

まるで私にモラルがあるかのように聞えた。

それから彼はまじめな口調でいった。「お前さんは、なかなかハンサムなガキだな」。たしかにそのとおりだった。背は百七十センチ（最終的には百七十三センチまで伸びた）しかなかったが、たくましい身体つきでプロポーションもよかった。髪は茶色がかったブロンドの巻毛、目は緑が少し入った茶色、そしてアゴの線はみごとにくっきりとしていた。鏡で自分の顔を見ると私はいつも自信を持った。だからネッドが私を車に乗せたとき、彼がおいしそうな童貞の坊やを手に入れたと思ったとしても無理はない。ホー、ホー！　七歳か八歳かそこらでもう私は、年上の男の子や僧侶《そうりよ》たちなどあらゆる男たちと経験を持っていた。ある美男の黒人の庭師とも。実際、私は一種のハーシーの板チョコみたいな安手な男娼《だんしょう》だった――五セントのチョコレートがもらえるのならなんでもするといってもよかった。

ネッドと数ヶ月いっしょに住んだが、いまとなっては彼の姓のほうを思い出すことができない。エイメスだったか？　彼はマイアミ・ビーチにある大きなホテルのマッサージ師の主任だった――そのホテルは、フランス風の名前で、アイスクリーム色のユダヤ人たちのたまり場になっていた。ネッドは仕事を教えてくれた。それで彼と別れたあと、マイアミ・ビーチのホテルというホテルでマッサージ師をやって生活費を稼いだ。私はまた男女それぞれ何人か特別の客も持っていた。彼らにマッサージを施し、シェイプアップさせ、顔の美容をしてやった。顔の美容というのはほとんどがくだらないものだった。唯一《ゆいいつ》、効果があると思われたのはフェラチオぐらいだった。いやこれは冗談ではない。アゴの線をくっきりさせるにはあれよりいい方法はない。

たとえば私の助けを借りて、アグネス・ビアバウムは顔の輪郭をみごとによくした。ミセス・ビアバウムはデトロイトのある歯医者の未亡人だった。この歯医者は引退してフォート・ローダーデイルにやってきたが、そこで突然、心臓病で死んでしまった。彼女は大金持ではなかったがいくばくかのお金は持っていた。そして背中が痛む持病に苦しんでいた。はじめて彼女と知り合ったのは背中の痛みをマッサージで和らげるためだった。それから彼女とかなり長い間関係を持った。その間、通常の料金の他にいろいろな贈り物をくれたので、私は一万ドル以上の金を貯《た》めることができた。

いま考えると、このときこそ田舎に引越すべきだったのだ。

しかし結局、ニューヨーク行きのグレイハウンドのバスの切符を買ってしまった。スーツケースをひとつ持っているだけだった。なかにはほとんどなにも入っていなかった——下着、シャツ、洗面道具、それにこれまで気のむくままに詩や短篇小説を走り書きしたたくさんのノート、それだけだった。十八歳だった。頃は十月。いまでも私を乗せたバスが、ニュージャージー州のひどい臭《にお》いのする沼地を過ぎ、やがて見えてきた、あのマンハッタンの十月の輝きを覚えている。かつて絶讃《ぜっさん》され、いまではすっかり忘れ去られてしまった偶像、トマス・ウルフならあの光景をこんなふうに描写しただろう。窓のひとつひとつに約束された未来がある——沈みゆく秋の太陽のさざ波のような静かな光のなかで、その未来は冷たく、そして燃えるように見える。

それ以来、いろいろな都市に恋をしてきたが、ニューヨークで暮した最初の年のあの喜びにまさるものは、一時間は続くオルガスムスくらいなものだ。しかし不幸にして私は結婚を決意してしまった。

たぶん妻として本当に望んでいたのはこの都市自体だった。私の幸福も、若者に特有な名声や富を求める気持もこの都市なしには考えられなかった。それなのに結婚した相手は女の子だった。血の気のない、魚の腹みたいに真白な顔をした大女だった。黄色い髪をうしろでひっつめ、卵のような形の藤色《ふじいろ》の目をしていた。コロンビア大学の聴講生だった。私もそこで、「ストーリー」という古い雑誌の創刊者兼編集者のひとり、マーサ・フォリーの創作教室を受講していた。ヘルガを好きになったのは（もちろん私はフラナリー・オコナーがヒロインのひとりにヘルガという名前をつけているのは知っているが、決してそこから盗用しているわけではない。これは偶然の一致だ）、私が自分の作品を朗読するのを彼女がうんざりもせずに聞いてくれたからだ。私の小説の主人公は、たいていの場合、私自身の性格とは正反対だった――彼らはやさしく、悲しみを知っていた。ヘルガは彼らのことを美しいと思った。そして私が作品を読み終えるといつもその大きな藤色の目に、満足したような涙をいっぱいあふれさせた。

結婚してすぐに、なぜ彼女の目があんなにも素晴しく、精神薄弱児のような静けさをたたえているのかがわかった。彼女は低能だったのだ。少なくともそれに近かった。彼女のすることはまともではなかった。大女のヘルガは善良ではあるがユーモアを解さない。それでも可愛いところがあるし、心は汚れていない。典型的な主婦だった。しかし、私が彼女のことを本当はどう思っているかまったく気がついていなかった。

とうとうクリスマスに彼女の両親がわれわれの家にやってきたときにそれに気づくことになった。ミネソタ州からやってきた彼女の両親はスウェーデン系の、獣みたいに大きな夫婦で、二人とも娘の二倍はあった。われわれ夫婦はモーニングサイド・ハイツ近くの、一部屋と続き部屋のあるアパートに住んでいた。そこにヘルガは、ロックフェラー・センターに飾られるような、大きなクリスマス・ツリーを買い込んできていた。木は床から天井へ、壁から壁へと広がっていた――そのいまいましい木は部屋じゅうの酸素をみんな吸い込んでしまったように見えた。クリスマス・ツリーの飾りつけで彼女がどんなに大騒ぎしたことか。またウルワースでこのくだらないものを買うのになんという大金をはたいたことか！　私はといえばクリスマスが嫌いだった。というのは、こういうお涙頂戴《ちょうだい》の話をするのを許していただきたいのだが、クリスマスになるとミズーリ州の孤児院でのひどく悲しい体験を思い出してしまうからだ。そのためにクリスマス・イヴに、ちょうどヘルガの両親がこのお祭りを楽しむためにわれわれの家にやってくる予定の数分前に、私は突然自制心をなくしてしまった。クリスマスの飾りつけがされた木をひっこ抜くとバラバラにして窓から投げ捨てた。ヒューズが飛び電球がくだけて炎のようになって燃えた。ヘルガはその間、まるではんぶん殺されそうになったぶたみたいにひめいをあげていた（文学専攻の学生諸君、注意して欲しい！　ここは頭韻をふんでいるだろう？——お気づきかな——頭韻は私のつまらない悪癖だ）。それから、彼女のことを本当はどう思っているか話した。——このときばかりは彼女の目はいつもの馬鹿《ばか》に特有な無垢《むく》な純粋さをなくしてしまった。やがてママとパパがやってきた。あのミネソタの巨人だ。こういうと人殺しでもやりかねないホッケーのチームのように聞えるが、実際、彼らはそれに近いことをした。私を挟みつけ、前からもうしろからも殴りつけた。気絶して倒れるまでに彼らは、アバラ骨五本にひびを入らせ、脛骨《けいこつ》をこなごなにし、両目のまわりに黒いあざを作った。それから娘を荷物みたいにひっつかむと国に帰っていった。それ以来、ヘルガからはなんの連絡もない。もう何年もたつが、何もいってこない。しかし、私の知る限り、われわれは法的にはまだ夫婦である。

「キラー・フルーツ」という言葉をご存知だろうか？　フレオン剤で血の流れを凍結させてしまったような心の冷たい、ある種のゲイのことをいう。たとえばディアギレフ（訳注　ロシアの興行師）がそうだ。J・エドガー・フーバーFBI長官も、ハドリアヌス帝もそうだった。いやそんな歴史上の人物の名前をあげる必要はない。この言葉で思い出すのはターナー・ボートライト、彼の〝恋人〟たちの呼び方でいえば、ボーティのこと。ボートライト氏は、良質の作家の文章しか載せないある女性ファッション誌の小説担当の編集者だった。彼のことを注目するようになったのは――いや、私のほうが彼の注意をひいたといったほうがいいかもしれない――、ある日、彼が大学にやってきてわれわれの創作教室で話をした時だ。私はいちばん前の席に坐《すわ》っていた。彼のひややかな、股間《こかん》をのぞきこむような目が私にひきつけられたままなのを見て、この男がその小さな、灰色の巻毛の頭のなかで何を考えているかがわかった。オーケー。しかし、すぐには彼のいうとおりにはなるまいと決めた。授業が終ると、学生たちは彼を取り囲んだ。私はそれに加わらなかった。彼に紹介されるのを待たずに教室を出た。

それから一ヶ月たった。その間、自分では最高の出来と思われた二つの小説の仕上げをしていた。ひとつは「日焼け」といってマイアミ・ビーチで身体を売っているビーチボーイの話、もうひとつは「マッサージ」といって、十代のマッサージ師の歓心を買おうと卑屈になっているある歯医者の未亡人の屈辱についての話だった。

私は二つの原稿を手にして、ポートライト氏を訪ねた。――約束はしていなかった。ただ雑誌のオフィスに行き、受付でポートライト氏にマーサ・フォリー教室の生徒の一人が面会に来たと伝えてほしいと頼んだ。それだけで彼は誰が来たかわかるだろうと確信していた。しかし彼の部屋に通されると、彼は私のことを思い出せないようなふりをした。騙《だま》されなかった。

部屋はあまり事務的な雰囲気ではなかった。少しヴィクトリア時代の客間のような感じがする。ボートライト氏はテーブルのそばの籐《とう》製のロッキング・チェアに坐っていた。テーブルは飾りのついたショールでおおわれ、書き物机に使われていた。テーブルの反対側にもうひとつ揺り椅子《いす》があった。この編集者は、コブラのような警戒心を隠すためにわざと眠そうな態度で、その椅子に坐るように私にいった(あとで気がついたことだが、彼が坐っていた椅子には小さな枕《まくら》が敷かれていた。その枕には、「母より」という刺繍《ししゅう》がされている)。春のとても暑い日だったが、厚ぼったいベルベットの(その色はおそらく暗褐色と呼ばれているものと思う)カーテンが窓をおおっている。光は二つの、学生が使うような電気スタンドから来ているだけだった。ひとつのスタンドの笠《かさ》は暗い赤色で、もうひとつの笠は緑色。非常に興味深い場所だった。ボートライト氏の隠れ家といっていい。明らかに会社は彼に経費をたっぷりと認めている。

「それで? ジョーンズ君」

私は用件を説明し、彼のコロンビア大学での講義に、とりわけ若い作家たちを手助けしようという彼の誠実さに感銘を受けたといった。そして思いきって短篇を二つ持ってきたのでぜひ見てほしいといった。

彼は少し臆《おく》した、それでも皮肉を含んだ声でいった。「それできみはどうして原稿を自分で持ち込むことを選んだのかね？　ふつうは郵便で送るもんだが」

私は微笑《ほほえ》んだ。この笑いはなんとか相手のご機嫌をとろうとするためのものだ。実際、いつも私の笑いはそう理解されている。「あなたが読んで下さらないと思ったからです。エージェントもいない無名の作家のものなどお読みにならないでしょう？　それにあなたのところには原稿がたくさん送られてくると思ったものですから」

「メリットがあればみんな送ってくるさ。助手のショー嬢は、非常に有能で理解力のある読み巧者だ。きみはいくつかね？」

「八月に二十歳になります」

「それできみは自分が天才だと思っているのか？」

「わかりません」。それは嘘《うそ》だった。私は自分が天才だと確信していた。「わからないからこそここに来たのです。あなたの意見をお聞きしたいのです」

「これだけはいえる。きみは野心的だ。それともただ押しが強いだけかな？　きみは何者だ、ユダヤ人か？」

私の答えは、格別、名誉になるものではなかった。私は自己憐憫《れんびん》するタイプではないが、相手の同情を買うために自分の生い立ちを利用することはあった。「そうかもしれません。私は孤児院で育てられました。両親に会ったことがありません」

とはいえ、この紳士は私を痛いほどの精確さで突いてきた。彼は私のねらいを見破った。私にはもはや彼のねらいがわからなかった。当時私はめったにタバコを吸わなかったし、酒も飲まなかった。日常的な悪徳とは縁がなかった。しかし、この時、私は彼の許可なく近くにあったべっこう細工の箱からタバコを一本取り出した。それに火をつけたとたん、マッチ箱のマッチが全部ぼっと燃え上がった。手のなかでちょっとした火事が起ったみたいだ。私はあわててとびあがり、手を振って哀れっぽい声をあげた。

部屋の主人はただ冷ややかに、床に落ちた、まだ燃えているマッチを指していった。

「注意してくれよ。踏み消すんだ。絨緞《じゅうたん》がダメになってしまう」。それからいった。

「こっちに来て、手を見せてごらん」

彼は唇を開いた。その口がゆっくりと私の人さし指、いまの火でいちばんこげてしまった指をくわえる。その指を口の奥にまで突っこんだ。それからまたそれをほとんど口の外まで引き出し、また口に入れた。ちょうど、ハンターが蛇に嚙《か》まれたところから命取りになりそうな血を吸い出しているように。しばらくしてその動作をやめると彼は聞いた。「さて、少しはよくなったかね？」

シーソーゲームで逆転が起ったのだ。力がこちらに移った。あるいはそう思ったのは私が愚かだったからかもしれないが。

「とてもよくなりました。有難うございます」

「それはよかった」と彼はいうと、立ち上がってオフィスのドアの鍵《かぎ》を閉めに行った。

「さあそれでは治療を続けようか」

いや、実際はこんなふうに簡単にはいかなかった。ボーティは手ごわい相手だった。必要とあれば快楽のためにはいくら支払うことがあっても、私の小説などはひとつも雑誌に載せようとはしなかっただろう。彼に見せた最初の二作品についてこういった。

「どちらもいいとはいえないな。ふつう私は、きみのように才能が限られている人間を励ますことはしないんだ。才能のない人間を口先きだけで励まして才能があるかのように信じ込ませてしまうほど残酷なことはないからね。しかし、きみは言葉に対するある種の感覚は持っている。登場人物の性格づけにもいいものが感じられる。そこから何かを引き出してくることはおそらく可能だろう。もしきみが危険を冒してもいいという気なら、もし自分の人生をダメにしてもいいというのなら、きみの手助けをしよう。しかし私としてはそういうことはすすめたくないね」

できることなら彼の意見を受け入れて作家になるのをあきらめるべきだった。すぐにでも田舎に引越しするべきだった。しかしもう手遅れだった。私はすでに地球の内部への旅を始めていたのだから。

紙が切れてしまった。シャワーを浴びに行こう。そのあと六階に移るかもしれない。

六階に移った。

しかし、窓を開けるともうそこは隣りのビルになっている。だからたとえ窓枠から足を踏みだしたとしても壁に頭をぶつけてしまうのがオチだろう。今日も九月の熱波がひどい。部屋は狭くて暑いので、いつもドアを開け放している。しかしこれはここでは不幸な結果になる。というのもたいていのYMCAでは、好色なクリスチャンがスリッパをはいて廊下を歩く足音がひっきりなしに聞えていて、ドアを開け放したままでいると、しばしば相手を部屋に誘っていると思われるからだ。もちろん私がそんなことをする筈《はず》はないが。

先日、この文章を書き始めたとき、文章を書くことを続けるべきかどうかはっきりした考えを持っていなかった。しかしいまは、ドラッグ・ストアに行って、ブラックウィングの鉛筆を一箱と鉛筆削りとノートを半ダース買って帰ってきたところ。ともかく書くことより他にすることがない。唯一《ゆいいっ》できることは仕事を探すことだが、マッサージ師に戻るのではないとしたら、他にどんな仕事をしたらいいのかわからない。あの仕事にはもう向いていない。そして正直に打ち明ければ、私は、登場人物の名前の大半を変えれば、この文章を、小説として出版できると、ずっと考えている。失なうものは何もない。もちろん書かれた人間のうち何人かが私を殺そうとするとしたら、それを有難く受け入れる。

二十篇以上の小説を持ち込んだあと、ボーティはようやくそのうちのひとつを買ってくれた。彼はそれを徹底的に手直しし、自分で半ば書き直した。しかし少なくとも私の名前は活字になった。『モートンについて考えた多くのこと』作P・B・ジョーンズ」。この小説は、モートンという名前の黒人の庭師に恋をしたある尼僧《にそう》の話だった（モートンという名前は、私に恋をした庭師と同じ）。いろいろなところで注目され、その年の『アメリカ短篇小説ベスト集』に再録された。さらに私にとって大きな意味を持ったのは、この小説が、ボーティの高名な友人、アリス・リー・ラングマンに注目されたことだった。

ボーティは広々とした、古いブラウンストーンのタウンハウスを持っていた。八十

八、九丁目を東にだいぶ行ったところにある。インテリアは彼のオフィスを誇張して複製していた。馬の毛を織りこんだ深紅色のヴィクトリア朝の織物、ビーズのカーテン、ガラス製のベルの下でこちらを威圧しているフクロウの剝製《はくせい》。こうした奇妙なものの組合せは、現代ではもう流行遅れになったあのキャンプの感覚（訳注 六〇年代のキッチュな感覚）で、当時としては珍しく、面白いものだった。ボーティの部屋は、マンハッタンでもっとも客の集まる社交サロンのひとつになっていた。

そこでジャン・コクトーに会った。ボタンの穴にスズランの小枝をさしこんだこの詩人はまるで歩くレーザー光線だった。彼は私に刺青《いれずみ》をしているかと聞いた。していないというと、その鋭く知的な目は生気をなくし、視線は他へさまよっていった。ディートリヒとガルボもときどきボーティのところに現われた。ガルボにはいつもセシル・ビートンが付添っていた。彼には、ボーティの雑誌に載せるための写真を撮ってくれたときに会っていた（ガルボとビートンがこんな会話をするのを私は耳にした。ビートン、「年をとってゆくことでいちばんつらいのは、なにがだんだん縮んでゆくことだよ」。ガルボは同情の溜《た》め息をついたあとにいった。「私にも同じことがいえたらいいんだけど」）。

実際、ボーティの家ではそうそうたる有名人にたくさん会うことができた。マーサ・グレアムやジプシー・ローズ・リーといったさまざまなパフォーマーたち、さらにそれに加えて数多くのキラ星のような画家たち（チェリチェフ、カドマス、リヴァース、ウォーホル、ラウシェンバーグ）、作曲家たち（バーンスタイン、コープランド、ブリテン、バーバー、ブリッツスタイン、ダイアモンド、メノッティ）、そしてたくさんの作家たち（オーデン、イシャウッド、ウェスコット、メイラー、ウィリアムズ、スタイロン、ポーター、そしてときどき、ロリータ趣味のあるフォークナーも、ニューヨークにいるときには姿を見せた。フォークナーは、なんとかお上品に振舞おうとする無理と、ジャック・ダニエルの飲み過ぎからくる二日酔という二重の重みで、いつもは真面目《まじめ》で礼儀正しかった）。そしてさらにアリス・リー・ラングマン。ボーティは彼女のことをアメリカの文学の世界におけるファースト・レディと考えていた。とはいえ、こうした人々、厳密にいえば、彼らのなかでまだ生きている人々にとっては、私など、単に記憶の片隅に残っているに過ぎない存在であるに違いない。それもよくいっての場合だ。もちろんボーティなら私のことを覚えているだろうが、決していい思い出は持っていないだろう（おそらく彼はこういうに違いない。「P・B・ジョーンズ？　ああ、あの浮浪者か。彼はまちがいなくいまごろマラケシュの市場で年上のアラブ人のクズどもに尻《しり》を売り歩いているよ」）。しかしボーティもいまでは死んでしまった。マホガニーの自宅でヘロイン中毒のプエルトリコ人の売人に殴られて殺された。目玉はふたつともえぐられて、頬に垂れ下がっていた。

　そしてアリス・リー・ラングマンも去年死んでしまった。

「ニューヨーク・タイムズ」は彼女の追悼文を一面に載せた。その記事には、一九二七年にベルリンでアーノルド・ゲンテが撮った有名な写真が添えられていた。女性作家はふつう見栄《みば》えがしない。メアリー・マッカーシーがいい例だ！――グレート・ビューティと常づね喧伝《けんでん》されているにもかかわらず。しかし、アリス・リー・ラングマンは、今世紀の白鳥のなかの白鳥だった。彼女は、クレオ・ド・メロード、カーサ・マウリー公爵夫人、ガルボ、バーバラ・カッシング・ペリイ（訳注　CBSの創設者ウィリアム・ペリイ夫人）、ウィンダム三姉妹（訳注　メトロポリタン美術館にあるジョン・シンガー・サージェントの絵で知られるイギリスの美しい三姉妹）、ダイアナ・ダフ・クーパー（訳注　九十歳まで美しさを保った社交界の名花。ラトランド公爵の娘。イギリスの外交官ダフ・クーパー夫人）、レナ・ホーン、リチャード・フィノッチオ（彼はいつも女装して自分をハーローと呼んでいる）、グロリア・ギネス（訳注　メキシコの貧しい家に生まれたが、のちにイギリスの銀行家ロエル・ギネス夫人になった）、マイヤ・プリセツカヤ、マリリン・モンロー、そして最後に、並ぶものなきあのケイト・マクロード、といった素晴しい女性たちと同じ種属に属していた。美しい身体の、知的なレズビアンの女性が何人かいる。コレット、ガートルード・スタイン、ウィラ・キャザー、アイヴィ・コンプトン＝バーネット、カーソン・マッカラーズ、ジェーン・ボウルズがそうだ。また別のカテゴリーになるが、ただただ人をひきつける美しさを持っている女性もいる。エレノア・クラークとキャサリン・アン・ポーターはそうした評価にふさわしい。

しかし、アリス・リー・ラングマンは彼女たちとはタイプの違う、完璧《かんぺき》な存在だった。両性具有者の特徴があり、光り輝いていた。彼女には、あらゆる領域を超えてその魅力が伝わっていくある種の人々に共通すると思われる、あの性的に両義的なオーラがあった。これは女性だけに限られた神秘的雰囲気というわけではない。たとえばヌレエフにはそれがあったし、若いころのマーロン・ブランドにもエルヴィス・プレスリーにもあった。モンゴメリー・クリフトとジェームズ・ディーンにもあった。

私がミス・ラングマン（いつも彼女をそう呼んでいた）に会ったとき彼女は五十代後半よりもっといっていたが、ずっと昔、ゲンテが撮った写真の彼女と気味が悪いくらいに変っていなかった。『野生のアスパラガス』と『五つの黒いギター』の著者は、アナトリアの水のような色の目を持っていた。細い、銀色と青色のまじった髪の毛はうしろにまっすぐにブラッシングされ、端正な顔によく似合い、ふんわりとした帽子のように見えた。鼻はロシアのバレリーナ、パヴロワの鼻を思わせる。つんと突き出ていて、少し曲がっていた。顔の色は青白かったが、健康的な白さだった。リンゴの果肉のように白い。話し方は聞きとりにくかった。というのは、声は、多くの南部出身の女性と違って、高くはないし、話し方が早くもなく（いわゆる南部訛《なんぶなま》りは男性だけのものだ）、低くこもっていて、嘆き悲しんでいるハトのように、チェロのコントラルトの音域だったからだ。

ボーティの家ではじめて会った夜、彼女はいった。「私を家まで送ってくれる？ 雷が鳴っているでしょう。雷がこわいの」

本当は彼女は雷などこわくはなかった。彼女には何もおそれるものはない。もしおそれるものがあるとすれば、報われない愛と商業的な成功だった。ミス・ラングマンの素晴しい名声は、小説が一冊、短篇小説集が三冊、それだけで得られたものだった。そのどれもがベストセラーになることはなかったし、アカデミズムや知る人ぞ知る人たちの狭い世界以外で読まれることはなかった。ダイアモンドの価値と同じように彼女は自分の作品がたくさん出回らないように管理し、限定することで威信を保っていた。悪くいえば、彼女は文壇内の詐欺師《さぎし》たちや、文学賞の密売人たち、高額の謝礼を受け取るペテン師たち、貧乏な芸術家に助成金を与えようとする低俗な人間たちのなかの女王だった。フォード財団、グッゲンハイム財団、国立芸術文学協会、芸術国民会議、議会図書館などあらゆる組織が彼女に無税の援助金を腹一杯つめこもうとやっきとなった。ミス・ラングマンは、一インチか二インチでも大きくなったら仕事を失なってしまうサーカスの小人と同じように、一般読者が彼女の本を読み始め、彼女に報いを与えようとするようになったら自分の価値は失なわれてしまうと自覚していた。彼女は賭博台《とばくだい》で札を集めたり配ったりするクルピエのように、施しのチップをかき集めていた。そのおかげでパーク・アヴェニューに小さいが趣味のいいアパートを維持することができた。

彼女は、テネシーで静かな生活──それはメソジスト派の聖職者の娘にふさわしいものだったが──を送ったあと、パリやハバナでだけではなくベルリンや上海《シャンハイ》でも、ボヘミアンの芸術家につきものの騒々しい青春時代を過ごした。四人の夫を持ったが、そのうちの一人は、彼女がバークレーで講義をしていたときに会ったサーフィンを楽しむ二十歳の美しい青年だった。そうした派手な人生を経て、ミス・ラングマンは、年をとるにつれて、少なくとも物質的な意味でだが、本来の静かな生活へと戻っていった。それは失なったのではなく、しばらくどこかに置き忘れていたかもしれない価値ある生活だった。

いま振りかえってみると、その後得た知識もあって、ミス・ラングマンのアパートのよさを理解できる。当時、彼女の部屋は冷たくて内装不足のように感じられた。

〝ソフト〟な家具は、どれもさっぱりとした麻布でおおわれ、絵がひとつもかかっていない壁のように真白だった。床はきれいに磨かれ、絨緞《じゅうたん》は敷かれていない。部屋全体は雪のように白い。唯一の他の色は、新鮮な緑の葉をたくさんつけた観賞用の植物の白い鉢植えだった。部屋のなかの家具らしいものは、非常に簡素な事務用デスクと、紫檀《したん》でできた書棚のセットだけだった。「私は」ミス・ラングマンはいう。「どこにでもあるようなフォークを半ダース持っているより本当にいいフォークを二本だけ持っているほうが好きなの。この部屋に家具が少ないのはそのためよ。すべて最高のものだけで暮していけたらいいんだけど、それにはお金がかかるから私には無理ね。でもとにかくいろいろなものを部屋のなかに持ちこむのは私の趣味じゃないの。冬の、波が静かな、人の誰もいない浜辺でひとりきりになれたら最高ね。ボーティの家みたいなところだと気が狂いそう」

ミス・ラングマンは、インタビュー記事などではよくウィットに富む、話し上手と書かれていた。しかし、ユーモアのセンスのない女性がウィットに富むということがあるだろうか？――彼女にはユーモアのセンスがない。それが彼女の、人間としての、また芸術家としての大きな欠点だった。しかし、ともかくよく喋《しゃべ》る女だった。ベッドのなかに入ると、車のうしろの席で運転手にあれこれ運転を指示するうるさい人間のように、情け容赦もなく私に指図をした。「だめよ、ビリー。シャツは脱いじゃだめ。ソックスも脱がないで。私の最初の男はシャツとソックスをつけたままだったの。ミスター・ビリー・ラングマンのことよ。ビリー師。ソックスをはいたままでペニスを立てている男ってどこか特別な感じがする。用意できて、ビリー。枕《まくら》をとって私のあそこの下に敷いて。そう、そこ。いいわ、ビリー、とってもいい。ナターシャのことを思い出すわ。昔、ナターシャっていうロシア人のレズビアンの女の子としたことがあるの。ワルシャワのロシアの大使館で働いていた子よ。いつもおなかをすかせている子でサクランボを私のあそこに隠していてそれを食べるの。ああ、ビリー、だめよ、外はだめ、舌をなかに入れて、そっと入れて。あそこを吸って。そう、そこ。あなたのペニスをにぎらせて。ビリー、あなた、どうしたの！　ねえ、もっとして！」

なぜもっとできないのかって？　それは私が、セックスに集中するときは、沈黙を必要とする人間だからだ。精神を集中するには完璧な沈黙が必要なのだ。こうなったのも若いころ、ハーシー板チョコのような安手な男娼《だんしょう》としていろんな男や女と寝なければならなかったからだろう。仕事だと思えばいつも、好きでもない人間と無理にやらなければならない——そういう場合、絶頂に達して行くために、いつも頭の奥底で空想の世界を思い描いた。自分の頭のなかに性的に魅力的な映像を思い浮かべた。あれこれプレイの指図をするおしゃべりはお断りなのだ。

本当をいえば——いわば、身体《からだ》と心はべつなものだ——私は、男たちの多くは、いやその大半は、セックスをするときに心のなかに思い浮かべる性的イメージを頼りにしていると確信している。男たちはみんなセックスをしているとき、自分の上にいるか下にいるかはともかく、その当の相手の肉体のことなど考えず、ひたすら自分の頭のなかでエロティックなことを想像したり思い出したりしているものだ。男たちの心は、セックスの最中にはこうした性的イメージを受け入れるが、ひとたび獣のような興奮が引っこんでしまうと、悪徳に寛容な人間であっても、こうしたイメージは、道徳という心のなかにひそむ意地の悪い見張りにとって許しがたくなるものだ。「いいわ、いい、いいわ、ビリー。あなたのペニスを頂戴《ちょうだい》。あ、あ、そう、そこ。もっとゆっくり、ゆっくり、ゆっくり。こんどは強く、強く、強く打って。あそこが鳴るのを聞かせて。ゆっくりよ、ゆっくり。抜いて……、強く打って、強く。あ、あ、神様、ビリー、私と来て、来て！」。こんな、吼《ほ》えまくり、暴れ回る、はしたない人間よりはるかに刺激的な想像の世界に精神を集中させようとしているのに、彼女はそれを邪魔している。どうしていっしょに行くことができるだろう？「ねえ、いかせて、いい気持にさせて」。こうしてわが偉大なる文学界の女性は、一分間に何度も絶頂に達して、身体をのけぞらした。私は風呂場《ふろば》へ飛んで行って、水を入れていない冷たい浴槽のなかで手足を伸ばし、自分を刺激するのに必要なことをあれこれ考えながらマスタベーションをした（ちょうど、ミス・ラングマンが、表向きの騒々しい態度をやめひとり静かになって、自分だけの考えに没頭するように。ひとりになったとき彼女は何を考えるのだろう。少女時代を思い出すのだろうか。お相手にいいビリー師のことだろうか。シャツとソックスをつけている他は裸の彼のことだろうか。それとも冬の寒い午後を吹き飛ばしてしまうほど情熱的でやさしい舌技のことだろうか。それとも、遠い昔、パレルモでつまみ食いした、パスタの食べ過ぎで腹の出た、クジラみたいなペニスを持ったイタリア男や、動物的な性欲を持ったお熱いシチリア人のことだろうか）。

ゲイではないが女性嫌いの友人のひとりが、以前こんなことをいったことがある。「自分にとって利用のしがいのある唯一《ゆいいつ》の女性はミセス・フィスト《拳夫人》と彼女の五人の娘だ（訳注　マスタベーションのこと）」。ミセス・フィストには長所がたくさんある――病気の心配がない、決して面倒を起さない、タダでやらせてくれる、それになんでもこちらのいうことを聞いてくれ、必要なときにはいつもそばにいてくれる。

「有難う」風呂場から戻るとミス・ラングマンはいった。「驚いたわ。あなたみたいに若い子があんなにいろんなこと知ってるなんて。それにすごい自信ね。教えてあげようと思っていたのに、この生徒はもう教わることなんか何もないみたいね」

後半のいい方はなかなか個性的だった——直接的で、感情がこもっていて、はっきりして、それでいて文学的だった。しかしそうしたことより、私のような野心的な若い作家にとっては、これでアリス・リー・ラングマンの保護を得られるようになったことのほうがはるかに価値のある、うれしいことに思われた。事実、やがて私はパーク・アヴェニューの彼女のアパートに移り住んだ。ボーティはそれを耳にすると、ミス・ラングマンに文句をいう勇気はなかったが、それでも話をぶちこわそうと彼女に電話をした。「アリス、こんな差し出がましいことをいうのは、あなたがあの恐ろしいやつと私の家で会ったという事実があるからです。その点で責任を感じています。気をつけて下さい！　あの男は誰とでもやるんです。ラバとも人間とも犬とも消火栓とも。ちょうど昨日、ジャン（・コクトー）から怒りの手紙をもらったばかりですよ。パリからです。ジャンはあのわれわれの親愛なる友とプラザ・ホテルで一夜を過ごしたそうです。その結果、彼は淋病《りんびょう》をうつされてしまったというわけです。あの恐ろしいやつにはいったい何がくっついているのか。あなたも医者に診てもらうのがいちばんいい。それともうひとつ。あのガキは盗《ぬす》っ人《と》です。あいつは、私の名前を勝手に小切手に書き込んで五百ドル以上もの金を盗んだんです。あんなやつその気になれば明日にでも刑務所にぶち込んでやれます」。これはみんなデタラメだが、このうちのいくつかは本当と思われてしまうかもしれない。私が彼のことを「キラー・フルーツ」と呼んだ意味はこれでお分かりだろう。

しかしそんなことはたいして重要なことではない。ボーティが私のことを、あいつはソ連のせむしのシャム双生児をだまして最後のルーブルをまきあげてしまったペテン師だと証明したところで、ミス・ラングマンはもう何とも思わないだろう。彼女は私に恋してしまっている。彼女自身がそういった。私は彼女の言葉を信じた。ある夜、質の悪い赤ワインを飲み過ぎて、舌をもつれさせながら彼女は、自分を愛しているかと聞いた。犬みたいにくんくんいい、にやにや笑いながら。殴って歯を折ってやろうかと思ったが、結局キスしてしまうことになる。私はウソつき以外の何者でもないので、もちろん愛しているといった。幸福にも、以前一度だけ恋愛の恐怖を経験し、苦しんだことがある。これについてはあとでお話ししよう。約束する。とりあえず、ラングマンとの悲劇に戻ろう。相手のことを利用しようと思ってその人間に近づいた場合、ひとはその人間を本当に愛することができるのだろうか？――私としてはこの点で自信がないが――。つきあっていると何か利益を得られるという下心があり、そのために多少うしろめたい気持も持っているときに、その人間に対し純粋な愛情を感じることができるのだろうか。どんなに深く愛し合っている二人でも、もとをただせば相手から何らかの利益——セックスとか、社会的な庇護《ひご》とか、エゴイズムの欲求をみたしてくれるとか——を期待してつきあい始めているのではないかという議論は可能である。しかしこの程度のことは、まだまだ小さな、人間的なことだ。こういうことと本当に相手を利用するということの違いは、ちょうど食べられるキノコと毒キノコ、つまりまだ汚れていない怪獣との違いに似ている。

私がミス・ラングマンとつきあうことで期待したものは——、彼女のエージェント、出版社、だった。古臭いが、文学界に影響のある季刊誌のひとつで、彼女に作品を宗教家のように熱烈にほめてもらうことだった。やがてこうした目的はすべて達せられた。お釣りがくるほどだった。彼女のような名声のある人間が紹介者になってくれたので、P・B・ジョーンズはすぐにグッゲンハイム財団の奨学金（三千ドル）、国立芸術文学協会の助成金（千ドル）、短篇小説集一冊に対する印税の前払い（二千ドル）を得ることができた。そのうえ、ミス・ラングマンは、短篇集に入れる作品のうち九つまでに、アドヴァイスを与えてくれ、出版するのに恥しくない形に仕上げてくれ、さらに、その短篇集『叶《かな》えられた祈り、その他の短篇』を一度は「パルティザン・レヴュー」で、もう一度は「ニューヨーク・タイムズ・ブック・レヴュー」で書評してくれた。この書名も彼女が決めたものだ。そういう題の短篇はなかったのだが。彼女はいった。「この書名は内容によく合っているわ。アヴィラの聖テレサの言葉よ。『叶えられなかった祈りより、叶えられた祈りのうえにより多くの涙が流される』。正確な引用かどうか自信がないけど、それはあとで調べられるわ。重要なのは、私が理解する限りあなたの作品に流れているテーマは、叶えられる筈《はず》のない目的を持った人間たちが、その目的に押しつぶされ、ますます絶望を強め、早めてゆく、というものだということ」

彼女のその言葉がまるで予言でもしたように、『叶えられた祈り』は、私の祈りに応《こた》えてくれなかった。本が出版されるころには、文学界の重要人物の大半は、ミス・ラングマンは〝ベイビー・ジゴロ〟（ボーティの言葉だ。彼はまた、あらゆる人間にこういった。「アリスは気の毒だよ、あんな男に関わって、『シェリ』と『シェリの最後』を一緒にしたみたいだ（訳注　いずれもコレットの作品。五十歳を過ぎた女性が親子ほど年の離れた若者と恋をする）」）に手を貸し過ぎたと考えた。それだけではなく、彼女のような良心的な芸術家には考えられない、私情の入った不誠実なことをしてしまったと考えた。

私はなにも自分の作品がツルゲーネフやフローベールのものに匹敵するものだとは考えていないが、それでもどれも無視することができない内容を持ったものだとは自負していた。しかし誰も批判すらしなかった。誰か批判でもしてくれたらまだよかったと思う。そのほうが、なんとなく無視され、なんの言葉もないより苦痛は少ない。まったく無視されたため私は感覚が麻痺《まひ》し、吐き気がし、午前中からマティーニを飲みたいような気分になった。ミス・ラングマンも私と同じように怒った。彼女は、自分も私の絶望を分かち合っているといった。しかしそれは個人的にそういっただけで公《おおや》けにはいわなかった。内心では彼女自身、それまでの自分の水晶のように美しい名声の甘い水が、ドブに捨てられてしまうのではないかとおそれたからだ。

非のうちどころのない、趣味のいい居間に、ジンを飲みながら坐《すわ》っている彼女の姿を忘れることができない。涙で目を赤くし、何度も何度もうなずきながら黙って、私がジンの勢いでまきちらす下品な攻撃の言葉や、本が失敗したのは彼女の責任だという批難の言葉、さらに敗北感に打ちのめされて口にする冷酷な言葉を聞いていた。彼女は何度も何度もうなずき、唇をかみ、私が報復してやるといきまくのをなだめ、私の攻撃を黙って受け入れていた。それは彼女のほうが自分の才能を確信している強い人間だったからだ。それに比べ私は、自分の才能に自信がなく、気持が弱くなり、精神も錯乱していた。また彼女が黙って私のいうことを聞いていたのは、もし彼女が自分の本当の批評をひとことでもいったら致命的なことになると知っていたからだ。そして、私が彼女のもとを去ったら、もう自分には新しい愛人はあらわれないかもしれないとおそれたからだった。

古いテキサスの言葉にこういうのがある。女はガラガラ蛇に似ている——死んでも尾だけはまだ動いている。

女性のなかには生涯、セックスのためならどんなことでも我慢するという人間がいる。そして、ミス・ラングマンは、心臓発作で死ぬまで、貪欲《どんよく》にセックスを求めたと私は聞いている。しかし、ケイト・マクロードがいっているように「本当に素晴しいセックスは、世界一周旅行ほどの価値がある——あらゆる意味で」。そして、ケイト・マクロードは、誰もが知っていたようにこんな評判の持主だった。ケイトが自分のなかに入れたのと同じ数のペニスを外に突き出したとしたら、ヤマアラシのようになるだろう。

ミス・ラングマン——安らかに眠れ——は、〝男根プロ〟との共同による〝パラノイド〟社映画〝P・B・ジョーンズの物語〟での登場場面を終えた。P・Bはすでに次の相手に出会っている。彼の名前は、デナム・フーツ——彼の友人の呼び方に従えばデニー。彼の友人のなかにはクリストファー・イシャウッドとゴア・ヴィダルがいる。彼らは二人ともデニーの死後、彼を小説の中心人物にした。ヴィダルは短篇「捨てられた日記の断片」で、イシャウッドは長篇『かの地を訪ねて』のなかで。デニーは、私が実際に彼のことを知るよりずっと以前から、有名な伝説的人物だった。「世界一の男めかけ」と呼ばれる、神話のなかの人間だった。

デニーは十六歳の時、フロリダ州の、大きな道が交差するところにある、貧しい白人ばかりの町に住んでいた。父親が所有しているパン屋で働いていた。しかしある朝、彼をそこから救い出す者——あるいは堕落させる者といってもいいかもしれない——があらわれた。特別注文の真新しい一九三六年型デューセンバーグのコンヴァーティブルに乗った、百万長者である。有名な日焼け用ローションでひと財産作った、ある化粧品会社のタイクーンだった。二度結婚していたが、本当の好みは十四歳から十七歳までの美少年にあった。デニーをひと目見たとき、それはちょうど磁器の骨董品《こっとうひん》の収集家が、ガラクタばかり置いている店にぶらっと入り、そこでマイセン焼きの〝白鳥〟を見つけたような感じだったに違いない。衝撃！ 欲望に身が凍る想《おも》い！ 彼はドーナツを買い、デニーをデューセンバーグに乗せてあげると誘った。さらに彼に車の運転をまかせた。その夜、デニーは、替えの下着を取りに家に帰ることもせず、家から百六十キロも離れたマイアミにいた。両親はすぐに捜索隊を出し沼沢地を探させたが息子は見つからず、あきらめきっていた。その両親のところに一ヶ月後、フランスのパリの消印のある手紙が一通届いた。その手紙は、何冊にもなるスクラップブック「私たちの息子デナム・フーツの世界の旅」に貼《は》られた最初の手紙になる。パリ、チュニス、ベルリン、カプリ、サン・モリッツ、ブダペスト、ベオグラード、フェラ岬、ビアリッツ、ベニス、アテネ、イスタンブール、モスクワ、モロッコ、エストリル、ロンドン、ボンベイ、カルカッタ、ロンドン、ロンドン、パリ、パリ、パリ。やがて彼の最初の保護者は捨てられ、遠くカプリに置き去りにされた。カプリで、デニーは、オランダの石油会社の重役をしていた、祖父といっていい七十歳の老人の目にとまり、その男と逃げ出してしまったからだ。この紳士もやがて、皇族のパウロス王子、つまり、のちのギリシャの王パウロスがあらわれるやデニーを失なってしまう。この王子はデニーに年齢が近かった。彼らの愛情は、公平に均衡がとれていたので、ある時、二人はベニスで刺青《いれずみ》の彫り師を訪ね、同じ刺青を彫ってもらった。胸の上に小さな青いしるしがあったが、それが何だったか、何をあらわしていたかは覚えていない。

また私は、どうして二人の関係が終ったかもはっきり覚えていない。ただ覚えているのは、デニーがローザンヌのボー・リバージュ・ホテルのバーでコカインを吸ったことでケンカになり、それが原因で二人の仲が終ったということだけだ。しかし、そのころまでには、デニーは、ドミニカの有名なプレイボーイ、ヨーロッパの有閑階級のあいだで口コミで知られていた、もうひとりの神話的人物、ポルフィリオ・ルビローサと同じように、成功した性の冒険者にとって必要条件になっている、秘密めいた雰囲気と、女たちになんとかその秘密をあばいてみたいと思わせる魅力の両方を持つようになっていた。女たちがプレイボーイの秘密をいかに知りたがるかの例として、ドリス・デュークとバーバラ・ハットンをあげよう。彼女たちは、まわりの女たちがあの巻毛のプレイボーイ、ドミニカの大使ポルフィリオ・ルビローサがどんなに素晴しいかと絶讃《ぜっさん》しているのを聞くと、みんなが嘘《うそ》をついているのではないかと疑い、それを確かめるために、百万ドルもつかった。というのも女たちは、かねがね評判の、三十センチもあるといわれているカフェ・オレ色した、男の手首ほどもある、ルビローサの混血児ならではのペニスの迫力はすごいと感嘆していたからである（両方と寝たことのある女性によると、ペニスの長さで唯一《ゆいいつ》大使に匹敵する人間は、イランの皇帝《シャー》だけだったという）。この故プリンス・アリ・カーンは、ストレートの気のいい遊び人で、ケイト・マクロードの親しい友人でもあった。アリ・カーンといえば、彼とベッドを共にした、フランスの劇作家フェドーの諷刺《ふうし》劇《げき》に出てくるような女たちの誰もが確かめたがったことがひとつだけある。この種馬は一回一時間で一日に五回もでき、しかも一度も行かないというのは本当だろうかということだ。読者は答えをご存知と思うが、もし知らないというのなら、答えをお教えしよう。本当にそのとおりだった。ただし彼はオリエンタル・トリック、カレッツァと呼ばれる魔法使いの妙技を使った。そのわざの正体は実は、スタミナではなく、想像力をコントロールすることだ。つまり、セックスのあいだ、平凡な茶色の箱とか走っている犬とかを頭のなかに思い描くのだ。もちろん、他方ではカキやキャビアをたらふく詰めこむことを忘れてはならないし、食事をしたり眠ったり平凡な茶色の箱に精神を集中するのに妨げになるような心の屈託も持ってはならない。

デニーを実験してみようと試みた女性もいる。アメリカのシンガー・ミシンの後継ぎ、高貴なるデイジー・フェロウス。彼女は、こぎれいな小さなヨット〝シスター・アン〟でエーゲ海の船旅をしようとデニーを無理矢理ひっぱりだした。しかしデニーは女性には関心がなかった。彼のジュネーブの銀行預金を継続的にふやしてくれる主なパトロンは大金持の両刀使いの老人たちだ。たとえば、パリの名士のなかではチリ人のアルトゥーロ・ロペス＝ウィルショー。彼はチリの特産品であるグアノ、つまり鳥の糞《ふん》が化石化した肥料を一手に支配していた。また、ドサまわり劇団のディアギレフといったクエヴァス侯爵《こうしゃく》もデニーのパトロンの一人だった。しかし、一九三八年、ロンドンを訪れたデニーはそこで最後の、永遠のパトロンを見つける。オレオ・マーガリンのタイクーンの息子ピーター・ワトソン。他のパトロンたちと同じような金持のゲイであるだけでなく——猫背で、インテリ臭く、めったに笑わない男だが——イギリスでもっとも容姿のすぐれた人間のひとりだった。シリル・コノリーの編集する「ホライゾン」誌を創刊し、資金を出していたのは彼である。ワトソンの仲間たちは、いままではいつも伝統的な習慣にのっとってただの水夫の少年たちにしか興味を示さなかったワトソンが、〝目立ちたがりのプレイボーイ〟で、ドラッグ中毒で、口いっぱいにアラバマのトウモロコシ粉を入れてせわしなく喋《しゃべ》っているようなアメリカ人、あの悪名高きデニー・フーツに心奪われてしまったのを知って失望した。

しかし、ひとたびデニーの、恋愛関係での強い力、支配力を経験してしまうと、たいていの人間は、その犠牲となって完全に力を奪われ、デニーの魅力をいやでも味わうようになる。デニーはひとつの役割にしか向いていなかった。つまり彼は、いつも愛される側だった。これまでずっとその役だけを続けていた。いっぽうこのワトソンも、時々水夫の少年たちを追いかけるとき以外は、いつも愛される側だった。誰もが彼に夢中になる。彼は自分の讃美者たちに、ときにはサド以上のやり口で意地悪をする(一度、彼のことを愛している貴族の青年を、世界半周の長い航海に連れ出した。その間、毎晩、同じ小さなベッドでいっしょに寝るにもかかわらず、この青年にキスをすることも愛撫《あいぶ》をすることも許さないという罰を与えた。その結果、ワトソンが眠っているそばで、礼儀正しい、ワトソンに心を奪われてしまっている青年は、不眠症と陰のうの痛みで精神がどうかなってしまった)。

もちろんたいていの男には、サディスティックな性向があるものだが、ワトソンは同時にマゾヒスティックな衝動も持っていた。ただ、ワトソンのマゾ的傾向を見抜き、それに従って行動させるには、マゾの傾向があることを恥じている客が隠し持っている要求を見抜くという特別の本能を持つデニーのような人間が必要だった。それまではいじめていた人間が今度はいじめられる側になる。そういう人間だけが、いじめの甘く鋭い快感を味わえる。ワトソンはデニーの残酷さに恋をした。彼はすぐれた芸術家の仕事を理解できる芸術家で、デニーの巧妙なやり方に心奪われ、甘い嫉妬《しっと》や優美な絶望を味わうことができたからだ。デニーはロマンティックなサディストという立場をさらに強くするために自分のドラッグ中毒さえ利用した。デニーの悪癖に必要な金を支払わなければならなかったワトソンは、自分の愛情と思いやりだけがデニーをヘロインの墓場から救い出すことができると確信していた。だからデニーがワトソンをもっといじめようと思ったら、わざと薬物の入っている棚に手を伸ばせばよかった。

一九四〇年、ドイツ軍の爆撃が始まったとき、ワトソンが、デニーはロンドンを去ってアメリカに戻るべきだと主張したのは明らかにデニーの健康を気づかったからだった。デニーのこの旅には、シリル・コノリーのアメリカ人の妻ジーンが同行した。コノリー夫妻はこのあと二度と会うことはない。なぜかというと、デニーとジーンの旅は、兵隊と船員と海兵隊とマリファナがごちゃごちゃになった、国を越えての大騒ぎの逃避行となり、そのどんちゃん騒ぎの余波のなかで、いたっておおらかな生き物、ジーン・コノリーは酔払って、死んでしまったからだ。

デニーは戦争中カリフォルニアで過ごした。そのうちの何年かは良心的徴兵忌避者の収容所で囚人として過ごしている。彼がクリストファー・イシャウッドに会ったのは、カリフォルニア時代の初期、収容所に入れられる前のこと。イシャウッドは当時、ハリウッドで脚本家として働いていた。ここで、前述したイシャウッドの小説——私はそれを今朝、公立図書館で見つけたのだが——のなかで、彼がデニーのことをどう描いているか引用してみよう（小説のなかではイシャウッドは彼をポールと呼んでいる）。「レストランに入ってきた彼を最初に見たとき、私はまず彼の不思議なほどまっすぐに背筋をたてた歩き方に気づいたことを覚えている。彼は緊張でほとんど身体《からだ》が麻痺しているように見えた。いつもやせていたが、その時はとくに少年のようにやせて見えた。十代の少年のような服装をして、ことさらに無垢《むく》な少年の雰囲気を強調していた。まるであえてわれわれに挑戦するように見えた。胸のところがきゅっと締まった、肩パッドのない、くすんだ黒のスーツ。清潔なシャツ。真黒なネクタイ。そうした服装のため、たったいま宗教上の規則が厳しい寄宿学校から町に到着したばかりの少年のように見えた。若く見せようとする服装は、私には馬鹿馬鹿《ばかばか》しいものには見えなかった。それは彼に似合っていたからだ。にもかかわらず、彼が本当は二十代の後半だと知っていたので、その少年らしさは、どこかしら薄気味悪い、悪徳の雰囲気をかもしだして見えた」

七年後、私は、ピーター・ワトソンがパリに持っていた、セーヌ左岸、バック通り三十三番地にあるアパートに引越した。そこでデナム・フーツに会った。彼は、お気に入りの象牙《ぞうげ》製のアヘン用パイプよりも青白かったが、写真で知っている昔の彼と少しも変っては見えなかった。相変らず傷つきやすい少年のように見える。なにか化学的方法によって若さのなかに永遠に閉じ込められているようだった。

しかしそれはともかくP・B・ジョーンズはとうとうパリに来た。そしてデニーの客となって、散らかし放題の、迷路のような部屋の、堆《うずたか》く積もった埃《ほこり》のなかにいる。

どうしてこういうことになったのか？

それを説明するのはしばらく待ってほしい。これから下にシャワーを浴びに行く。今日で七日間もマンハッタンの熱気が続いていて、連日三十度かそれ以上の暑さになっている。

このＹＭＣＡで暮しているクリスチャンの好色家の何人かは、しょっちゅうシャワーを使い、その一回が長いのでみんな水びたしのキューピー人形のように見える。しかし彼らは若いし、だいたいみんないい身体つきをしている。ただ、彼らきれい好きなセックス狂たちのなかでいちばん性欲に取り憑《つ》かれているガムスというあだ名の年寄りだけは違う。彼はしょっちゅう廊下を、相手を求めて足をひきずりながら歩き回っている。足が悪く、左の目は見えない。口のはしには、いつもうみが流れ出しそうなおできができている。肌にはあばたができていて、何かおそろしい、伝染しそうな刺青のように見える。彼はたったいま私の股《もも》をなでた。気がつかないふりをしたが、彼にさわられただけでぞっとした。その指は燃えさかるトゲだらけのイラクサの枝のようだった。

『叶《かな》えられた祈り』が出版されて数ヶ月たち、私はパリから一通の簡潔な手紙を受取った。「ジョーンズ様。あなたの作品はどれも素晴しい。セシル・ビートンが撮ったあなたの写真も素晴しい。どうか客として私のところに来ていただきたい。クイーン・エリザベス号の一等切符を同封してあります。四月二十四日のニューヨーク＝ル・アーブル間のものです。何かもっと知りたいことがあったらビートンに聞いて下さい。彼は古い知人です。デナム・フーツより」

すでに書いたようにフーツ氏の噂《うわさ》だけはたくさん聞いていた。だから、彼があえて見ず知らずの私に手紙を書く気になったのは、私の文章にひかれたからではなく、ビートンがボーティの雑誌用に撮ってくれた私の写真にひかれたのだくらいなことはわかっていた。私はその写真を自分の本のカバーに使っていた。のちに、デニーのことを実際に知ってから、あの写真にひかれデニーが思い切って招待状を書き、経済的な余裕がないにもかかわらず費用を自分持ちにしてまでなぜ船の切符を同封したか、理解した。そのころ彼にはまったく経済的余裕がなかった。彼は、パトロンのピーター・ワトソンに愛想づかしされ、捨てられていたからだ。ワトソンのパリのアパートに不法に居すわって、毎日居住権を主張してそこで暮していた。生計のもとは、昔ながらの忠実な友人や、彼にいいよった連中から脅迫に近い形で手に入れたものだった。

デニーがひきつけられた写真は、私の顔を正確にあらわしているとはいえない——写真のなかの私は水晶のようにきれいな若者だった。正直そうで、汚れを知らず、露をしたたらせ、四月の雨粒のように輝いている。ホー、ホー、ホー。

デニーから招待を受けて断るつもりはなかった。また、旅に出てしまうことをアリス・リー・ラングマンにいうつもりもなかった。——それである日、彼女は歯医者から帰ってくると、私が荷物をまとめて出ていってしまったのを知った。誰にも別れの挨拶《あいさつ》をしなかった。ただ黙って姿を消した。私はそういう人間なのだ。そしてこういう人間は決して少なくないと思う。彼らは、諸君の近しい友人かもしれないし、毎日のように話をしている友人かもしれない。それでいて彼らは、ある日諸君がうっかり連絡を取るのを忘れたり、あるいはきみが私に電話をしなかったりすると、黙って消えてしまっている。そしてもう二度と連絡がなくなる。私のほうからきみに電話することはもう決してないからだ。私はこういうトカゲの血のように冷たい連中を何人も知っている。そして私自身もそういう人間の一人なのに、彼らのことがどうしても理解できない。そう、私はただ黙って出発した。夜中にニューヨークを出港するとき私の心臓は、ガランガラン鳴る銅鑼《どら》や、耳ざわりな大きな音をたてている船の煙突と同じように騒々しく音をたてて鳴った。船から見えるマンハッタンの明滅する光がやがて船の見送りの紙テープのむこうに暗く消えていったのをいまでも覚えている。その光をその後十二年間にわたって見ることがなくなるだろうとは。私はまた、よろめきながら階段を下りて一般旅客船室に行ったのを覚えている（一等の切符を一般旅客の切符に替えてその差額をポケットに入れていた）。さらにまた、シャンパンの大量な嘔吐《おうと》物に足をとられてすべってしまい、首の筋を違えたのも覚えている。残念ながら首の骨を折ることはなかった。

パリのことを思い出すと、あの町は私にはあふれかえった小便の便器のようにロマンティックに、セーヌ河に浮かんだ裸の絞殺《こうさつ》死体のように魅惑的に見える。パリの記憶は、フロントガラスのワイパーがものうく水滴を消したときだけガラス越しに見える景色のように澄んでいて青い。私は冬の雨の日、いつも水たまりを飛び越えている自分の姿を思い浮かべる。あるいはまた、八月の日曜日の午後いつもドゥ・マゴの人のいないテラスでひとり坐《すわ》って「タイム」を走り読みしている自分の姿を思い浮かべる。さらにまた思い出すのは、ペルノーの二日酔でふらふらになって、暖房のないホテルの部屋や、迷路のようなアパートの部屋のなかを歩きまわっている自分の姿。町じゅうを歩き、いくつもの橋を渡り、リッツ・ホテルの二つの入口に通じる、寂しい、ガラスの飾り窓が並んだ通廊を歩いて行く。リッツ・ホテルのバーで金持のアメリカ人を待ち、彼らに酒をねだる。それからこんどはル・ブッフ・シュール・ル・トワ（訳注　ピカソやコクトーも通ったブラッスリー・スタイルのレストラン）とブラッスリー・リップ（訳注　イブ・モンタンの「ギャルソン!」のロケ地として知られる）に場所を変える。さらに次にはゴロワーズ・ブルーの煙が充満する娼婦《しょうふ》と黒人が乳くりあっている安酒場に夜明けまでねばる。そしてまた申し分なく酔っ払った目に傾いて見える部屋で目をさます。私の生活はふつうのフランス人の生活とは違っていたことは認める。しかしフランス人でさえフランスには我慢できないでいる。いやもう少し正確にいうと、彼らは自分の国はあがめたてまつっているのだが、自分たち国民のことは忌《い》み嫌っている。彼らは、自分たちが共有している罪、つまり疑い深さとか、けち臭さとか嫉妬とか卑《いや》しさとかを許すことができない。ひとはある場所のことを一度嫌いになると、別な感じでその場所を思い出すことは難しくなる。しかし、しばらくのあいだ、私は別の見方を持つようになった。パリを、デニーがのぞむように、デニー自身がいまだそう見たいと思っているように、見た。

（アリス・リー・ラングマンには姪《めい》が何人かいた。あるとき、そのなかのいちばん年上の子、テネシー州を一度も離れたことのない、デイジーという名の礼儀正しい田舎の女の子がニューヨークにやってくることになった。彼女があらわれると私は不平をいった。というのは、彼女がニューヨークにいるあいだ、私はミス・ラングマンのアパートを一時的に出なければならなかったからだ。もっと悪いことには、私はデイジーを町に案内してやらなければいけなくなった。ラジオ・シティ・ミュージック・ホールのロケット・ガールズやエンパイア・ステート・ビルの屋上やマンハッタンとスタッテン・アイランドを結ぶフェリーなどを見せた。ネイサンズ（訳注　ニューヨークの有名なホットドッグ店）のコニーアイランド・ホットドッグや、オートマットのインゲン豆のトマト・ソース煮といったジャンク・フードを食べさせた。いまこのときのことを思い出すとちょっと複雑な懐しさにとらわれる。デイジーはとても喜んでいた。楽しそうだった。そして実は、私もそのとき彼女以上に楽しかった。というのは、私は彼女の頭のなかに入って彼女の内側から、はじめてニューヨークを見るようにすべてを見物し、すべてを味わっていたから。ランペルマイエの店で皿の上のピスタチオ・アイスクリームをスプーンですくって食べながら、デイジーは、「わあ、これは最高だわ」といった。また、自殺しようと思っている人間をロキシー劇場の窓から飛び降りろとあおりたてるようなブロードウェイの殺気だった群集のなかでもデイジーはいった。「わあ、本当に、ここは最高だわ」

私は、ちょうどパリのデイジーだった。私はフランス語を話せない。もしデニーがいなかったら絶対に話さなかったろう。彼は、他の言葉で話すことを拒否し、強制的に私がフランス語を覚えるようにした。ただベッドのなかでは別だった。といっても誤解されるといけないので説明させてほしい。彼はいっしょに同じベッドに寝ることを望んだが、彼の私への興味はあくまでもロマンティックなもので性的な意味はなかった。それに彼はもはや誰に対しても性的な関心を抱かなくなっていた。アヘンとコカインで去勢されてしまったのでもうここ二年間、仲間たちと遊んでいないといった。われわれはよく午後になるとシャンゼリゼに映画を見に行った。映画と映画の合い間に、顔にあぶら汗がにじみはじめた彼は、いつもいそいで男子トイレにかけこみ、そこでドラッグを服用した。夜にはアヘンを吸い込み、アヘン茶をする。アヘン茶というのは、彼が自分で、パイプのなかにたまったアヘンのかけらを沸騰《ふっとう》しているお湯のなかに入れて作った液体のこと。しかし、彼は意識がなくなってしまうほどの中毒患者ではなかった。彼がドラッグでぼうっとなってしまったり、意識をなくしてしまったりするのは見たことがなかった。

夜の終り、日の光がのぼってきて寝室のカーテンのあいだから光がもれるようになるころ、たぶん意識が少しだけ薄れるのだろう、彼ははね起きて、なにかよくわからない性的な話を次々とひとりで爆発したように勢いよく話し始める。「坊や、いい話をしてやろう。フラナガン神父のニガー・クイーン・コーシャー・カフェという店のことを聞いたことがあるか？　どこかで聞いた名前だろ？　賭《か》けてもいい、たとえきみがその店のことを聞いたことがなくても、それに、きみがたぶん、その店はずっと遅くまでやっているハーレムのしけた店だろうくらいに思っているにしても、きみはその店のことを他の名前で知っているのさ。もちろん、その店がどんな店でどこにあるのかもきみは知っている。以前、あるカリフォルニアの修道院で一年間瞑想《めいそう》をしたことがある。敬虔《けいけん》なるジェラルド・ハード師が指導してくれた。なんというか……意義のあるものを求めていたんだ。この……神のようなものだ。修行を試みたんだ。あのときの私くらいきれいさっぱりいろんなことを捨ててしまったものはいない。早寝早起きで、あとは祈り、祈り、祈り。酒もタバコもやらない。マスタベーションもやらなかった。この腐った、拷問《ごうもん》のような生活の最後にたどり着いたのが……フラナガン神父のニガー・クイーン・コーシャー・カフェだ。そう、無賃乗車の人間が最後に放り出されるところさ。ゴミ捨て場のちょっと先だ。足もとに気をつけろ。そのへんにころがっている首を踏むなよ。さあ、ノックをしろ。とん、とん、とん。するとフラナガン神父が応《こた》える。『誰の紹介で来た？』。イエス・キリストに決ってるだろう。きみは、口のきけないアイルランド人だな、うん、絶対にそうだ。なかは……とても……リラックスできる。なぜって混み合っている店のなかには人生に成功したやつはひとりもいないからだ。みんな落後者さ。とくに、スイス銀行の口座にたんまり預金を持った、腹の出た金持たちがそうさ。ここでならシンデレラもくつろいで髪をほどくことができる。ここにいるのはみんな脱落者なのさ。ほっとするだろう！　ただ、負けを認め、コークを注文して、ボーイスカウトのナイフで私の素晴しくきれいなカルチエの卵形の時計を奪い取ったあの可愛《かわい》い十二歳のハリウッドの小僧みたいな古い友達とダンスをする。ニガー・クイーン・コーシャー・カフェ！　冷たい緑色をした、墓場みたいに心休まる、どん底！　私がドラッグをはじめたのはここでだ。酒もやらずただ瞑想だけというのでは、このフラナガン神父と、彼の何千人という見捨てられた者たちの幸福な隠れ家でずっと暮すのに不充分だからな。ここにいるのはフラナガン神父の他は、ユダ公、くろんぼ、スペイン野郎、おかま、レズ、ヤク中、それにアカだ。ここにいると自分の場所に帰ったみたいに幸福になる。その通り！　ただしここは値段が高い。おかげで私はもうすっからかんだ」。それから彼は、安っぽいスタンド・アップ・コメディアンの口調でいった。「私はご覧のとおりの人間だ。しかし、きみに会って心が変った。これからはもう生きることに抵抗するのはやめにしよう。もしきみがいっしょに暮してくれるならだが、ジョーンジー。危険を覚悟で思い切って治療を受けようと思う。たしかに危険ではある。以前にも一度、治療を受けたことがあるんだ。スイスのヴヴェー（訳注　レマン湖東岸の町。チャップリンが住んでいた）にある診療所で。毎晩、山が私をおしつぶすみたいな感じがした。毎朝、レマン湖に身を投げようと思った。なあ、治療を受けたらいっしょに暮してくれるか？　いっしょにアメリカに戻ってガソリンスタンドを買おう。いや、冗談をいっているんではない。前からずっとガソリンスタンドを経営したいと思っていたんだ。アリゾナ州のどこか。あるいはネヴァダでもいい。ここから先はもうガソリンスタンドはありませんという最後のところがいい。そこだったらきっと静かだろうからきみも小説が書ける。いまはこんなだが基本的には健康なんだ。それに私は料理がうまいよ」

デニーは、ドラッグをすすめたが私は断った。彼は何度もすすめることはしなかったがひとことだけ「こわいのか？」といった。たしかにそうだったが、私をこわがらせたのはドラッグではなくて、デニーの社会的落後者のような生き方だった。その点で彼と張り合う気はなかった。思い出すと奇妙なことだがこれまで私なりに信念を持って生きてきた。自分は非常に才能に恵まれたまじめな若者だと思っていた。オポチュニストのなまけ者ではなかったし、ミス・ラングマンがグッゲンハイム財団から奨学金を引き出してくれるまで、彼女から金をしぼり取るようなご都合主義のらくら者でも、感情に動かされる詐欺師《さぎし》でもなかった。自分が悪党であることは知っていた。

しかし自分を許していた。悪党とはいっても結局、私は生まれつきの悪党なのだから——才能のある人間の唯一《ゆいいつ》の義務は、自分の才能に従って生きることだ。夜を徹しての大騒ぎ、ブランデーの胸やけ、ワインの飲みすぎでおかしくなった胃。それにもかかわらず私は毎日なんとか小説を五、六ページ書くようにしていた。それを中断するものはどんなものでも許されない。しかしその意味でデニーは不気味な存在だった。重い荷物だった。彼から自由にならない限り、シンドバッドとあの厄介な老人のように、デニーの残りの生涯ずっと彼を背負って歩かなければならなくなるだろうと感じた。にもかかわらず、彼のことが好きだった。少なくとも、彼が見境もなく薬漬けになっているあいだは、彼を捨てたくないと思った。

そこで私は、彼に治療を受けるようにすすめた。しかし同時にこうつけ加えた。「二人のその後のことを約束するのはやめよう。そのあとあなたは十字架の下に身を投げ出すかもしれないし、シュバイツァー博士のために病人用便器を掃除することになるかもしれない。それともそれは私のほうの運命かもしれない」。あのまだ世間に身をさらさないで暮していたころ、私はなんと楽観的だったのだろう！——あのとき私が口にした、熱帯アフリカの吸血性ツェツェバエと闘うこととか、病人用の便器を磨くといったことは、その後、耐えなければならなかった苦労に比べれば、蜜《みつ》の匂《にお》いのする、仏教でいう涅槃《ねはん》のようなものだった。

デニーはひとりでヴヴェーの診療所に行くことになった。われわれはリヨン駅で別れた。彼は何か薬を飲んだらしくどこか気分がハイだった。そして、その日は生き返ったような艶《つや》のいい顔――厳しい復讐《ふくしゅう》の天使の顔――をしていたので二十歳の青年に見える。ガソリンスタンドのことから昔チベットに行ったことまでとめどなく喋《しゃべ》っていた。最後にこういった。「もし治療が失敗したら、頼まれてくれないか。私のものはみんな破棄してくれ。服も手紙も焼き捨ててくれ。どうしてもピーターに喜びを与えたくないんだ」

私たちはデニーが診療所を出るまではお互いに連絡をとらないことを決めた。彼が退院したら、たぶん、ナポリの近くの海辺の村のどこか、ポジターノかラヴェッロあたりで会って休暇をとろうということになった。

しかし私は、そんなことをするつもりはなかったので、つまり、できることなら彼には二度と会いたくなかったので、バック通りのアパートを出て、ポン・ロワイヤル・ホテルの小さな部屋に引越した。当時、ポン・ロワイヤルには地下に、革の内装をした小さなバーがあった。そこは高級ボヘミアンたちの溜《たま》り場だった。やぶにらみで、パイプをくわえた、青白い顔色のサルトルと、独身女性のような感じの彼の情婦ボーヴォワールが、いつもバーの片隅で、捨てられたひとそろいの腹話術の人形のように肩を寄せ合っている。そこではよくケストラーも見かけた。彼はしらふだったことがない。攻撃的な男でいつでもこぶしの準備ができていた。カミュも見かけた——かん高い声の、控えめだが内に鋭いものを秘めた男だった。髪はさっぱりした茶色で、目は生気で濡《ぬ》れている。いつも労を惜しまず人の話を聞いているように見える。近づきやすい人間だった。私は彼がガリマール社の編集者だと知っていたので、ある日の午後、自分は短篇集を一冊出したことのあるアメリカの作家だと自己紹介した。そして、ひょっとしてガリマール社が翻訳を出してくれないかと思って、彼に自分の本を読んでくれないかと頼んだ。しばらくして、カミュは、自分の英語力は不充分でこの本の評価を下すことは無理だが、あなたには登場人物を描き出し、緊張を作り出す能力があると感じた、とコメントして、送った本を返してくれた。「私の感じではどの作品もあまりに飛躍が多いし、未完成なような気がする。しかしもし別のものを書いたら、ぜひ見せてくれ」。その後、よくポン・ロワイヤルでカミュに会ったし、一度は招待状なしで押しかけたガリマールのガーデン・パーティでも会ったが、そのたびに彼は私を励ますようにうなずきかけ、微笑《ほほえ》みをよこした。

カミュの他に、このバーで知り合い、親しくなった常連のひとりに、マリー＝ロール・ド・ノアイユ子爵《ししゃく》夫人がいる。評価の高い詩人で、上流階級の人間が集まるサロンを主宰していた女主人でもあった。そのサロンでは、プルーストやレイナルド・ハーン（訳注　ヴェネズエラ出身の作曲家）が不意に顔を出すことがよくあった。彼女は、金持でスポーツ好きのマルセイユの貴族と結婚していた。心やさしく、人を見る目がなく、現代のジュリアン・ソレルのような人間たちにとっては絶好のカモだった。私にぴったりのスロット・マシーンだった。ところが《メ・アロール》、もう一人の若いアメリカ人の野心家ネッド・ローレムが先に大当りを出していた。彼女の欠点——波状の下あご、はちが刺したようにぶあつい唇、ロートレックが描いたオスカー・ワイルド像を気味悪い形で再現したような真中からわけた髪形——に目をつぶり、ローレムがマリー＝ロールに何を期待したかは誰の目にも明らかだった（つまり彼は自分の頭の上に必要な優美な屋根、自分のメロディーをフランス音楽界の最高の位置にまで昇進させてくれる人間を求めていたのだ）。逆はありえなかった。ローレムは中西部出身の、クウェーカー教徒のクウィア（訳注　ゲイ）だった——つまり、奇妙《クウィア》なクウェーカーだった。地獄の業火《ごうか》に焼かれるのがふさわしい行為とひとりよがりの信仰とは我慢できない組合せである。彼は自分のことを、日焼けして金色に輝いている古代ギリシャの政治家アルキビアデスの生まれ変りだと思っていた。彼のその意見に同意する者はたくさんいた。しかし私はそうは思わなかった。というのは彼の頭蓋骨《ずがいこつ》の形が犯罪者を思わせたからだ。頭のうしろが平らになっていて、その形はデリンジャー（訳注　シカゴでFBIに射殺された三〇年代のギャング）に似ている。顔はのっぺりしていて、パンケーキのように甘ったるく、意志の弱さと強さが悪い形でまじり合っている。おそらくこういういいかたは公平を欠いているだろう。というのは私は、彼が教育ある人間で、新進の若者として私などよりはるかに確固とした評価を得ていることに羨望《せんぼう》を感じていたからだ。彼が〝年取った人間の皮《オールド・ハイデス》〟に対して〝生きている張形《リビング・ディルド》〟の役割を巧みに演じて素晴しい成功をおさめているのが羨《うらやま》しくて仕方なかったからだ――〝年取った人間の皮〟とは、われわれジゴロ仲間の言葉で女性の小切手帳のことをいう。もし読者のなかでネッドに興味を持たれた人がいたら、ネッド自身の告白録『パリ日記』を読んでみるのがいいだろう。この本は非常によく書けていて、その内容はネッドのような、なんでも率直にいってしまえるアウトローのクウェーカー教徒にだけ可能な残酷さにみちている。マリー＝ロールはこの本を読んでどんな感じがしただろう。もっとも、彼女はネッドが、しおらしいふりをしながら暴露してしまったことに傷つきはしただろうが、それよりももっとつらい体験にも耐え抜いていた。彼女の最後の相手――私にわかる範囲での最後だが――は、髪の長いブルガリア人の画家だったが、彼は手首を切って自殺した。その最期《さいご》のときにあって彼は、血の出ている動脈をパレットがわりにし、ブラシを振り回しながら二つの壁に、大胆にも、真赤な抽象画の壁画を描きあげた。

実際、私はポン・ロワイヤルのバーに出入りしたおかげでたくさんの知り合いができた。そのなかには、第一級のアメリカ人の海外生活者ミス・ナタリー・バーニーがいる。彼女は資産家の娘で、自立した心とモラルを持っていた。六十年以上もパリで暮している。

その何十年ものあいだミス・バーニーはずっと、ユニヴェルシテ通りにある中庭の奥の二間続きの素晴しい部屋に住んでいた。ステンドグラスの窓、ステンドグラスの天窓――どれもアール・ヌーヴォー調。あのボーティが見たら興奮して狂ってしまっただろう。ミルクのように白いバラを象《かたど》ったラリックのガラス細工、中世のテーブル。そのテーブルの上には、金とべっこうの額のなかに入った友人たちの写真がたくさん置かれている。アポリネール、プルースト、ジッド、ピカソ、コクトー、ラディゲ、コレット、サラ・ベルナール、スタインとトクラス、ストラヴィンスキー、スペインとベルギーの女王たち、ナディア・ブーランジェ（訳注　フランスの音楽家、指揮者）、古い友人メルセデス・ダコスタと寄り添っているガルボ、そしてジューナ・バーンズ。ジューナ・バーンズの写真は真赤な唇に真赤な髪の官能的なもので、とてもあの『夜の森』の不機嫌な作者とは思えない（彼女は晩年グリニッチ・ヴィレッジのアパートで世捨て人の生活を送った）。ミス・バーニーの本当の年齢は八十歳かもっと上だったかもしれないが、年齢に関係なく、いつも男もののグレイのフランネルを着た彼女は、真珠色の肌をした永遠に五十歳の女性に見えた。車の運転が好きで、キャンバス製の屋根をつけたエメラルド色のブガッティに乗ってよくブーローニュの森に行ったり、天気のいい午後にはヴェルサイユまでドライブに出かけたりした。ときどき私は、彼女にドライブに誘われた。彼女は人に講義するのが好きで、私にはまだ学ぶべきことがたくさんあると思っていたからだ。

あるとき、私たちにもう一人、客が加わった。ミス・スタインの未亡人だった（訳注　アリス・B・トクラスのこと）。未亡人はあるイタリア人の八百屋に行きたがっていた。そこでならトリノあたりの丘でとれた珍しい白のトリュフが買えるのだと彼女はいう（訳注　トクラスは料理の本を書いたこともあるほどのグルメ）。その店はかなり離れたところにある。われわれを乗せた車がその店を通り過ぎたとき、突然、未亡人はいった。「ロメーヌの仕事場はこのあたりじゃなかったかしら？」ミス・バーニーは私に、ちょっと困った、それでいて好奇心にみちた目を向けると、彼女にいった。「そこに寄りましょうか？　鍵《かぎ》は私が持っています」

未亡人は、口ひげのあるクモが触毛をこすり合わせるように（訳注 アリス・B・トクラスはうっすらと口ひげがはえている女性だった）、黒い手袋をした手をこすり合わせながらいった。「鍵をまだ持っているって！　だってもう三十年にもなるのよ！」

あのペルシャのオーデコロン（ローマの、ともいう）と呼んでいい猫の小便にまみれた陰気な建物のなかの石の階段を六階ほどのぼって、われわれはロメーヌの仕事場だったところに着いた——二人ともロメーヌのことを私に説明しなかったので、彼女がどういう人間だったのかはわからなかったが、しかし、すでに故人になっていて、そのあとミス・バーニーが彼女の仕事場をあえて手を入れずに一種の聖なる美術館として保存していることを知った。湿気を含んだ午後の光が、汚れた灰色の天窓から差し込んできて、部屋のなかのいろいろなものと混り合っている。布でおおわれた椅子《いす》、スペイン製のショールがかかったピアノ、燃えさしのろうそくがついたままになっているスペイン製の燭台《しょくだい》。ミス・バーニーがスイッチを入れたが電気はつかない。「ちくしょう」と急にアメリカ大草原あたりの粗野な言葉で彼女はいった。そして燭台に火をつけ、それを手に持って私たちを部屋のなかへと案内し、ロメーヌ・ブルックスの絵を見せた。おそらく七十点はある。どの絵も陳腐な、スーパー・リアリズムで、女を描いていた。どの女も同じ服を着ている。白のネクタイと白の裾《すそ》が大きすぎた。何かを絶対に忘れないときというのはわかるものだが、私は、この瞬間を、この部屋を、この奇妙なたくさんの女たちを忘れることがないだろうと思った。女たちの絵は、彼女たちの髪形と化粧から判断して、一九一七年から一九三〇年のあいだに描かれたものと思われた。

「バイオレットだわ」未亡人は一枚の肖像画を見ていった。やせた、ブロンドの断髪の女だった。片眼鏡《モノクル》をしていて、そのためにアイスピックのように鋭い目が大きく見える。「ガートルードは彼女のことが好きだった。でも私には彼女は残酷な女の子に思えた。フクロウを一羽飼っていたのを覚えている。そのフクロウを身動きできないほど小さな鳥籠《とりかご》に入れていたの。フクロウはただじっとしているだけ。鳥籠から羽根が飛び出していたわ。バイオレットはまだ生きているの？」

ミス・バーニーはうなずいた。「フィエーゾレに家を一軒持っています。まだぴんぴんしてますよ。たしかニーハン・クリニックで若返りの治療を受けているって聞いています」

最後にわれわれは未亡人の、故人となった友人（訳注　ガートルード・スタインのこと）と思われる女性の絵のところに来た。絵のなかの彼女は左手にコニャックのグラス、右手に葉巻を持っていた。そこには、ピカソが美化して描いたあの茶色い大地母神のような、がっしりした女性のイメージはなかった（訳注　ピカソの絵「ガートルード・スタイン」のこと）。むしろ、大きな腹をこれ見よがしに突き出したダイアモンド・ジム・ブラディ（訳注　美食家で知られた十九世紀末から二十世紀はじめのアメリカの実業家）に似ていた。人はピカソの絵より、こちらのほうが真実に近いと思うだろう。「ロメーヌは」未亡人は、うっすらとしたひげをなでながらいった。「ロメーヌはたしかに腕はいいわ。でも芸術家ではないわね」

ミス・バーニーは思い切って異を唱えた。「ロメーヌは」アルプスの斜面のように冷たい口調ではっきりといった。「たしかに才能は少し限られてはいました。しかし、ロメーヌは非常に偉大な芸術家です！」

私がコレットのところを訪問できるように手《て》筈《はず》を整えてくれたのはミス・バーニーだった。前からコレットに会いたいと思っていた。といってもいつもの私のご都合主義的な理由からではなく、ボーティが以前、彼女の作品を読むようにすすめてくれて、以来、彼女を尊敬していたからだ（どうか心にとめておいてほしいのだが、知的な意味で、私はヒッチハイカーで、自分の教養をハイウェイや橋の下で得ている）。コレットの『私の母の家』は傑作である。趣味のよさ、香り、手ざわり、視覚——すべてにおいて官能的な特質を持ち、その芸術性において並ぶもののない作品だった。また、私は個人的にこの女性に興味を持っていた。彼女のように知的で、思うがままに生きてきた人間なら、私の疑問に答えてくれるに違いないと感じた。だから、ミス・バーニーが、パレ・ロワイヤルのコレットのアパートで、コレットとお茶を飲めるように手配してくれたとき、彼女に感謝した。「でも」とミス・バーニーは電話で話しながら警告した。「長く居すぎて彼女を疲れさせてはだめよ。この冬じゅう、ずっと病気なんだから」

コレットは寝室で私に会ってくれた。朝の接見をするルイ十四世のベッドのような金のベッドのなかにいる。他の場所で会ったなら、彼女は部族の踊りの先頭に立つ、顔に彩色をほどこしたワトゥシ族のように不機嫌に見えただろう。化粧はなんともおざなりな、ひどいものだった。ワイマラナー犬（訳注 ドイツ原産のポインター）の目のように光り輝く吊《つ》りあがった目のふちは真黒に塗られている。やせて知的な顔は道化師のように真白に白粉《おしろい》が塗られている。唇はかなりの老齢にもかかわらず、すべすべして光り輝き、活気にみちたショーガールのように真赤だった。髪も赤い。いや、赤っぽい、バラのような、一風かわったスプレイのようだった。部屋は香水と鉢に盛られた果物とカーテンを揺らしている六月のそよ風の匂いがする（会話の途中で私は何の香水かと聞いた。コレットはいった。「ジッキイよ。ウジェーヌ皇妃がいつもしていたものよ。この香水が好きなのは、優美な歴史を感じさせる古風な香りを持っているし、いい会話のようにウィットに富んでいてそれでいて下品でないからなの。プルーストもこれを使っていたわ。コクトーもそういっているけど、彼の話はあんまり信頼はできないわね」。

メイドがお茶を運んできてお盆をベッドの上に置いた。ベッドの上にはすでに猫が眠っていたし、手紙や本や雑誌やさまざまな豆本が所狭しと置かれている。とくに目をひいたのはたくさんの、古いフランス製のクリスタルガラスでできたペーパーウエイトだった。この貴重な骨董品《こっとうひん》は机の上にもマントルピースの上にもたくさん置いてあった。これまでこういうものを見たことがない。私が興味を示していることに気がつくと、コレットはひとつ選びだしてそれを電気スタンドの黄色い光にすかしてキラキラ光らせてみせた。「これは白いバラと呼ばれているものよ。見えるでしょ、このいちばん純粋なクリスタルガラスの中心に白いバラが一輪入っているの。一八五〇年にクリシーの工場で作られたものよ。いいペーパーウエイトはどれもみんな一八四〇年から一九〇〇年のあいだにたった三つの会社でだけ作られていたの——クリシー、バカラ、サンルイ。私がノミの市とかそのへんの店で買い始めたころはまだひどく高いということはなかったけれど、この数十年間に、ペーパーウエイトを集めるのが熱狂的っていっていいくらいに流行になって、値段が、私にはとても高いものになってしまったのよ」――そういって彼女はなかに緑のトカゲが入っている丸いのと、もうひとつ、なかに籠いっぱいのサクランボが入っているものを手にとってキラキラさせた――「宝石よりずっと満足できるわ。彫刻よりも。このクリスタルガラスの宇宙は音のない音楽のようだわ。ところで」彼女は、いきなり用件に入っていった。「あなたが人生に何を望んでいるのか教えて頂戴《ちょうだい》。名声、それに富以外にね――そういうものを望むのは当然だわ」。私はいった。「自分が何を望んでいるのかわからないんです。自分がどうなりたいかはわかっています。つまり大人になりたいんです」コレットは派手に化粧したまぶたをあげ、またそれを、大きな青いワシがゆっくりと翼をはばたかせるように閉じた。「でも」と彼女はいった。「そんなこと誰にもできないことよ。大人になるなんて。あなたが考えている大人になるっていうことは、知性だけのひからびた服を着た人間になるってことなの？　羨望《せんぼう》とか悪意とか貪欲《どんよく》さとか罪とか、そうした欠点をみんななくしてしまうということ？　そんなこと不可能よ。ヴォルテールだって、あのヴォルテールだって、自分のなかに子どものような部分を持っていたわ。嫉妬《しっと》深くて、怒りっぽく、いつも自分の指の匂《にお》いをかいでいる汚ない子どもみたいなところよ。ヴォルテールは死ぬまでそういう子どもっぽさを持っていたわ。私たちだってきっとそうだわ。バルコニーに立っているローマ法皇だって……

スイスの護衛兵のなかの美しい顔をした青年のことを夢想しているのよ。立派なかつらをかぶったイギリスの裁判官だって、ひとを絞首台《こうしゅだい》に送るとき何を考えていると思う？　正義とか永遠とかといった大人の考えること？　それともどうしたら英国競馬クラブに選ばれるかということかしら？　もちろん時々は大人になることはあるわ。数少ない高貴な瞬間もあちこちにちらばっているものよ。そうした瞬間のなかでいちばん重要なことは死ね。死はあのうす汚ない子どもも追い払ってくれるし、私たちを最後には、ただのモノ、この白いバラのように生命がなく純粋なモノにしてくれる。さあ」といって彼女はなかに花の入ったクリスタルガラスを私のほうにそっと差し出した――「それをポケットにお入れなさい。ずっと持っていて、それを見ては、永遠や完璧《かんぺき》さをのぞんだり、大人になることをのぞむのは、結局は、オブジェか祭壇かステンドグラスの窓のなかの聖人になることでしかないということを思い出しなさい。どれもみんな大事にはされるかもしれないけど、そんなものになるより、くしゃみをしたり人間らしさを感じたりするほうがずっといいのよ」

以前、私はこのコレットにもらった贈り物をケイト・マクロードに見せたことがある。サザビイの鑑定人さえつとまるほど目の肥えたケイトはいった。「コレットはよっぽどあなたの意見に怒って喋《しゃべ》ったのね。だってそうとでも考えないと、なぜ彼女がこんな高いものをくれたかわからないわ。クリシーのこんないいペーパーウエイトだったら……そうね、ゆうに五千ドルはするわ」

私は、その価値など知りたくないし、これをまさかの時の財産と考えたくもない。絶対にこれを売ることはないだろう。とくにいまのように疲れ切っているときにはそんなことはしたくない。私はこのペーパーウエイトを、ある種の聖人に祝福を与えられたお守りとして宝物にしているからだ。ひとが大事なお守りを売ってしまうのは少なくとも二つの場合だけだ。手もとに何もなくなってしまった時か、逆にすべてのものを手にしてしまった時。どちらも地獄だ。あちこち旅をしたし、空腹に悩まされたり、自殺したいほどの絶望にとらわれたこともある。暑さでへばりきったハエが飛び回っているカルカッタの病院に一年間入院したこともある。それでも、白いバラはずっと手放さないで持ってきた。いまもＹＭＣＡにいて、私はこれをケイト・マクロードの古い黄色い毛のスキー・ソックスのひとつに入れ、さらにそれを唯一《ゆいいつ》のカバンであるエール・フランスのトラヴェル・バッグに入れ、そのバッグを簡易ベッドの下に隠している（エール・フランスのバッグしか持っていないというのは、サザンプトンを逃げ出すとき、大あわてだったので、ヴィトンのケース、バティストーニのシャツ、ランヴァンのスーツ、ピールの靴といったものを置いてきたからだ。しかし私は、そんなものをもう二度と見たくない。見たら吐き気がするし、窒息しそうになる)。ちょうどいま、私はそれ、つまり白いバラを取り出したところだ。そのきらきら輝いているクリスタルガラスの玉のなかに、私は、サン・モリッツの青空の下のスキー場を身体をうしろにそらしながらクナイスルのスキーでさっそうとすべり降りている赤毛の霊のようなケイト・マクロードの姿を思い浮かべることができる。彼女のその姿はクールなクリシーのクリスタルガラスの玉そのもののように優美で精密だ。

一昨夜、雨が降った。朝にはカナダの乾いた秋の空気が雨をとめた。それで町に散歩に出た。そこで偶然友人のウッドロウ・ハミルトンに会った!——間接的にではあるが、私の最後の、悲惨な冒険に責任のある男だ。私はセントラル・パークの動物園に行ってシマウマを思い入れたっぷりで眺めていた。すると、ちょっと自信のなさそうな声がした。「P・Bかい?」。彼だった。アメリカの二十八代大統領の子孫の彼だった。「いや驚いた、P・Bじゃないか。どうしたんだ、その姿は……」

私は、身体《からだ》が汚れていたし、脂《あぶら》で汚れたシアサッカーのスーツを着ていたので自分がどう見えるかよくわかっていた。「ご覧のとおりさ」

「そうか。私はまたきみがまだあの事件に巻き込まれているのかと思ったよ。もっとも新聞に出ていることしか知らないが。まったく大変な話だったな。どうだ」彼は、私の返事を待たずにいった。「ホテル・ピエールに行って一杯やろう」

私はネクタイをしていなかったのでピエールには入れてもらえないだろう。それで私たちは、三番街にある酒場に歩いて行った。途中私はケイト・マクロードのことや彼女に関わる事件のことは喋るまいと心に決めた。慎重に考えたからではなく、あまりに話が生ま生ましいからそう決めたのだ。私の流れ落ちた内臓はまだ地面を引きずっている。

ウッドロウはそのことにこだわらなかった。彼は、人をひきつける、心がセルロイドのように透明な、真面目《まじめ》な男に見えるが、実際はそうではなく、さっぱりした外見は、彼のより複雑な内面を保護し、カモフラージュするものだった。最後に彼に会ったのはカンヌのトロワ・クロシェでだった。もう一年前にもなる。三番街の酒場に入ると彼は、自分はブルックリン・ハイツのアパートに部屋を持っている、マンハッタンの、ある男子だけのプレップ・スクールでギリシャ語とラテン語を教えている、と話を切り出した。「しかし」と彼は、陰気に考え込むようにいった。「実はおれはパートタイムの仕事をしているんだ。ちょっときみの興味をひきそうな仕事でね。見かけから判断してよければ、きみには現金収入が必要だな」

彼は財布を探って私にまず百ドル紙幣を一枚差し出した。「これは今日の午後、ヴァッサー女子大のある女と遊んで稼いだ金だ。ただし、一九〇九年の卒業生だ」。それからカードを一枚差し出した。「これがそもそもおれがそのレディに会うきっかけになったものだ。他の連中にもね。男、女、ワニ。セックスをして楽しんでそれで金になる仕事だ。ともかく金にはなる」

そのカードにはこう書いてあった。「セルフ・サービス社。経営者、ミス・ヴィクトリア・セルフ」。カードに書かれている住所は、西四十二丁目。電話番号は代表番号がひとつ載っている。

「それでだ」ウッドロウはいう。「身体をきれいに洗ってミス・セルフに会いに行くんだ。彼女はきっときみに仕事をくれる」

「おれには仕事はできないと思うよ。いまもう衰弱しきっているし。それにまた小説を書き始めているんだ」

ウッドロウはギブソン（訳注　ジンベースのカクテル。なかにタマネギが入っている）のなかのタマネギをつまみあげた。

「あれを仕事だなんていうつもりはないよ。一週間にほんの数時間だけだ。セルフ・サービス社のいうサービスっていうのはなんだと思う？」

「もちろん、種馬を提供するんだろう。電話で男を呼び出す、というあれだろ」

「なるほど、ちゃんと聞いていたのか——わかってないようだったけど。たしかに種馬ではあるよ。しかしそれだけじゃない。これは一種の共同作業なんだ。ミス・セルフはいつも、どんなことでも、どんな場所でも、どんな方法でも、どんなときでも、サービスに応《こた》える用意をしている」

「まったく不思議な話だ。きみがそんなやとわれの種馬をやっているなんて想像もできないよ」

「おれは種馬なんかじゃない。しかしまあ、あるタイプではあるね。マナーはいいし、それにグレイのスーツにつの枠のメガネだろ。おれのいうことを信じろよ。客はたくさんいる。ミス・セルフは客のいろんな注文に応じることができるんだ。彼女のメニューにはプエルトリカンの殺し屋から新米の刑事《でか》や株の仲買人まであらゆる男が載っているのさ」

「彼女はどこできみを見つけたんだ？」

「それは」ウッドロウはいった。「話せば長い物語さ」。彼はもう一杯酒を注文する。私はことわった。ケイト・マクロードとジンを飲んで狂ったように酔払い、信じられないような馬鹿《ばか》騒ぎをして以来、酒を口にしていなかったからだ。いまではもう、一杯飲んだだけで少し耳が聞えなくなってしまう（アルコールは私の場合まず耳にくる)。「かいつまんで話をすると、そもそもの始まりはおれがある時、イェール大学時代に知っていた男と会ったことだ。ディック・アンダーソン。ウォール・ストリートで働いている。典型的なストレートだな。しかし、暮しは楽ではない。とくにグリニッチに住んで、三人の子どもがいて、そのうちの二人までをエクセター校に入れているとあっては、暮しは楽とはいえない。去年、おれは週末をアンダーソン一家と過ごした――彼の女房は本当にいい女だ。ディックとおれは坐ってコールド・ダックを飲んでいた。コールド・ダックというのはシャンパンとスパークリングバーガンディを混ぜて作った酒だ。まったくあの酒のことを考えると胸がむかつく。そのときディックがこういったんだ。『まったく胸くそが悪くなる。吐き気がする。畜生、二人の息子を金のかかるエクセター校に入れていたらなんだってやらなきゃならん!』ってね」ウッドロウはそういってくすくす笑った。「ちょっとジョン・チーヴァーの小説に出てくる男みたいだろう? 相当な地位にありながら、カントリー・クラブの支払いやら、子どもをいいプレップ・スクールに入れなきゃならないやらで経済的に困っているサバービアの住人っていうのは」

「いや、違うね」

「何が?」

「チーヴァーは抜け目のない作家だから、そんなペニスを売り歩くような株の仲買人を主人公にしたりしないさ。誰もそんな話を信じないって彼は考えるからな。彼の小説はいつも現実的だ。『巨大なラジオ』や『泳ぐ人』のようなありそうにない話でさえ、現実的だ」

ウッドロウはイライラしている。私は彼に気づかれないように百ドル紙幣を自分の内ポケットに入れてしまった。それを取り戻すとなったら彼はかなり大変だろう。

「もしそうなら、そしてそれが真実そのものなら、どうして誰もその真実を信じないんだ?」

「なぜって真実そのものと人が真実と思うものは違うからさ。人生の場合でも芸術の場合でもそれはいえる。プルーストを考えてみろよ。もし彼が歴史的な真実そのものを書いてしまったら、あるいは、彼が男と女を巧みに入れ替えたり、事件や名前を変えたりしなかったら、『失われた時を求めて』は現在のような本物らしさを持っているだろうか? もし彼が完全に事実だけを書いていたとしたら、あの本のことを本物だと思う人間はいまより少なくなっただろう。しかし」——これは私の持論なのだが——「そのかわりあの本はもっとよくなっただろう。人には受け入れられなくなるが内容はよりよくなる」。私は結局、もう一杯飲むことにする。「真実は幻想なのか、幻想は真実なのか、それともこの二つは基本的には同じなのか？ それが問題だ。おれ自身は、それが真実でない限り人に何をいわれても気にしない」

「きみはもう飲まないほうがいいな」

「きみはおれが酔っているると思うのか？」

「ああ、とりとめもないことばかり喋っているからな」

「おれはリラックスしている。それだけだ」

ウッドロウは親切にいった。「それできみはまた小説《ノヴェル》を書き始めたって？」

「小説というより報道《レポート》だ。報告書《アカウント》だ。いや、おれとしてはそれを小説《ノヴェル》と呼びたい。書き終えたとしての話だが。もちろん、おれはまだなにも書き終えていない」

「題名は決まっているのか？」。ウッドロウはガーデン・パーティでよく出るような質問をした。

「『叶《かな》えられた祈り』」

ウッドロウはしかめつらをした。「前に聞いたことがあるな」

「きみがおれの最初にして唯一の本を買ってくれた三百人の一人でない限り、その題名を聞いた筈《はず》はないよ。その本も『叶えられた祈り』という題名だった。特別な理由なんかなかった。しかしこんどはちゃんと理由がある」

「『叶えられた祈り』か。思うに何かの引用だな」

「聖テレサの言葉さ。自分で探し出してきたんじゃないから正確に彼女がどういったかはわからないが、だいたいはこういう言葉だ。『叶えられなかった祈りより、叶えられた祈りのうえにより多くの涙が流される』」

ウッドロウはいった。「あっ、わかったぞ。その本は、ケイト・マクロードとあの連中のことを書いた本だな」

「彼らはたしかに登場するが、彼らのことを書いた本ではないよ」

「じゃあ何のことを書いたんだ?」

「幻想としての真実」

「そして、真実としての幻想か?」

「最初に私がいったほうだ。きみがいったのはまたべつの問題だ」

ウッドロウはどういうことなのかと聞いた。しかし私はウィスキーがまわり始めていた。彼の言葉がもう耳に入らず彼に話をすることもできなかった。しかしそのとき私がいいたかったのはこういうことだ。真実というのはもともと存在していないのだから、あらゆるものは幻想だということができる。幻想とは、実は、事実を明らかにしていくことによって生まれる副産物なのだが、完璧な真実という峰には近づけないにせよ、それに近いいくつかの頂上に到達できるのはこの幻想である。たとえば、女装した男というのを考えてみよう。その扮装者《ふんそうしゃ》は実際は男である（真実）。しかし、彼が自分を女（幻想）として再創造すると、事情は複雑になってくる。この両者を考えると、幻想のほうがより真実に近いのだ。

オフィス街に人がいなくなる午後五時ごろ、私は、ミス・セルフのカードに書いてあった住所を探しながら四十二丁目あたりをぶらぶらしていた。事務所は、一階がポルノ・ショップになっている雑居ビルの上にあることがわかった。その店はペニスや女の割れ目の写真をべたべた貼《は》った、よくある粗末な店のひとつだった。店に近づいたとき、店から出てきた客が包みを落としてしまった。かたぎのさえない男だ。なかが開いて、何ダースもの白黒写真が舗道にまき散らされた。たいした写真ではない。シックス・ナインのポーズやマシュマロのような女の子が三人の男にせめられている、よくある写真だ。それでも何人かの通行人が立ちどまって、男が膝《ひざ》をついて自分の所持品を回収している様子をながめていた。私の意見では、ポルノグラフィは非常に誤解されてきている。ポルノグラフィを読んだからといってセックス狂がふえるわけではないし、彼らがひんぱんに横町をほっつき回るようになるわけでもない。ポルノグラフィは性的に欲求不満になっている者の不満を静めるものだ。マスターベーションに役立つものだ。それ以外にポルノグラフィの目的があるだろうか？　そしてマスタベーションというのは〝いきりたっている〟男たちにとっては本当のセックスの代わりになる快適なものだ。

プエルトリカンのヒモがひとり立ちどまって、腰をかがめて写真を拾っている男をあざ笑っていた（〝おれにいえばモノホンの女といられるのに、おまえはそんな写真で何やろうっていうんだ？〟）。しかし私は、その男が気の毒になった。彼は、このマスタベーション用の写真を買うために先週の日曜日に教会で集めたお金を使い込んでしまった若い孤独な聖職者に見えた。そこで手伝って写真を拾ってやろうと決心した。しかし拾いはじめるや、男は私の顔をひっぱたいた。カラテチョップだ。頬の骨がこなごなになったかと思った。

「あっちに行っちまえ」彼はどなった。「あなたを助けようとしたんですよ」私はいった。すると彼はまたいった。「あっちに行っちまえ。ぶっとばされねえうちにな」。顔は真赤に光っている。あまりにすごいのでこちらの目が痛くなるほどだ。怒りの色ではなく、屈辱の色だとわかる。はじめ、彼は私が写真を盗もうとしていると思ったから怒ったように見えたが、そうではなかった。手助けしようと申し出た私が、心のなかでは彼を憐《あわ》れんでいると感じ取り、それで怒ったのだ。

ミス・セルフは非常に成功したビジネスウーマンだが、見てくれにお金を使うような女性ではないことは事務所を見ればわかる。彼女の事務所はエレベーターのないビルの四階にあるし、ドアの曇りガラスにはただ「セルフ・サービス社」と表示が出ているだけ。しかし、私はなかに入るのをためらった(本当にこんな仕事がしたいのか？　といって、少なくとも金を稼ぐためには、他の仕事もない)。髪にクシを入れ、特売で買ったばかりの二本五十ドルのヘリンボンのズボンに折り目をつけた。そしてベルを鳴らし、なかに入った。

受付の部屋には、ベンチがひとつと机がひとつある他は、家具がひとつもなかった。そこには若い男が二人いた。一人は受付係で机の向こうに坐《すわ》っている。もう一人は、最新流行のダーク・ブルーのシルクのスーツを着た美しい、白人と黒人のハーフだった。二人とも私のほうを見ようともしない。

「それでそのあとさ」ハーフが話している。「おれはスペンサーとサンディエゴで一週間過ごしたんだ。スペンサー！　あいつはすげえ積極的なやつだよ。ある晩さ、おれたち、サンディエゴ・フリーウェイで手当り次第相手をあさってたんだよ。スペンサーは黒人の海兵隊員をひっかけたんだが、これがひでえかっぺでさ。アラバマのスモーク・ビーフっていったところだったな。それでもスペンサーはそいつをうしろの席にひっぱりこんでやったんだ。終ったあと、そいつこういいやんの。『おれはすげええがったんだけど、あんたのほうはどうだった』。それでスペンサーはいったね。『いや、すげえええがったさ。おめえさんのあそこはペニスの先にプッシーがくっついているぜ！』」

受付係は面倒臭そうに誰だこいつはという緑の目をこちらに向けた。ブロンドの髪、それになんと！ 肌はマーガリンのように金色に輝いている。ゲイのリゾート地、チェリイ・グローヴの海辺で週末をゆっくり過ごしてきたらしい。ぱっと見て、明らかにくだらない男に見えた――一種の日焼けしたユーライア・ヒープ（訳注 ディケンズ『デビッド・カッパーフィールド』に出てくる青白い顔をした悪党）だ。「なんの用です？」彼は聞いた。その声は、メンソールのタバコの煙のように、空気のなかを這《は》って冷たく通り抜けてくる。

私はミス・セルフに会いたいといった。彼は私の目的を聞いた。私はウッドロウ・ハミルトンにすすめられて来たと答える。彼はいう。「ここの書類に必要事項を書き込んで下さい。申込みは、お客としてですか、それともこれからここで働く従業員としてですか？」

「従業員です」

「うーむ」ブラック・ビューティが呟《つぶや》いた。「そりゃ惜しいな。おれもあんたとやりてえよ、おっさん」受付係は彼にうんざりしていった。「わかったよ、レスター。そのけつをこの机からどけて早くホテル・アメリカーナに持っていけよ。五時半までに行かなきゃだめよ。部屋は五〇七号室」

私は質問表に書き込んだ。そこにはふつうの、年齢は？　住所は？　職業は？　結婚は？　という質問しかなかった。書き終えるとドラキュラの娘みたいな感じの受付係はそれを持って奥の部屋に入っていった。彼が行ってしまうと、入れかわりに女の子が入ってきた。太り過ぎだがなかなか魅力的な子だ。ピンクがかったクリーム色の丸い顔をして、大きなおっぱいがピンクのサマードレスの下で悶《もだ》えている。若い、肉の塊といったところだ。

彼女は私にすりよってきて、口にタバコを押し込んだ。「ねえ、どう？」。私は、彼女がマッチをお望みなら残念ながらお役に立てない、タバコをやめてしまったもので、と説明した。すると彼女はいった。「私もよ。これはただの小道具よ。私がどう？　っていったのは、ブッチはどこ？　っていう意味よ。あら、ブッチ！」。彼女はちょうど戻って来た受付係を飲み込むみたいに叫んだ。

「マギー！」

「ブッチ！」

「マギー！」それから受付係はようやく我にかえった。「なんて女だ。五日間も！　どこにいたんだ？」

「マギーがいなくってさみしかったの？」

「知るか。あのシアトルから来た年寄りがよお、大変だったんだぜ。お前が木曜の夜、約束をすっぽかしちまうもんだから大荒れさ」

「ごめんね、ブッチ。ね」

「だけど、ほんといままでどこいってたんだ、マギー？　おれはおまえのホテルに二度も行ったんだぜ。電話を百回はした。連絡してくれたっていいだろ」

「わかってるわよ。でもさ……あたし結婚しちゃったのよ」

「結婚した？　マギー！」

「お願い、ブッチ。たいした話じゃないんだから。私たちの仲はどうこうなりゃしないわよ」

「ミス・セルフがなんていうか、おれは知らねえよ」。そこで彼はようやっと私がいることを思い出した。「ああ、そうだ」受付係はまるで袖《そで》にくっついた糸くずを取るみたいな感じでいった。「ミス・セルフがあなたにお会いします、ジョーンズさん。ミス・セルフ……」と彼は私のためにドアを開けながらミス・セルフに私の名前を告げた。「こちらが、ジョーンズさんです」

彼女は詩人のマリアンヌ・ムーアに似ていた。少し太った、ゲルマン系のミス・ムーア。グレイの髪をドイツの主婦がよくするように編んでいる。化粧はしていない。スーツは、むしろ制服と呼んだほうがいい。刑務所の看守が着るような青のサージのスーツ。彼女は、事務所にだけでなく、自分の装《よそお》いにも贅沢《ぜいたく》をしていなかった。ただ例外は……私が気がついたところでは、手首にしている、ローマ数字の文字盤の、金の卵形の時計だ。ケイト・マクロードがこれと同じものをしていた。ジョン・F・ケネディが彼女に贈ったものだ。ロンドンのカルチエで買ったもので値段は千二百ドル。

「どうぞおかけなさい」。彼女の声はいくぶん弱々しかったが、そのコバルト色の目は殺し屋の目のように鋭い。およそ優雅とはいえない服とは不似合な腕時計にちらっと目をやった。「いっしょに飲まない？　もう五時を過ぎたからいいでしょう」。そして机の引出しを開けて、ショット・グラスを二つとテキーラをひとびん取り出した。

私はまだテキーラを飲んだことがなかった。好きになるとも思えなかった。「好きになるわよ」彼女はいった。「元気が出るわよ。私の三番目の夫はメキシコ人だったの。それでは教えて頂戴《ちょうだい》」彼女は、私の申込用紙を軽くたたきながらいう。「前にもこの仕事をしたことあるの？　職業にしたことは？」

興味深い質問だと思った。「職業にしたとはいいませんが、金のためにはしました」

「それなら立派に職業にしたっていえるわ。飲んで！」といって彼女はテキーラを飲んだ。しかめつらをした。身体《からだ》をふるわせる。「ブエノス・ディオス。すごくきくわよ。さあ、空けなさい」彼女はいう。「こんな酒、やっつけてしまいなさい。そしたらこの酒が好きになるわよ」

テキーラは香水入りのベンジンのような味がした。

「それでは」彼女はいう。「あなたにいくつか質問するわよ、ジョーンズ。ここのお客の九十パーセントは中年男。そして注文の半分は、変態プレイ。だからもしあなたが、女の客相手の種馬としてここで働きたいというのなら、いますぐお帰りなさい。私のいうことがわかる？」

「よくわかります」

彼女は私にウインクをして、グラスにテキーラをもう一杯注いだ。「正直にいって、ジョーンズ。絶対にやりたくないプレイがある？」

「女役はいやです。男役のほうがいい。女役は絶対にいやです」

「そう？《アッハ・ゾー》」。やはり彼女はドイツ人だった。オーデコロンの匂《にお》いがなかなか古いハンカチから落ちないように、彼女のアクセントにはドイツ語のなごりが感じられた。

「それはモラル上の偏見から？」

「そうではありません。私は痔《じ》持《も》ちなんです」

「SとMはどう？　F・F（訳注　フィスト・ファックのこと）は？」

「全部ですか？」

「そうよ。鞭《むち》。鎖。タバコ。F・F。そんなプレイよ」

「すみませんがそれはダメです」

「そう？　それも道徳上の偏見からかしら？」

「残酷なのはダメなんです。他の人には快楽になったとしても」

「あなたはこれまで残酷なことはしたことないの？」

「そうはいっていません」

「立って」彼女はいった。「ジャケットを脱いで。ぐるっと回って。もう一度。もっとゆっくり。もう少し背が高いといいんだけど。でもいい身体をしているわ。おなかも出ていないし。ペニスはどのくらい？」

「いままで不満に思われたことはありません」

「うちのお客は他より要求が多いのよ。わかるでしょ。お客が聞くのはいつもそのことばかり。彼のペニスの大きさは？　って」

「ご覧に入れましょうか？」私は、特売で買ったズボンのジッパーをいじりながらいった。

「そんな下品なことしなくてもいいのよ、ジョーンズさん。いずれわかるわ。私は思ったことをはっきりいう人間だけど下品な人間じゃないの。さあもう坐っていいわ」彼女はいって、二人のグラスにまたテキーラを一杯入れた。「私ばかり質問してしまったわね。あなたのほうで知りたいことはある？」

私が知りたかったのは本当は彼女のライフ・ストーリーだった。会ってこんなにすぐ興味を持った人間は他にはいない。彼女はヒトラーから逃げてきた亡命者だろうか、あるいは、戦争前にメキシコに移住した、ハンブルグのリーパーバーン（訳注　ハンブルグの歓楽街）で昔働いていた女だろうか。そしてふと思った。彼女はこういう商売の黒幕ではないにしても、アメリカ人の娼婦宿《しょうふやど》の経営者やセックス・カフェの女主人の大半がそうであるように、マフィア組織の隠れみのに違いない。

「なぜ黙っているの？　そうだわ、給料のことを知りたいのね。プレイの基本料金は一時間で五十ドルよ。それを私とあなたで等分にわけるわけ。客がくれるチップはあなたのものよ。もちろん料金はプレイの内容によって違ってくる。もっとたくさん稼げる場合だってあるわ。それからお客を紹介してくれたり、他の従業員を紹介してくれたら特別ボーナスが出るわよ。それから」彼女は、両目を銃身を向けるように私に向けていった。「守ってもらわなければならない規則がたくさんあるの。ドラッグはダメ、酒の飲み過ぎもお断り。どんなことがあっても客と直接に交渉するのはダメ。予約はこの事務所を通さなければダメ。それから従業員が客とプレイ以外で外でつきあうのもダメ。もし客と個人的に取引きしようなんてしたらすぐにクビよ。客を脅迫したり、何か困らすようなことをしたら、とてもこわい報いが待っているわ。その報いって、ここをクビになるだけなんてなまやさしいものじゃないわよ」

やはりシチリアのクモどもがこのクモの巣を作ったのだ。

「私のいうことわかったかしら?」

「よくわかりました」

そのとき受付係が口を出した。「ウォーレスさんから電話が入っています。急ぎです。酔払っているみたいですよ」

「あなたの意見には興味ないわ、ブッチ。電話を取りついで」。彼女は机の上にある電話のひとつを取った。「ミス・セルフです。お元気でいらっしゃいますか？　ローマにいらっしゃると思っていましたわ。ええ、『ニューヨーク・タイムズ』の記事で読みました。あなたがローマで法皇にお目にかかったって記事がありましたわ。ええもちろんおっしゃるとおりですわ。ええ、あなたの声はぜんぶよく聞えますわ。ええ。ええ」。彼女はメモ用紙に何か字を書き始めた。私は字を上下さかさまにしても読めるという特技があったので彼女の字を読むことができた。「ウォーレス。七一三号室。プラザ・ホテル」。「申訳ありません。ガンボはもう私どものところにはおりませんの。本当に黒人の男の子たちったら信頼できなくてね。でもすぐに新しい子を向かわせますわ。いいえどういたしまして。有難うございました」

それから彼女は私を長いこと見ていた。「ウォーレスさんはとても社会的地位の高いお客なの」。そういってさらにもう一度、私のことを長いこと見た。「もちろん、ウォーレスというのは本当の名前じゃないのよ。ここではお客みんなに偽名をつけているの。従業員もよ。あなたの名前はジョーンズね。それならこれからあなたをスミスと呼ぶわ」

彼女はメモ用紙をちぎって丸めると、私のほうに放って寄こした。「あなたならできると思うわ。この仕事は……肉体的なことが大事ではないの。これは……むしろ看護に関する問題ね」

プラザ・ホテルのロビーにあるけばけばしい金色の内線電話のひとつで私はウォーレス氏の部屋に電話を入れた。犬が電話に出た——受話器ががちゃんと落ちる音がして、そのあと犬が吠《ほ》える声が聞えた。「はっ、はっ、これは私の犬なんだ」。南部《なんぶ》訛《なま》りの声が説明した。「電話が鳴るたびに、こいつが受話器をとってしまうんだ。サービス社の人かね？　よし、すぐに上がってきてくれ」

私の客が部屋のドアを開けるや、犬が廊下に飛び出してきて、まるでニューヨーク・ジャイアンツのフルバックみたいに身体をぶつけてきた。黒くてまだらのあるイギリス産のブルドッグだ。背の高さは六十センチ、横幅は九十センチある。体重は四十五キロはあるにちがいない。犬の力は強くてハリケーンで壁に飛ばされたみたいだ。思わず叫び声をあげた。犬の主人は笑っていった。「こわがらなくていいよ。おいぼれビル、この犬はやさしいからね」。さかりのついた犬は、薬を打たれた種馬みたいに私の足に身体をあずけてきた。「ビル、やめなさい」。ビルの主人はジンでろれつの回らなくなった口で笑いながらいう。「やめなさいっていったんだよ、ビル。すぐにそこをどきなさい」。とうとう彼はセックス狂の首輪に鎖をつけて私からひきはがした。そしていった。「ビルもかわいそうなんだ。私が散歩に連れていける状態じゃなくてね。もう二日間も散歩に連れて行っていない。きみを呼んだのはそのためなんだ。まずお願いしたいのは、ビルを公園に散歩に連れていってほしいんだ」

ビルは、公園に着くまでは大人しくしていた。

途中、私はウォーレス氏のことを考えた。ずんぐりして、腹は出ているし、酒の飲みすぎで身体がむくんでいる。寡黙《かもく》な唇の上には変装用のひげがへばりついている。それで昔とすっかり変っていた。以前は人前に出てもおかしくない外見をしていた。それでも私はひと目見てすぐに彼が誰だかわかった。会ったのは一度きりだったし、それも十年も前のことだったが、あのころの彼の姿をはっきりと覚えている。当時、彼はアメリカでもっとも賞讃《しょうさん》されていた劇作家だったからだ。私の意見では彼はベストだった。彼のことをよく覚えているのは、その時の状況が奇妙なものだったからだ。真夜中、パリのル・ブッフ・シュール・ル・トワのバーでのこと。彼は、ピンクのテーブルクロスをかけたテーブルのところに三人の人間といっしょに坐《すわ》っていた。三人のうちの二人は高級娼婦だった。イギリス製のフランネルを着てコルシカの海賊の格好をしている。そして三人目は誰あろうサムナー・ウエルスだった。「コンフィデンシャル」誌のファンならこの元国務次官でアメリカ最初の黒人労働組合のよき友人である、貴族的なウエルス氏のことを覚えていると思う。ウエルス閣下が、ブランデー漬けの桃のように酔払って、高級娼婦たちの耳をかじりはじめたときは、まるで、活人画のように見えた。

秋の日を楽しむ散歩者たちが夕暮れどきの公園をゆっくり歩いている。日本人のカップルが立ちどまって、ビルを可愛《かわい》がりはじめた。彼らは夢中になって、ビルのねじまがった尾をなでたり、抱きしめたりする。彼らがなぜビルをこんなに可愛がるのか私にはよく理解できた。ビルは顔はへしゃげているし、足はカジモドの足のように短く、身体つきは奇形だ。盆栽や普通より小さな鹿《しか》や二キロもある金魚を作り出しては美しいと鑑賞している東洋人の感覚に、ビルは訴えるものを持っている。しかし私は東洋人ではない。だから、ビルが、さんざん私を芝生の上の木の下へと引っぱりまわしたあと、突然またさかりがついて襲いかかったとき、少しも有難くなかった。

こんな確信犯的な強姦魔《ごうかんま》にはとても太刀打ちできなかったので、いっそもう草の上に寝ころんで彼の好きなようにやらせたほうがいいと考えた。なんなら彼を励ましてやってもいい。「そう、そう、ベイビー。うまくやってくれ。早く射精してしまうんだ」。いつのまにか見物人が集まっていた。じゃれついてくる恋人の情熱にうるんだ目の向こうに、人間の顔がいくつも揺れ動いているのが見える。どこかの婦人がきつい声でいった。「あなた、なんていう人なの！　動物をいじめるのはやめなさい！　どうして誰も警官を呼ばないの？」。別の婦人がいう。「アルバート、私は今夜もう故郷《くに》に帰りたいわ」。よだれをたらし、あえぎながらビルは思いをとげた。

私の安物のズボンもビルの攻撃にあってびしょぬれになってしまった。プラザ・ホテルに犬を連れて戻り、部屋に入るや、私はまだ濡《ぬ》れているビルの糞《ふん》の大きな山に足を踏み入れてしまい、すべってころんだ。その拍子に、顔をもうひとつの糞の山に突っ込んでしまった。ウォーレス氏に「シャワーを浴びてもいいですか？」というのが精一杯だった。彼はいった。「いつもそうするようにいっている」

しかし、ミス・セルフがいったように、ウォーレス氏は、デニー・フーツと同じでセックスより会話を楽しむ人間だった。「きみはなかなかいい子だ」と彼はいった。「もちろんきみが子どもなんかじゃないことはわかっている。それほど酔払ってはいない。きみは超過料金をもらえるんだろう。気にすることはない。きみはいい子だ。目を見ればわかる。傷ついた者の目だ。傷つき侮辱された人間だ。きみはドストエフスキーを読むかね？　いやそんなことはきみの知ったことではないな。しかしきみはたしかに彼の小説に出てくる人間のひとりだ。侮辱され傷ついている。私もそうだ。だからきみといると安心するんだ」。彼はスパイのように、電気スタンドの光に照らされたベッドのまわりにぐるっと目をやった。部屋はカンザスのつむじ風が通り抜けたあとみたいだった。散らばった汚れた洗濯物、いたるところにころがっている犬の糞、敷物についた犬の小便のしみ。ビルはベッドの足もとで眠っている。犬のいびきには性交後のけだるさが感じられる。犬が眠ってくれたおかげで主人と客はようやくベッドをともにすることができた。客は裸だったが、主人は上から下まで服を着たまま。黒い靴、ポケットに鉛筆をさしたヴェスト、つの枠のメガネ。ウォーレス氏は片手に生《き》のスコッチがあふれんばかりに入った歯磨き用コップを持ち、もう片方に長い灰がいまにも落ちそうになっている葉巻を持っている。時々、彼は手を伸ばして私をなでる。一度、熱い灰が落ちて私のへそをこがした。彼がわざとやったと思えたが、そうではないと思い込むことにした。

「この安らぎは、狩りたてられている男や人殺しに追われている男が感じる安らぎに似ている。私はいつか突然死んでしまうのがオチだ。もしそうなったら、それは決して自然死ではない。連中は私の死を心臓発作に見せようとするだろう。あるいは単なる事故に。しかしきみだけはそんなことは信じないと約束してくれ。『ニューヨーク・タイムズ』に手紙を書いて、これは殺人だと教えてやると約束してくれ」

酔払いと狂人を相手にするには論理を貫かなければならない。「しかし、そんなに危険ならどうして警官を呼ばないんです？」

彼はいった。「私は密告者ではないよ」。それからつけ加えた。「私はともかく死にかかっている男だ。ガンで死にかかっている」

「どんなガンです？」

「血。のど。肺。舌。胃。脳。尻《しり》の穴」。アル中の人間はアルコールの味を嫌う。彼はグラスのスコッチを半分飲み干しながら身体《からだ》を震わせた。「すべては七年前、批評家どもが私を攻撃したときに始まった。どんな作家も自分の手法というものを持っている。批評家は遅かれ早かれそれをかぎつける。それはいい。彼らはその手法で作家を見分けられる限り作家を愛してくれる。私はあるとき自分の手法にうんざりして新しい手法を学んだ。これが私の失敗だった。批評家たちはそれに我慢できなかった。彼らは多様な才能というものを憎むんだ——彼らは作家が作家なりに成長したり変ったりするのが好きではない。その時からガンがはじまった。批評家たちは私の古い手法は『純粋に詩的な力をもったもの』だが新しい手法は『お粗末な見せびらかし』だといいはじめた。六作も失敗が続いた。四つはブロードウェイで。二つはオフ・ブロードウェイで。彼らは羨望《せんぼう》と無知から私を殺そうとしている。彼らには羞恥心《しゅうちしん》も良心の呵責《かしゃく》もない。ガンが私の脳を食っているというのに彼らはそのことを気にかけてもくれない!」」。それから彼は慇懃《いんぎん》に聞いた。「私の話を信じていないね?」

「ガンが七年間もずっと進行中なんて話は信じられませんよ。そんなことありえない」

「私は死にかかっている。しかしきみはそれを信じない。ガンにかかっていることも信じない。きみはこれは精神分析医に診てもらったほうがいい問題だと思っているんだな」。いやそうではない。私はこう思っていた。この、自分を劇的に語るのが好きな太った小男は、自分の作品に出てくる孤独なヒロインのひとりのように、自分でも半分しか信じていない嘘《うそ》を見知らぬ人間に話すことで、人の注意をひき、同情を得ようとしている——。見知らぬ人間に話すのは、彼には友人がいないからだ。そして友人がいないのは、彼が自分の作品の登場人物と自分のことしか気にかけないからだ——その他の人間は彼にとっては観客でしかない。「しかし、教えてやるよ、私は精神分析医に通ったことがある。一日一時間で六十ドル払った。それを一週間に五日で二年間続けた。あの悪党がしたことといったら私生活に干渉することだけだった」

「彼らはそれをするのが仕事じゃないんですか? 私生活に干渉するのが?」

「私にそんな利《き》いた風な口をきかないでほしいな。これは冗談ではないんだ。キーウィ医師は私の人生を破滅させた。私が自分はゲイではなくフレッドを愛していないと思い込むようにしてしまった。彼は私に、もしフレッドとの関係を切らなかったら作家として終りになるといった。しかし本当のところフレッドだけが私の人生の唯一《ゆいいつ》の幸運だった。たぶん私は彼を愛していなかった。彼が私を愛していた。彼は私の人生を意義のあるものにしてくれた。彼はキーウィがいうようなインチキな人間ではない。キーウィは、『フレッドはきみのことを愛していない。彼はきみの金を愛しているだけだ』といった。金を愛しているのはキーウィのほうだ。ともかく私はフレッドと別れるつもりはなかった。それでキーウィはこっそりとフレッドに電話して、私と別れなければ、私は酒の飲み過ぎで死んでしまうといった。フレッドは荷物をまとめて姿を消した。私は、キーウィ医師が得意になって自分がしたことを告白するまで事態が理解できなかった。そして私はキーウィにいった。フレッドはあんたのいうことを信じた。それは彼が私を愛していて自分を犠牲にしたからだ、と。しかし私はこの点で間違っていた。私はピンカートン探偵社の探偵をやとってフレッドを探させた。フレッドはプエルトリコにいた。フレッドに会うと、彼は、私の鼻を殴りつけたいといった。彼は、キーウィが彼のところに電話するようにしむけたのは私だ、私がすべてを仕組んだと思っていたんだ。それでもわれわれは仲直りをした。いいことだった。フレッドは六月十七日にメモリアル・ホスピタルで手術を受けた。そして七月四日に死んだ。まだ三十六歳だった。病気のふりをしていたのではない。本当にガンだった。精神分析医が他人の私生活に首をつっこんだ結果がこれさ。この散らかった部屋を見ろよ！　ビルを散歩させるために男娼《だんしょう》をやとわなければならないとはな」

「私は男娼じゃないですよ」。なぜあえて抗議したのか自分でもわからない。本当をいえば、私は男娼だ、いままでずっとそうだった。

彼は皮肉っぽく不満をあらわした。涙もろい人間はみんなそうだが、彼は心の冷たい人間だった。「それがどうした？」彼は葉巻の灰を吹き飛ばしながらいった。「うしろ向きになって尻を広げるんだ」

「すみません。女役はダメなんです。男役はヨシ、女役はダメ」

「きみと性交するつもりはないよ。ただ葉巻を消したいだけだ」

どんなに速く私はそこから逃げ出したか。――服をつかむと急いで風呂場《ふろば》に飛び込み、ドアに鍵《かぎ》をかけた。服を着ていると、ウォーレス氏がひとりでくすくす笑っているのが聞えた。「坊や」彼はいった。「私が本気でいったとはまさか思わなかったろ、えっ？　まったくわからないな。どうして近ごろのやつはみんなこうユーモアのセンスがないんだろう」。風呂場から出てみると、彼は軽いいびきをかいて眠っていた。ビルの大きないびきに比べると静かなものだった。葉巻はまだ彼の指のあいだで燃えている。おそらくいつかそばに彼を助ける人間が誰もいないときに、ウォーレス氏はこうやって眠りにつくのだろう。

ここYMCAの私の小部屋の隣りでは、六十歳になる目の見えない老人が眠っている。マッサージ師で、ここ数ヶ月、階下のジムに雇われている。名前はボブ。腹が出ていてベビー・オイルとスローン軟膏《なんこう》の匂《にお》いがする。一度、私も前にマッサージ師をしていたというと、彼はどんなマッサージをしていたのか知りたがった。そこでお互いにテクニックを見せあった。ぶあついが、繊細な盲人の手で私の身体をマッサージしながら、彼は自分のことを話してくれた。五十歳までずっと独身で、それからサンディエゴのウェイトレスと結婚した。「ヘレンといった。彼女は、目の見えない私に、自分は三十一歳で離婚歴のある、素晴しいブロンドのグラマーと説明したが、私には信じられなかったね。だってそうだろ、そんないい女が私なんかと結婚するか？　でもスタイルはよかった。私はこの手で彼女を燃え上がらせてやった。それから、フォードの小型トラックと小さなアルミ製のハウス・トレーラーを買ってカテドラル・シティに引越した。パーム・スプリングスの近く、カリフォルニア砂漠のなかの町だ。パーム・スプリングスにあるクラブのどこかで仕事があるだろうと思っていた。仕事はあった。あの町は十一月から六月までは最高だ。世界一の気候といっていい。昼は暑く、夜は寒い。ところが夏は最低だ。五十度、五十五度になることだってある。しかもきみが考えているような乾いた暑さではないんだ。あちこちにべらぼうな数のプールを作ってしまったからだな。そのプールのおかげで砂漠は湿気が多くなった。湿気の多い五十度といったら白人の男には耐えられない。女にだってだ」

「ヘレンにはこたえたが、どうしようもない。冬のあいだいくら金を貯《た》めても、夏に町から逃げ出せるだけの金は貯まらない。小さなアルミのトレーラーのなかで生きたままフライにされるようなもんだ。ヘレンはただ坐ってテレビを見るしかない。そのうち私のことを憎むようになった。おそらく彼女はずっと私のことを憎んでいたんだろう。あるいは、私たちの人生、いや、彼女の人生そのものも。しかし物静かな女性だったし、二人のあいだにケンカもなかったから、去年の四月まで彼女の気持に気がつかなかった。四月に私は仕事を辞めて、ある手術を受けなければならなくなった。両脚に静脈瘤《じょうみゃくりゅう》が出来ていたんだ。金はない。生きるか死ぬかの病気を抱えている。医者は手術をしなかったらいつ塞栓症《そくせんしょう》になってもおかしくないという。ヘレンが見舞いに来てくれたのは手術が終って三日もたってからだ。気分はどう、ともいわないし、キスも何もしてくれない。ただこういった。『ボブ、欲しいものは何もないわ。あなたの服を入れたスーツケースを一階に置いてある。トラックとトレーラーだけはもらっていくわ』。私は、いったいなんの話だと聞いた。『ごめんなさい、ボブ』彼女はいう。『でも先に進まなければならないの』。私は怖くなった。泣き始めた。彼女に哀願した。『ヘレン、頼むよ。私は目が見えないうえに、こんどは脚が悪くなった、六十歳の老人だ。家もないし、行くところもない。見捨てないでくれ』。そうしたらなんといったと思う。『行くところがないんならガスの栓をひねればいいわ』だと。これが最後っ屁《べ》だった。退院するとき手もとには十四ドル七十八セントしかなかった。それでもできるだけ遠くに行きたかった。それでヒッチハイクしながらニューヨークに向かった。ヘレンのことは、どこにいようが、前より幸福になって欲しいと思っているよ。ひどい目にはあったが、恨んでなんかいない。脚が悪くて、目の見えない老人がヒッチハイクしながらアメリカ大陸を横断するのは並大抵のことではなかった」無力な老人が、知らない道の脇《わき》で暗闇《くらやみ》のなか車を待っている。デニー・フーツも同じように心細い思いをしたに違いない。ヘレンがボブにしたと同じ心ない仕打ちを私は彼にしたのだ。

デニーはヴヴェーの診療所から私に二通手紙をよこした。最初の手紙は内容がよくわからなかった。「手をうまく使えないので書くのが難しい。フラナガン神父のニガー・クイーン・コーシャー・カフェの有名な所有者、フラナガン神父が私に請求書を渡して出て行けといった。有難う《メルシィ》、君がいてくれて神に感謝する。きみがいなかったらとても寂しい思いをしただろう」。六週間後、こんどはしっかりした手紙をもらった。「どうか電話をくれ。ヴヴェー462714」

私はポン・ロワイヤルのバーから彼に電話を入れた。デニーが電話に出るのを待っているあいだ、アーサー・ケストラーが、テーブルの隣りに坐《すわ》っている女性をじわじわといじめているのを見ていたのを覚えている――彼女は彼の女友達だといわれていた。泣いていたが、彼の侮蔑《ぶべつ》から身を守ることは何もしていなかった。男が泣いたり、女がいじめられたりしているのに、誰もとめようとせず、バーテンも見て見ぬふりをしているのは、我慢ならない。

それからデニーの声がアルプスの高いところから降りてきた――彼の声は、肺が素晴しい空気で満たされているように聞えた。つらかったが、ようやく診療所を出てもよいことになった、ラスポリ王子（〝ダド〟）がローマのアパートを貸してくれたので、火曜日にローマで会えないかと彼はいう。軽いいい方をすれば、私は臆病《おくびょう》だから人にノーといえない。もっともまじめないい方をすれば、私は、他人に対してもはや普通以上に正直な態度を取れなくなっていた。つまり心のなかではノーといっているのに口ではイエスといってしまう。私はデニーにローマで会おうといった。きみがこわいからもう二度と会いたくないと本当のことがいえるだろうか。理由は彼のドラッグ中毒や乱れた生活ではない。彼の頭の上に浮かんでいた浪費と失敗を象徴する聖なる光の輪だった。そのような失敗の影が、近づきつつある私の勝利に影響を及ぼすような気がした。

それで私はイタリアまでは行くには行ったが、ローマではなくベニスに行った。そして冬のはじめのある晩、ハリーのバーでひとりでいるときにはじめて、デニーがローマで死んだことを知った。彼に会うことにしていた日の数日後だった。それを私に話してくれたのはミミだった。ミミはエジプトの最後の王様ファルークよりも太ったエジプト人で、カイロとパリを行き来しているドラッグの密輸商人だ。デニーはミミを熱愛していた。少なくともミミが与えてくれる麻薬を熱愛していた。しかし私は彼のことをほとんど知らない。だから、ハリーの店で私を見つけたミミがよたよた歩いてきて、よだれがたれている、キイチゴのように真赤な唇で私の頬にキスをして、こういったとき少なからず驚いた。「私としては笑う他ありませんな。デニーのことを考えるといつも笑わざるをえないんですよ。彼が生きていたら彼だって笑うでしょう。

あんな死に方をするなんて！　あんな死に方をするのはデニーだけですよ」。ミミは薄くなった眉《まゆ》をあげた。「知らなかったんですか？　治療を受けたのがいけなかったんですよ。ヤクをずっとやっていたら、彼はまだ二十年は生きていましたよ。しかし治療が彼を殺したんです。心臓がとまったとき彼はトイレで糞《くそ》をしていました」。ミミによれば、デニーはローマの近くのプロテスタントの墓地に埋葬されたということだった——しかし翌年の春、そこで彼の墓を探したが、見つけることができなかった。

何年間も私はベニスを偏愛していた。ベニスの四季をすべて経験していた。とくに、海からの靄《もや》が町の広小路をゆっくりと流れ、ゴンドラの銀の鐘のかすかな音が靄にかくれた運河を震わせる晩秋と冬のベニスが好きだった。私はヨーロッパでの最初の冬をずっとベニスで過ごした。大運河に面した古い屋敷の一番上の階にある暖房のない小さい部屋で暮していたが、あんな寒さはその後も経験したことがない。あまりの寒さで、外科医が両腕と両脚を切り落としたとしても何の痛みも感じないだろうと思ったことが何度かあった。それでも幸福でなくはなかった。書きすすめている小説『眠れない何百万もの人間たち』が傑作になると確信していたから。いまとなってはあの小説がどんなものかわかっている——シュールレアリストのお粗末な文章をヴィッキ・バウム（訳注『グランド・ホテル』で知られるウイーン生まれの女性作家）のレシピに従って味つけした犬の夕食だ。この話をするのは恥しいのだが、記録のためだけにいっておくと、その小説は約一ダースほどのアメリカ人の話だ（離婚中のカップル、若くて金持でハンサムな覗《のぞ》き見趣味の男とモーテルにいる十四歳の女の子、マスタベーションしている海兵隊の将軍etc）。彼らの生活の唯一《ゆいいつ》の共通項は、誰もがテレビで深夜映画を見ていることだった。

毎日、朝の九時から午後の三時までこの小説に取り組んだ。三時になると、どんな天気のときでも、ベニスの迷路のような町に散歩に出かけ、夕暮れどきハリーのバーが開く時間になると、寒い外から店のなかに飛び込んで、主人のチプリアニご自慢の小さな〝うまい食事と飲みものの宮殿〟の暖かい歓迎を受けた。冬のハリーの店は、他の季節とはまったく様子が違った、またべつの騒々しい家になる。客でごったがえしはするが、クリスマスのころには、店は、イギリス人やアメリカ人のものではなくなる。地元のエキセントリックな貴族、青白い、めかしこんだ伯爵《はくしゃく》、文句ばかりいっている領主――オハイオから来た最後のカップルがいなくなってしまう十月過ぎまではここに一歩も足を踏み入れない町の人間たちのものになる。私は毎晩ハリーの店で九ドルか十ドル使った――それでマティーニを飲み、シュリンプ・サンドイッチと鉢に山盛りのボローニャ・ソースの緑のスパゲッティを食べた。私のイタリア語はたいしてうまくならなかったが、それでも多くの友人ができた。お望みなら彼らとの数多くの馬《ば》鹿《か》騒ぎのことをお話しできる（しかし、まあ、古いニューオリンズの知人がいつもいっていたいい方でいえば、「ベイビー、私に話し始めさせたらだめだよ！」）。

その冬会った唯一のアメリカ人はペギー・グッゲンハイム（訳注 美術品収集家。モダン・アートのパトロン。画家のマックス・エルンストと結婚していたことがある）とジョージ・アーヴィンだ。アーヴィンは、非常に才能のあるアメリカ人の画家で、ブロンドの髪をクルーカットにしたバスケットボールのコーチのように見えた。彼はゴンドラの船頭に恋をし、船頭とその妻と子どもたちといっしょにベニスで何年間か暮した（その後なんとなくこの取り決めは終ってしまった。共同生活が終ったあと、アーヴィンはあるイタリアの修道院に入った。そのあと、そこの修道僧になったと聞いた）。

妻のヘルガのことを覚えておいでだろうか？ 法律上私たちはまだ夫婦であるという事実があったが、もしヘルガがいなかったなら、私はペギー・グッゲンハイムと結婚したかもしれない。彼女のほうが私よりたぶん三十歳かそれ以上年上だったが。いつも入れ歯をかたかたいわせ、顔は長髪のバート・ラー（訳注「オズの魔法使い」の臆病なライオンで知られる喜劇役者）みたいな彼女ともし結婚したとしたら、それは、彼女が私にお世辞をいったからではなく――ベニスの冬の夜を、こぢんまりとした白いパラッツォ・デイ・レオーニで過ごすのが楽しかったからだ。彼女はその家に十一匹のチベット・テリアとスコットランド人の執事と住んでいた。執事はよく恋人に会いにロンドンに行ってしまったが、彼の雇い主はそれに不平をいうことはなかった。彼女はスノビッシュだったし、彼の恋人はフィリップ王子の近侍《バレイ》といわれていたから。ペギー・グッゲンハイムの上質の赤ワインを飲みながら、彼女がいくつかの結婚や情事のことなど昔のことを思い出しながら大きな声で話してくれるのを聞くのは楽しかった。彼女のとりまきだったジゴロのような連中のなかに、サミュエル・ベケットの名前があがったときには驚いてしまった。金持で世界的に知られたユダヤ系の女性と、『モロイ』『ゴドーを待ちながら』の修道士のような作家との組合わせは実に奇妙で、容易には想像できなかった。その事実を知ってしまうとベケットの、あのもったいぶった孤高の態度、堅苦しいまじめさがいままでとは違ったふうに見えてくる。ペギー・グッゲンハイムと一緒にいた当時のベケットは、金もなく本もまだ出していない無名の作家だった。そういう人間が銅財閥の相続人である、きれいとはいえないアメリカ人女性を愛人としたら、そこに何か純粋な愛情以外の動機があると考えられるからだ。こういう私だって、たしかに彼女を純粋に素晴しいと称讃《しょうさん》はしていたが、それでも何かの折りに彼女の財産に興味を持ってしまうことは充分に考えられる。彼女の財産をとろうとまで貪欲《どんよく》にならなかったのはただただ私が当時、うぬぼれて馬鹿な考えを抱いていたからだ。『眠れない何百万もの人間たち』がひとたび出版されたらすべてのものが自分のものになると思い込んでいた。

しかしそんなことは起らなかった。

三月、原稿を完成させると私は、コピーを一部、エージェントで、あばた面《づら》のレズビアンのマーゴ・ダイアモンドに送った。彼女は自分の顧客のひとり、私が以前捨てたアリス・リー・ラングマンに説得されて私の仕事もしていた。マーゴは、コピーを私の最初の本『叶《かな》えられた祈り』の出版社に持ち込んだと返事を寄こした。「しかしながら」彼女は手紙のなかでいった。「私がそうしたのは単純に私の好意からです。もし出版社があれをボツにしたら、あなたは他のエージェントを探されたほうがいいでしょう。私がこれ以上あなたのエージェントを続けるのは、あなたの利益にも、私の利益にもならないと思います。あなたは寛大なミス・ラングマンに対して尋常とは思えない仕打ちをしました。彼女にしたあなたの行為が私の意見に影響していることを私は認めたいと思います。それでももしあなたに、どんな代償を払ってでも励ましたくなるような才能がおありになるのなら私も思いとどまりますが、残念ながら、私にはあなたにそんな才能があるとはとても思えません。あなたは芸術家ではありません。としたら、せめてあなたは、技術だけは秀《すぐ》れた職業的作家くらいにはなれるという可能性を見せなければなりません。しかし、あなたには厳しさが欠けていますし、作品の出来不出来が激しすぎます。従ってあなたは職業的作家にもなれそうにありません。まだやり直しのきく若いうちに、他の職業を考えたらいかがですか？」

おべっかつかいの馬鹿女め！　いまに後悔するぞ！　私はまだ自分に自信を持っていた。だからパリに着いてアメリカン・エクスプレス社の事務所で出版社からの本の出版を断わるという手紙（残念ながら、わが社といたしましては、『眠れない何百万もの人間たち』のような作りものめいた本であなたを作家としてデビューさせたくありません……）、さらに原稿をどうしたらいいかと問合せている手紙を読んだ時でさえ、私の信念はたじろぐことはなかった。ただ、ミス・ラングマンを捨てたために、彼女の友人たちが私をいま文学的なリンチの犠牲にしている、と考えただけだった。私の手もとには人からだましとったり貯金したりしていた金が一万四千ドル残っていた。アメリカには帰りたくない。しかしどうしても『眠れない何百万もの人間たち』を出版したいのなら、アメリカに帰る以外に選択の余地はないように見えた。遠く海外にいてエージェントもなしに本を売り込むことは不可能だろう。誠実で力のあるエージェントを確保するのは、信頼できる出版社を確保するより難しい。マーゴ・ダイアモンドは最高のエージェントのひとりだったのだ。彼女は「プレイボーイ」の編集者だけでなく「ニューヨーク・レヴュー・オブ・ブックス」のようなスノッブな新聞の連中と付き合いがあった。彼女は私に才能がないと思うといったが本当は彼女は私に嫉妬《しっと》しているだけなのだ。あのレズ女は昔からミス・ラングマンと寝たがっていたのだから。しかしいくら強気の私でもニューヨークに戻ることを考えると胃がジェットコースターに乗ったように傾いたり下がったりした。友だちが一人もいない、まわりじゅう敵だらけのあの町にもう一度行くには、なんとか成功をおさめてパレードの楽隊と紙吹雪に露払いしてもらう以外にないように思えた。尾をたらし、売れない小説を持って戻ることができる人間がいるとしたら、私よりは大きい人間か小さい人間かのどちらかだけだろう。

この惑星に住むもっとも悲愴《ひそう》な種族のなかで、七ヶ月にもわたって飢えた冬の夜を耐えなければならない家のないエスキモーの集団よりももっと悲しい種族は、虚栄心からか、芸術的と自分が思い込んでいる理由からか、あるいは何か性的または財政的な理由から、海外で暮さなければならなくなったアメリカ人たちだ。一月にタルーダンを出発し、北上する春を追うようにタオルミナ、アテネを経て六月にパリに到着する。そういう海外での生活を何年も続け生き延びてきたら、それ自体としてはすごい体験で、自分は他の誰より秀れていると感じても、また例のないすごい仕事をしたと感じてもおかしくはないだろう。実際、少しも金がない場合、あるいは、親から送金してもらっている多くのアメリカ人のように「生き延びるのには充分な金」しかない場合には、それは確かにひとつのすごい体験にはなる。また年が若ければ、二年間くらいはそういう生活をしても大丈夫だろう——しかし、二十五歳を過ぎると（三十歳が限界だが）楽園と思われたところはただの平凡な風景にしかすぎず、カーテンを持ちあげれば裏に隠された醜い真実が見えてしまうことがわかる。

海外での放浪生活がどういうものかわかるまでにはしばらく時間がかかったが、それでも私は徐々にこのみじめなキャラバンのような生活に自分から入り込んでいった。夏になり、アメリカにはもう戻らず、いろいろな出版社に本を郵送して、売り込もうと決意した。酒で頭が割れるような日々はドゥ・マゴのテラスでの何杯かのペルノーから始まった。それから通りを横切ってブラッスリー・リップに行きザウワークラウトをつまみ、ビールをたくさん飲む。そのあとはケ・ヴォルテール・ホテルのセーヌ河を見渡せる心地よい小さな私の部屋で昼寝を楽しんだ。本格的に飲むのは六時ごろから。タクシーを拾ってリッツ・ホテルに行き、そこのバーで夕方の早い時間を客にマティーニをねだって過ごす。ゲイなのにそれを隠している男とか、たまにだがいっしょに旅行している二人連れのご婦人とか、あるいはまだすれていないアメリカ人のカップルとか、そういう人間たちに夕食に招待してもらえなければ、何も食べなかった。栄養という点では、一日五百キロカロリー以下で暮していたと思う。しかし、酒、とくにカルヴァドスを、毎晩、セネガル人の経営するキャバレーとか、ル・フィアクル、モン・ジャルダン、マダム・アルチュール、ル・ブッフ・シュール・ル・トワ、といったゲイが集まるバーで、吐き気がするくらい大量に飲んでいたので、身体《からだ》のなかはボロボロになっていたが、外見だけは、栄養がゆきとどきたくましく見えた。とめどないひどい二日酔、滝のような吐き気。そうした毎日であったにもかかわらず不思議なことに、自分はいまとてもいい体験をしている、これは芸術家にとっていい教育になる経験なのだと、感じるようになっていた。そして実際、この、カルヴァドスを飲んでの大騒ぎを通して、心に残る何人もの人間に会った。

そうしてケイト・マクロードに会った。ケイト！　マクロード！　私の恋人、私の苦悩、私の神々の黄昏《たそがれ》、私の「ベニスに死す」。クレオパトラの胸にかみついた蛇のように避けがたく、危険な。

冬の終り、パリでだった。私はタンジールで何ヶ月か酒びたりの生活を送ったあとパリに戻った。タンジールでは生活の大半をジェイ・ヘイゼルウッドのル・パラードという店で過ごした。そこは、親切でひょろ長いジョージア州出身の男ジェイが経営しているしゃれた酒場で、彼はホームシックになったアメリカ人相手に上質の、マティーニと大きなハンバーガーを出してかなりの財産を作っていた。彼はまた、店のサービスとして、気に入った外国人の客にアラブ人の男の子や女の子を紹介していた。

ある晩、パラードのバーで私は、これからの出来事に非常に大きな影響を与えることになるある男に会った。彼は、一九二〇年代の雑誌や新聞に載っていたヘアトニックの広告のように、ブロンドの髪を油でなでつけ、真中から二つに分けていた。身だしなみはちゃんとしている。そばかすがあり、顔色はいい。笑顔がよかった。少し多いぐらいの、健康そうな歯をしている。ポケットにいっぱい台所用マッチを持っていていつも親指の爪《つめ》を使って火をつける。四十歳くらいのアメリカ人だった。ただ、アクセントが標準とは少しずれていた。いろんな言葉で話すのが習慣になっている人間によく見られる変ったアクセントだった。気取ってそういう喋《しゃべ》り方をしているのではない。むしろ名前のつけようのない言語障害のようだった。酒を二杯おごってくれた。私たちはサイコロをころがして遊んだ。あとで彼のことをジェイ・ヘイゼルウッドに聞いてみた。

「たいしたやつじゃないさ」ジェイは人を騙すような、南部訛《なんぶなま》りでいった。「名前はエイス・ネルソン」

「しかし何をしている男なんだ？」

彼はいった。非常に真面目《まじめ》な口調でいった。「金持の友人だ」

「それだけか？」

「それだけだって？　ちぇっ、わかってないな！」ジェイ・ヘイゼルウッドはいった。「金持の友達になって、それで暮す一日というのは、鎖につながれた二十人の黒人が一ヶ月働くことより大変なことなんだ」

「でもそんなことでどうやって暮せるんだ？」

ヘイゼルウッドは片方の目を大きく開き、もう一方の目は逆に細めた――南部の馬の商人のやり方だ――しかし私は彼をからかっていたのではなかった。本当にわからなかったのだ。

「よく聞けよ」彼はいった。「エイス・ネルソンのような、サメを餌《えさ》のところに導くブリモドキはたくさんいるんだ。彼にはべつに特別なところなんかない。ただ彼は他の連中よりは少しキュートなだけだ。エイスはいいやつだよ。他のやつに比べればだが。一年に二回か三回、タンジールにやって来る。いつも誰かのヨットに乗っている。毎年、夏を、ヨットからヨットへ渡り歩いて過ごすんだ。――ガヴィオータ、シエスタ、クリスティーナ、シスター・アン、クレオール、船の名前はなんでもいい。夏以外には、アルプスにいる。サン・モリッツかクシュタート。あるいはウェスト・インディーズ、アンティグア、ライフォード・ケイ。途中パリ、ニューヨーク、ビヴァリー・ヒルズ、グロッス・ポイントに立寄る。しかしどこに行こうが彼がやることはいつも同じだ。汗水たらして食いぶちを稼ぐ。ランチ・タイムから消灯時間までゲームをするのが仕事だ。ブリッジ、ジン、カットスロート、オールド・メイド、バックギャモン。笑顔を作る。入れ歯を光らせる。海を行くヨットのサロンにいる連中を楽しませ続ける。そうやってあちこち回りながら金を稼いでいるのさ。その他にいろんな女とセックスをして稼いだりもする。いろんな年齢や好みのブスたち。ダンナにまったく相手にされなくなったメスたちさ」

ジェイ・ヘイゼルウッドは紙タバコは吸わない。ジョージア州生まれの彼は嚙《か》みタバコを嚙む。これだけ喋り終ると、個人用の特別なタン壺《つぼ》に茶色いツバを吐いた。

「つらい仕事かって？　ああ。おれは自分でもコブラとファックするのに近いことをしてたんでよく知っているよ。それをやってたからおれはこのバーを開けるだけのペセタを稼げたのさ。しかしおれはそういう生活を自分のためにしていたんだ。おれをひとかどの人間にするためにな。しかし、エイスは、あんな生活で自分を見失ってしまった。いま彼はここでバーバラの取り巻きといっしょにいるよ」

タンジールは、キュービズムの彫刻家がジブラルタル海峡に面した山に向かって置いた白い彫刻のような町だった。町は山の上から海に向かって広がっている。途中、醜い地中海ふうのヴィラがまき散らされた中産階級の住む郊外がある。それからやたら広い通りやセメントの色がむきだしになった高層住宅《ハイ・ライズ》が暑苦しい瘴気《しょうき》のようになった〝モダン〟な町並みが広がり、さらに海岸沿いには迷路のようなカスバがある。まっとうな商売のためにこの町にいる人間を除いて、外国人でタンジールに住んでいる人間は、だいたい次の四つの理由のうちの少なくともひとつの理由で――また、いくつかが組合さっている場合もあるが――ここにいる。ドラッグが簡単に手に入る。好色な若い娼婦《しょうふ》がいる。税金のがれができる。入国させるのに好ましくない人間を、空港から出してくれたり船から出してくれたりする町は、ポートサイドの北にはここしかない。そこは、他の町なら許されないようなことが許されている町なのでかえって退屈な町になっている。

当時、カスバを支配していたのは、二人のイギリス人の男と三人のアメリカ人の女性だった。女性のひとりは、女優タルーラ・バンクヘッドの妹で、タルーラと同じように個性的なユージェニア・バンクヘッド。そしてもうひとりは、あの、いつも笑っている、陽気で、自虐《じぎゃく》的な、天才的な小鬼《インプ》、ジェーン・ボウルズ。あの災いをもたらすほど素晴しい小説『まじめな二婦人』と、それと同じ評価を与えていい唯一《ゆいいつ》の戯曲『夏の別荘にて』の著者である。いまは亡《な》きボウルズ夫人（訳注　ジェーンの夫は作家であり作曲家であるポール・ボウルズ）はカスバのなかにある非常に小さな家に住んでいた。その家は、部屋は小さく天井は低いので部屋から部屋へ行くのに、ほとんど這《は》うようにしなければならない。彼女はその家に、ムーア人の恋人、有名なシェリファといっしょに住んでいた。シェリファは荒削りの年取った百姓女で、タンジールのいちばん大きな露天の市場に、薬草や珍しい香辛料を売る店を持っている。荒々しい個性の持主で、ボウルズ夫人のような、ウィットに富み、極端に風変りなものに身を捧《ささ》げている天才だけが、彼女に耐えることができた（「でも」とジェーンはふくよかな笑い声でいった。「私はシェリファを愛しているけれど、彼女は私を愛していないの。無理もないわ。誰が作家を愛せる？　オハイオ州出身の足の悪いユダヤ人の女の子を誰が愛せる？　彼女が考えているのはお金のことだけよ。私の持っているお金。そんなに持っていないんだけれどね。それから家。彼女はいつもどうしたらこの家が自分のものになるかばかり考えてるのよ。彼女は少なくとも半年に一度は本気で私を毒殺しようとしているの。大丈夫、私は誇大妄想狂じゃないわ。これは本当の話なの」)。

ボウルズ夫人の人形の家と正反対なのが、カスバを支配している三人の女性のなかでもっとも本当の女王らしい、スーパーマーケット王の孫娘バーバラ・ハットンの住んでいる、壁に囲まれた宮殿だった。彼女は、ジェイ・ヘイゼルウッドの言葉を借りれば「バーバラ一味の女ボス、マ・バーカー」だった（訳注　マ・バーカーは一九三〇年代の有名な女性ギャング）。ミス・ハットンの周りには一時的な夫（訳注　彼女は生涯に七回結婚した）をはじめ、そのときどきの恋人や何をしているのか（しているとしてだが）よくわからない連中がたくさんいた。彼女は毎年一ヶ月ほどこのモロッコの屋敷にやってきて邸内に君臨する。いまにもこわれそうな身体をしていて、こわがりだったので、めったに壁の外には出ない。邸内に招待される地元の人間はほんのわずかしかいない。今日はマドリッド、明日はメキシコと世界じゅうを旅して歩いている。いや正確にいうと彼女のは旅とはいえなかった。四十個にも及ぶトランクとごく狭い範囲の取り巻きといっしょにただ国境を越えていただけだった。

「やあ！　パーティに行く気はないか？」エイス・ネルソンだった。彼はカスバの二十四時間営業のどんちゃん酒場プティ・ソッコのカフェ・テラスから私に声をかけてきた。真夜中過ぎのこと。

「これを見ろよ」エイスはいった。上機嫌だったがそれは何かドラッグを飲んでハイになっているからではなく、彼本来の機嫌のよさのためだった。アラベーという酒を飲んでいる。「あげるものがある」。彼は、両手であぶなっかしく、丸々と太った、なんとか逃げ出そうとしている小犬を一匹つかみだした。出来損ないのパンダみたいなアフロ・ヘアのメスの小犬で、怯《おび》えたふたつの目のまわりには、白い輪がある。エイスはいった。「五分前にこのメス犬をスペイン人の水兵から買ったんだ。水兵はこいつをピー・ジャケットのポケットに入れて歩いていた。頭だけ外に出ている。こいつの可愛《かわい》い目を見たんだ。それにこの可愛い耳を見ろよ、ほら、ひとつは垂れていて、もうひとつはとがっている。その犬どうしたんだと聞くと水兵は、姉がこれをミスター・ウーに売るようにって送ってきたといった。ミスター・ウーというのは犬を蒸焼きにして食べる中国人だ。それで百ペセタ渡してこの荷を買ったというわけだ」。エイスはカルカッタの物乞《ものご》い女が打ちひしがれた幼児をさしだすように、その犬を私に押しつけた。「きみに会うまで自分でもなぜその犬を買ったのかわからなかった。それでぶらぶら歩いてソッコに入った。そこに……ジョーンズ君、だったかな？　名前はそれでよかったかな？　さあ、ジョーンズ君。受けとってくれ。きみらはお互いに必要なものどうしだよ」

犬、猫、子ども。私は自分が世話を焼かなければいけないものと縁がない。時間の無駄だ。だからいった。「いりませんよ。中国人にやってください」

エイスはギャンブラーの目で私をじっと見つめた。彼は犬をカフェ・テーブルの真中に置いた。犬は傷ついたように震えながらしばらくテーブルの上に立っていたが、やがてそこにしゃがみこむと小便をした。エイス！　なんて野郎だ。しかし小犬を見ると、私を育ててくれた尼僧たちや、セントルイスの孤児院の崖を思い出した。仕方なく犬をつかみあげると以前デニー・フーツがくれたランヴァンのスカーフに彼女を包み、抱いてやった。震えがとまった。彼女はくんくん匂《にお》いをかぎ、ためいきをつき、まどろみはじめた。

エイスはいった。「名前はどうするつもりだ？」

「マット」

「えっ？　私が持ってきてやったんだから、エイスとつけてくれよ」

「マット。この犬にぴったりですよ。あなたにも。おれにも。マット（訳注 マットには野良犬の意味がある）」

彼は声をたてて笑った。「さて《アロール》、ジョーンズ君、パーティに連れてってあげるよ。ケイリー・グラント夫人（訳注 バーバラ・ハットンのこと。彼女は一九四二年、俳優のケイリー・グラントと結婚した。三年後離婚）が今晩パーティを開くことになっている。退屈だろうが、しかし、そうは言っても」

エイスは、いつも、少なくとも彼女がいないところでは、コラムニストのウィンチェルが造語でハットントットと呼んでいた彼女のことを、ケイリー・グラント夫人と呼んでいる。「それは私がケイリー・グラントのことを尊敬しているからさ。彼は彼女の夫のなかで唯一夫の名にふさわしい男だった。彼女を愛していた。しかし彼女は彼とも別れざるを得なかった。財産目当ての男でないと、どんな男も信じられないし、理解もできないんだ」

深紅のターバンを巻き白いジャラバ（訳注 アラブ人が着る長い外衣）を着た二メートルはあるセネガル人が鉄の門を開けた。庭に入るとそこはユダの木（訳注 ユダが首を吊ったというセイヨウハナズオウの木）がランプの光のなかで花開き、月光香の花の、人を眠りに誘いこむような匂いが、あたりの空気に刺繍《ししゅう》をほどこしているようだった。私たちは、象牙《ぞうげ》で作られた簾《すだれ》を通してくる光で青白く照らされた部屋に入った。壁に沿ってブロケード織りの長椅子《ながいす》がいくつも並べてあり、椅子には絹のレモン色や銀色や緋色《ひいろ》の糸で織ったブロケード織りのクッションがいくつも積みあげられている。光り輝くろうそくと水滴をつけたシャンパンを入れた籠《かご》がのった美しい真鍮《しんちゅう》のテーブルがいくつかあった。フェスとマラケシュ（訳注　どちらもモロッコの町）の織師が織った深々とした絨緞《じゅうたん》におおわれた床は、古代の複雑な色をした不思議な湖のようだった。

客の数は非常に少なく、みんなおとなしくしていた。彼女が部屋に退いたらすぐにも自由に大騒ぎしようと待っているかのように見える。高貴の人間が部屋に退くのを待っているご機嫌取りの連中によく見られるおとなしさだ。

女主人は、緑のサリーをまとい、暗い色のエメラルドの首飾りをして、クッションのあいだにゆったりと背をたおして坐《すわ》っている。目には牢獄《ろうごく》に長く入れられていた人間によく見られるような空虚さと、彼女のエメラルドと同じような石化した冷たい孤独が感じられた。何を選んで見るにせよ、彼女の見方、選び方には奇妙なものが感じられた。たとえば彼女は私を見たが私が抱いている犬にはまったく気がつかない。

「あら、エイス」彼女は力のない、小さな声でいった。「こんどは何を見つけたの？」

「こちらジョーンズ君です。たしか、P・B・ジョーンズ君だね？」

「あなたは詩人ね、ジョーンズさん。私は自分が詩人だから、人を見てもわかるの」

彼女には人の心をとらえ、胸をしめつける美しさがあった。――ただその美しさは、苦しみの縁の上で不安定に均衡をとっているように見えるために、損われていた。私は何かの日曜版に載っていた彼女についての記事を思い出した。若いころの彼女は、壁の花になるしかないバターボールのように太った女の子だった。それであるダイエット狂の意見を聞いて、サナダムシを一匹か二匹飲みこんだというのだ。飢えた人間のように骨が浮かびでた彼女の弱々しい身体《からだ》を見ると、もしかすると彼女の身体のなかにはいまでもサナダムシがいて、体重の半分をサナダムシが占めているのではないかと思われた。明らかに彼女は私の心のなかを読んだ。「馬鹿《ばか》みたいね。私はとてもやせているし、弱いから、歩くこともできないの。どこに行くにも人に運んでもらわないといけないのよ。ほんとにあなたの詩を読みたいわ」

「私は詩人ではありません。マッサージ師です」

一瞬、彼女は身をたじろがせた。「マッサージをやられるとあざができるの。木の葉が一枚落ちても青あざができるのよ」

エイスはいった。「きみは自分は作家だっていったじゃないか」

「そう、たしかに。以前はね。ある種の。しかし私は作家よりマッサージ師のほうにむいているようです」

ミス・ハットンはエイスと何か相談しあった。目と目でささやきを交わしているようだった。

彼女はいった。「たぶんこの人ならケイトを助けることができるわ」

彼は、私に聞いた。「きみは自由に旅行できる身分か？」

「たぶん。他にすることも多くないし」

「いつだったらパリで会える？」と彼はいまやビジネスマンのようにきびきびした口調でいった。

「明日なら」

「それは無理だ。来週。木曜日。リッツのバー。カムボン通りに面したほうで。一時十五分に」

女相続人はため息をついて、長椅子の上のガチョウの羽根の詰まったブロケード織りのクッションに身を沈めた。「かわいそうに」と彼女はいって、あまり独創的とはいえないアプリコット色にマニキュアをした爪《つめ》でシャンパン・グラスを叩《たた》いた。それを合図にセネガル人が彼女を抱き上げ、持ち上げると、青いタイルの階段をのぼって、暖炉の火の光がもれている部屋に運んでいった。そこでは、気の狂った者や、侮辱された者、とりわけ金持や権力者にいつもいたずらをしかけるモルペウス（訳注 ギリシャ神話の眠りの神）が、かくれんぼをしようと、楽しそうに待っている。

私は、これもデニー・フーツから贈りものとしてもらったサファイアの指輪を、ディーンのバーの所有者、白人と黒人のハーフで、ル・パラードと植民地の金持連中を奪い合っているディーンに売った。フーツ自身は、その指輪を恋人のギリシャの王子から誕生日の贈りものとしてもらっていた。売りたくはなかったが、そのおかげで私はパリに行けた。犬のマットもいっしょに――マットはエール・フランスのトラヴェル・バッグに押しこまれた。

木曜日、一時十五分きっかりに、私はリッツ・バーに入っていった。まだマットをキャンバス製の手さげかばんに入れたまま。彼女は安いホテルの部屋に取り残されるのをいやがったので、いっしょにバック通りに来ざるを得なかったのだ。エイス・ネルソンは髪をきれいにとかし機嫌よさそうに角のテーブルについてわれわれを待っていた。

彼は犬をなでながらいった。「これは驚いた。きみが本当に姿を現わすとは思わなかった」

私はただ「くだらない用事じゃないでしょうね」とだけいった。リッツのバーテンダー長ジョルジュはダイキリ作りのスペシャリストだった。私はダイキリのダブルを注文した。エイスもそうした。カクテルが作られているあいだエイスが聞いた。「きみはケイト・マクロードのことをどのくらい知っている？」

私は肩をすくめてみせた。「三流新聞の記事で読んだ程度ですよ。ライフルの名手なんでしょ。白いヒョウを射《う》ち殺したのは彼女じゃなかったですか？」

「いや」彼はもの思いに沈んだ顔でいった。「彼女はインドに狩猟《サファリ》にでかけたんだ。そして白いヒョウを殺そうとした男を射った――さいわい致命傷にはならなかった」

飲みものがきた。われわれはひとことも口をきかずにそれを飲んだ。ただときどきマットが吠《ほ》えるだけ。いいダイキリというのはピリッと酸《す》っぱく少しだけ甘い。悪いのはひどい酸の味がする。ジョルジュはこの違いを知っている。それでわれわれはもう一杯注文した。エイスはいう。「ケイトはこのホテルに部屋を借りている。話し終えたらきみを彼女に紹介したい。彼女はわれわれを待っている。しかしまずきみに彼女のことを話しておきたい。サンドイッチでも食べるか？」

われわれはプレーン・チキン・サンドイッチを注文した。カムボン側のリッツ・バーで頼めるサンドイッチはこれだけだった。エイスは話を続けた。「学生時代、ハリー・マクロードという男とルームメイトになった。彼の母親はバルティモアのオーティス家の人間で、父親はヴァージニア州の大半の土地を所有している。――とくに彼は、ミドルバーグに広大な農場を持っていて、そこで狩猟用の馬を育てていた。ハリーは非常に神経質な、競争心の強い、嫉妬《しっと》深い男だった。しかし、金持だったし、見てくれのいい運動選手だったので、誰も彼のことをとやかくいわなかった。みんな彼のことをふつうの男だと思っていた。ただひとつだけ妙なことがあった――学生たちがセックスのこととか、寝た女の子のこととか、あるいは寝たいと思っている女の子のこととか、そういったたぐいの話を始めると、ハリーは口を固く閉ざしてしまう。二年間部屋を共にしたがその間、彼は一度も女の子とデイトをしなかったし、一度も女の子の話をしなかった。誰かが彼はゲイかもしれないといった。しかし私はそんなことはありえないことを知っていた。本当に謎《なぞ》だった。とうとう卒業する直前の週、ビールをたくさん飲んで酔払ったとき――おお、甘い十七歳よ――彼に、卒業式に両親は来るのかと聞いてみた。彼は『弟が来る。それに母と父が来る』といった。それから私は聞いた。『ガールフレンドはどうなんだ？ あっ、忘れていた。きみにはガールフレンドがいないんだったね』。すると彼は、実に長いこと私を見ていた。私を殴ろうか無視しようかどちらかに決めようとしているかのようだった。とうとう彼は笑った。それは私がこれまで人間の顔に見た笑いのなかでもっともおそろしい笑いだった。うまく説明できないが、ともかくその笑い顔に私は驚いてしまった。泣き出したいほどだった。『ぼくにはガールフレンドがいるんだ。誰もそのことを知らない。彼女の家族も、ぼくの家族も。しかしぼくたちは三年前に婚約した。二十一歳になったら彼女と結婚するつもりだ。この七月でぼくは十八歳になる。法律的にはその時に彼女と結婚できるんだがそれができない。彼女はまだ十二歳だからだ』

「秘密というのはたいていは打ち明けてはならない。とくにそれが話し手より聞き手にとっておそろしいものである場合は。私は、巧みに彼に告白させてしまったので、いや別のいい方をすると、彼に告白を許してしまったので、ハリーは私に嫌悪《けんお》を抱くのではないかと思った。しかし一度話しはじめてしまうともうとまらなかった。彼の話は首尾一貫していなかった。取り憑《つ》かれた人間に特有のものだ。女の子の父親、ムーニイ氏は、アイルランド移民だった。キルデア郡からやってきた典型的なアイルランド人で、マクロード家の農場で馬の飼育係をしている。その女の子、それがケイトだが、は五人の子どもの一人だった。五人とも女の子でみんな醜い。例外はいちばん年下のケイトだった。『最初にケイトに会ったとき――いや、彼女の存在に気がついたとき、彼女は六つか七つだった。ムーニイ家の子どもたちはみんな赤い髪の毛だったが、彼女の髪だけは特別だった。彼女たちはみんなお転婆娘《てんばむすめ》みたいに髪を短く刈り上げていた。彼女は馬に乗るのがうまかった。心臓がドキッとするほど高く馬をジャンプさせることができる。そして緑色の目をしていた。ただの緑色ではない。ぼくにはその色を説明できない』」

「マクロード家には二人の息子がいた。ハリーと弟のウィンだ。しかしマクロード夫妻はいつも娘を欲しがっていた。それで徐々に、女の子の家族の反対もなかったので、ケイトを自分たちの家族の一員に加えていった。マクロード夫人は教育のある婦人だった。何ヶ国語にも通じている。音楽家であり、絵画の収集家だった。彼女はケイトのフランス語とドイツ語の家庭教師になりピアノを教えた。さらに重要なことだが、彼女はケイトのヴォキャブラリーから〝ううん〟という田舎言葉とアイルランド言葉をすべて取り除いた。マクロード夫人は彼女にいい服を着せた。ヨーロッパでの休日には、ケイトは一家と旅をした。『ぼくはケイト以外の誰にも恋をしたことがない』とハリーはいった。『三年前、彼女に結婚してくれと頼んだ。彼女はぼく以外の誰とも結婚しないと約束してくれた。ぼくは彼女にダイヤの指輪をあげた。それは祖母の宝石箱から盗んだものだ。祖母はその指輪をなくしたものと決めた。保険金の請求さえした。ケイトはその指輪をトランクに隠して持っている』」

サンドイッチがきたが、エイスはタバコを吸うために自分のぶんは横にどけた。私は半分だけ食べて残りをマットにやった。

「そしてたしかに四年後、ハリー・マクロードはこの素晴しく美しい女の子と結婚した。彼女は十六歳になったばかり。私は結婚式にいった。式はミドルバーグのエピスコパル教会で行なわれた。父親の腕に手をやって通路を歩いてくる彼女をそのときはじめて見た。正確にいえば、彼女は一種浮世ばなれしていた。優美さ、堂々たる態度、威厳を感じさせる雰囲気。年齢がどうあれ、彼女は端的にいって素晴しい女優だった。きみはレイモンド・チャンドラーのファンかね、ジョーンズ君？　ああ、それならいい。私は彼は偉大な芸術家だと思っている。私がいいたいのは、ケイト・ムーニイを見ているとレイモンド・チャンドラーの小説の典型的なヒロイン、あのミステリアスな、謎めいた金持の女の子のひとりを思い出すということだ。彼女は、それよりもっと品《クラス》があった。ともかくチャンドラーはヒロインの一人についてこう書いている。

「ブロンド、ブロンドの素晴しい美人」。たしかにブロンドに美しい女は多いが、本当は赤毛のほうが美人だ。ただ赤毛には欠点も多い。髪が縮れていたり、色がおかしかったりする。濃すぎたり強すぎたり。あるいは弱々しくて病的だったり。それに肌の問題がある。赤毛の女性は肌が弱い。風、太陽、肌の色をだめにするすべてのものを嫌う。本当に美しい赤毛の女性というものは、欠点のない四十カラットの深紅色のルビーよりもっと珍しい。あるいは、その文脈でいえば、欠点のあるルビーより稀《ま》れだ。しかしケイトはまさに完璧《かんぺき》の赤毛の女性だった。髪は、一日の最後の光に色づいた冬の夕日のようだった。私の知っている肌の美しい赤毛の女性で、彼女に匹敵する赤毛をしているのはパメラ・チャーチル（訳注 ウィンストン・チャーチルの息子と結婚した美人）しかいない。でも彼女の場合はイギリス人で、あらゆる皮膚病学者が羨《うらやま》しがる、あの肌にいいイギリスの霧にひたされて育ったから話は別だ。ハリー・マクロードがケイトの目についていったことはそのとおりだった。彼女の目は神話そのものといっていい。ふつうは灰色、いや、灰緑色で、内に緑の光がきらめいている。一度、ブラジルに行ったとき、浜辺で明るい肌の色をした黒人の少年にあったことがある。少年の目は少し斜視で、色はケイトと同じ緑色だった。グラント夫人のエメラルドのようだった」

「彼女は完璧な女性だった。ハリーは彼女を崇拝した。彼の両親もそうだった。しかし彼らは小さなことを見逃していた——彼女は非常に頭が切れ、誰に対しても裏をかくことができる。彼女はいつかマクロード家を出ていこうと考えていた。私は彼女に会うなりそれがわかった。私は彼女と同じ種族に属しているから。もっとも私に、ケイトの知性の十分の一もあるなどとはいわないが」

　エイスはジャケットのポケットに手をやって台所用のマッチを探した。そして親指の爪でマッチをするともう一本タバコに火をつけた。

「いや」何も質問していないのにエイスは答えるようにいった。「二人には子どもはなかった。何年かたった。私はクリスマスのたびに彼らからカードをもらった。いつもたいてい、狩りに出かけるケイトがさっそうと馬に乗っている写真だった。ハリーは馬の手綱をつかみ手に角笛を持っている。あるとき私は、ジョージ・オルソップ（訳注　アメリカのコラムニスト）のジョージタウンの夕食会で偶然、ブッバー・ヘイデンという高校の同窓生に会った。私は彼がミドルバーグに住んでいるのを知っていたので、マクロード夫妻の消息を聞いた。ブッバーはいった。『彼女は彼と離婚したよ——アメリカを出て海外で暮している。たしか三ヶ月前だ。ひどい話なんだこれが。この話の四分の一も知らないが。わかっているのは、マクロード家の人たちは、ハリーをコネティカットの心地よい、小さな施設に入れてしまったということだ。そこは門には守衛がいて、窓には頑丈な格子《こうし》がはまっているそうだ』」

「この会話をしたのは八月の初めだった。私はハリーの母親に電話した。彼女はサラトガで行なわれている二歳馬の市に来ていた。私は彼女にハリーのことを聞いた。彼を訪ねたいといった。すると彼女はそれはだめだ、できないといった。それから彼女は泣き始め、ごめんなさいといって電話を切った」

「それから、私はたまたまクリスマスにサン・モリッツに行くことになり、途中、パリに立寄った。パリで、何年もクリストバル・バレンシアーガ（訳注 スペインの服飾デザイナー）のところで働いているトゥッティ・ルジャンに電話した。彼女を昼食に招待した。彼女は、イエスといったが、できることならマキシムに行きたいという。私はどこか静かなビストロで会えないかといった。彼女は、だめだ、どうしてもマキシムにしたいという。『とても大事な理由があるの。行けばわかるわ』

「トゥッティはフロント・ルームにテーブルをひとつ予約していた。白ワインを一杯飲んだ彼女は、やってくる客一人のために仰々しく用意ができている近くのテーブルを指さした。『待ってて』とトゥッティはいった。『もうじきもっとも美しい若い女性がひとりであのテーブルにつくから。クリストバルがここ六ヶ月、彼女の服を見立てているの。彼は、グロリア・ルビオ以来、彼女のように素晴しい女性はいないと思っているわ（マダム・ルビオは素晴しく上品なメキシコ人で、ドイツの伯爵《はくしゃく》フォン・フュルシュテンベルグ、エジプトの王子ファクリ、イギリスの百万長者ロエル・ギネスと結婚したことで知られている）。『ル・トゥー・パリ』が彼女のことを話題にしているわ。それでいて誰も彼女のことを知らないの。わかっているのは、彼女がアメリカ人で、毎日ここで昼食をとるということだけ。いつもひとり。彼女には友だちはひとりもいないみたい。あら、彼女よ』」

「部屋にいる他の女たちとちがって彼女は帽子をかぶっていた。大きな、つばが柔らかな黒い帽子で、男もののボルサリーノのような形をしている。喉《のど》のところにはグレイのシフォンのスカーフをゆるめに巻いている。帽子、スカーフ。それだけでドラマだった。あとの部分は、すっきりとまとめていた。バレンシアーガがデザインした、身体《からだ》にぴったりの黒いボンバジーンのボックス・ジャケット・スーツを着ていた」

「トゥッティはいった。『彼女は南部のどこかの出身よ。名前はマクロード夫人』」

「『ハリー・クリントン・マクロード夫人か？』」

「トゥッティはいった。『あなた、彼女を知っているの？』」

「そこで私はいった。『当然だ。私は彼女の結婚式で新郎の付添人をつとめたんだから。夢を見てるみたいだ。二十二歳以上にはなっていない筈《はず》だ』」

「私はウェイターに頼んで紙をもらい、彼女にメモを書いた。『ケイト様。あなたが私のことを覚えているかどうかはわかりませんが、私はハリーの学生時代のルームメイトで、あなたの結婚式で新郎の付添人になりました。数日間パリに滞在する予定です。もしお会いしていただければ非常にうれしく思います。ロティ・ホテルにいます。

エイス・ネルソン』」

見ていると、彼女はメモを読み、私の方を見て微笑《ほほえ》むと、返事を書いた。こうあった。「もちろん憶えています。店を出る時、ほんの少しだけお話できるかも。一緒にコニャックをいかが。親愛なるケイト・マクロード」

「トゥッティは、ことの成り行きに夢中になり自分が招待されなかったことを怒ったりしなかった。『今日は、無理をいわないわ。でも約束して、エイス。いつか彼女のことを私に話してね。私がこれまでに会った女性のなかでいちばん美しいわ。彼女、少なくとも三十歳にはなっていると思ってた。だってあの目よ——なんでも知っている目、それでいて趣味のよさを感じさせるわ。彼女は、あの年をとらない生き物たちの一人だと思うわ』」

「トゥッティが行ってしまったあと、私は彼女が一人で坐《すわ》っているテーブルに行って、横に置いてあった赤い長椅子《ながいす》に腰をおろした。驚いたことに彼女は私の頬にキスをした。私は驚きと喜びで赤くなった。ケイトは声を出して笑った——なんと素晴しい笑い声だったろう。私は彼女の笑い声を聞くたびに、暖炉の火明りを受けて輝くブランデーグラスを思い出す。彼女は笑っていった。『キスがいけない？　もうずいぶん長い間、男の人にキスをしていないの。それにウェイターや部屋の掃除係やお店の主人以外の男の人ともうずいぶん長い間、話をしていないわ。私は、買物ばかりしているの。ヴェルサイユ宮殿に置きたいほどたくさん買ったわ』。私はどのくらいパリにいるのか、どこに住んでいるのか、だいたいどんな生活をしているのかを聞いた。彼女は、リッツに住んでいる、パリには一年ほどいるといった。『私の毎日の生活といったら――買物に出かける、着付けに行く、いろんな美術館や画廊に行く、ブーローニュの森に乗馬に行く、本を読む、たっぷりと眠る、毎日ここの同じテーブルで昼食をとる。毎日ここばっかりなんて想像力が欠如しているみたいだけど、ホテルからここまで来るのはいい散歩になるし、それに若い女がひとり、疑わしい目で見られないで昼食をとることができる感じのいいレストランってそうはたくさんないのよ。ここのオーナーのヴォーダブルさんだってそうよ――最初、彼は、私のことを高級娼婦《しょうふ》かなにかに違いないと想像したと思うわ』。私はいった。『しかし寂しい生活でしょうね。人に会いたいと思わないんですか？　何か違ったことをしたいとは？』

「彼女はいった。『そうね。コーヒーに入れるリキュールに何か違ったものが欲しいわ。いままで聞いたことがないもの。何かご存知？』

「そこで私はヴェルヴェーヌの名をあげた。この酒を思い出したのは、色が彼女の目と同じ緑色だったからだ。その酒はたくさんの珍しい山の薬草から作られる。フランス以外では見たことがないし、フランスでもこの酒を置いているところは少ない。素晴しい酒だが安物の密造酒のようにピリッとした味もする。そこで私たちはヴェルヴェーヌを二杯注文した。ケイトはいった。『本当に、確かにいままでのと違うわ。あなたの質問に真面目《まじめ》に答えると、私は、こういう生活に退屈したとはいわないけれど、何かをしたい誘惑にかられているの。怖いけれど何かしてみたいのね。長いあいだずっと苦しい生活をしていると……毎朝起きるともうヒステリーが始まるような生活をしていると……こんどは、退屈が欲しくなるの。それから長い眠りと沈黙が。みんな私に病院に行ってほしいといったわ。私は、ハリーの母親を喜ばすためならなんでもしたでしょう。でも私自身はもう、誰の手も借りずに自分でそうしようとするまでは、二度と生きることができない、二度と何かをしたいと思わない、ということがわかったの』

「突然、私は聞いた。『あなたは、スキーが上手ですよね?』。彼女はいう。『たぶんね。ハリーはいつも私をカナダのあのひどいグレイ・ロックスに無理に連れていったわ。零下三十度もあるの。嫉妬《しっと》深いハリーは、そこはろくな男がいないので気に入っていたのよ。エイス、このお酒は本当に素晴しい発見だわ。血管のなかで何かが溶けてゆくみたい』

「それから私はいった。『いっしょにクリスマスをサン・モリッツで過ごしませんか?』。彼女は知りたがった。『それはプラトニックな招待?』。私は神かけて誓った。『パレス・ホテルに泊る予定です。あなたのお好きなだけ遠くはなれたところに部屋をとります』。彼女は声をたてて笑っていった。『答えはイエスよ。ただし条件があるわ。もう一杯、このヴェルヴェーヌをおごって頂戴《ちょうだい》』

「これが六年前の話になる。――あの時からいったいどれほどの血が橋の下を流れ下っていったか（訳注　アポリネール「ミラボー橋」のもじり）。しかしあのサン・モリッツで過ごした最初のクリスマスは素晴しかった！　ヴァージニア州ミドルバーグから来た若いマクロード夫人の登場は、ハンニバルがアルプスを越えて以来、スイスで起ったもっとも重要な出来事のひとつになった」

「とにかく彼女は素晴しいスキーを見せた――ドリス・ブリンナー（訳注　ユル・ブリンナー夫人）やユージニー・ニアルホス（訳注　ギリシャの船舶王ニアルホス夫人）、マレラ・アニェッリ（訳注　イタリアの実業家ジョバンニ・アニェッリ夫人）らと同じくらいスキーがうまかった。ケイトとユージニーとマレラは似たもの同士だった。彼らは毎朝よくヘリコプターでコルビグリア・クラブまで上がり、そこで昼食をとり、午後、スキーで滑りおりてくる。だれもが彼女を愛した。ギリシャ人。ペルシャ人。ドイツ野郎《クラウト》も、イタリア野郎《スパゲッティ》も。どのパーティのときもシャーはいつも彼女をテーブルに来るよう頼んだ。男たちだけではなかった。女たちも、彼女のライバルであるフィオナ・タイセンやドロレス・ギネスのような若い美女さえも、彼女に温い反応を見せた。これはケイトが用心深く、間違いを起こさないように行動したためだと私は思っている。彼女は恋をもてあそぶようなことは決してしなかった。パーティに行くときはいつも私といっしょに行ったし、帰りも私といっしょだった。これをロマンスと考える馬鹿《ばか》な連中も少しはいたが、より賢明な人間たちは白鳥のようなケイトがエイス・ネルソンのようなくだらない男のことで心を悩ます筈がないといった。そのとおりだった」

「とにかく私には彼女の恋人になろうなどという野心はなかった。友人でいればそれでいい。あるいは兄妹のような存在。私たちはよくサン・モリッツ周辺の白い森へ、雪のなか散歩に出かけた。彼女はしばしばマクロード家の人々のことを話した。みんなが彼女と、彼女の姉妹、ムーニイ家の不細工な女の子たちにどんなによくしてくれたか。しかし彼女はハリーの名前だけは口にするのを避けていた。彼のことを話すときでも、内容は、少し苦いものだったが、あたりさわりのないものだった。しかし——、ある日の午後、私たちは、パレス・ホテルの下の凍りついた湖の周囲を散歩していた。と、ちょうど通りかかったソリの馬が氷に足をとられて倒れ、前脚を折ってしまった」

「それを見たケイトは叫び声をあげた。谷間じゅうに響き渡るような叫び声だった。彼女は走り出した。そしてちょうど角を曲ってやってきた別のソリに正面からぶつかった。彼女は肉体的には傷つかなかったが、ヒステリックになり、やがて昏睡《こんすい》状態におちいった——ホテルに運び込むまでほとんど意識がなかった。支配人は医者を待機させていた。医者は注射を射《う》った。その結果、心臓はまた動き始め、目も焦点が定まってきた。医者は看護婦をつけようとしたが私はそれを断った。私が彼女に付添うつもりだといった。われわれは彼女をベッドに運んだ。医者はもう一本注射を射った。それで恐怖の痕跡《こんせき》は完全に消えた。その時、私は気がついた——、表面は穏やかな水でも、その下はいつも恐怖にとらわれた、おぼれている子どもがいるということに」

「私は灯《あか》りを暗くした。彼女は、どうか一人にしないでくれという。私は出てゆかない、ずっとここに坐っているつもりだと答えた。彼女は、そこではなく、このベッドに来てそばで横になっていてほしいという。そうした。手を握りあった。彼女はいった。『ごめんなさい。馬のせいだったの。あの氷の上に倒れた馬。私、ずっとパロミノ（訳注　からだが黄金色でたてがみと尾が銀白色の馬）がほしかったの。それで離婚の二年前の私の誕生日にマクロード夫人がパロミノをプレゼントしてくれたの。メス馬だった。とても狩りがうまく、勇敢な馬だった。私たちはいっしょに楽しんだ。もちろんハリーはこの馬を憎んだわ。あの男は、人並みはずれて嫉妬深いの。子どものころからずっとそうだった。一度、結婚した年の夏、彼は私が作った花壇をめちゃめちゃにしたことがあったわ。最初、キツネがやったんだといったけど、そのあと、自分がやったって認めたの。私が庭にばかり夢中になりすぎたからだって。彼が赤ん坊を欲しくなかったのもそのため。彼の母はよく赤ん坊のことを話題にしていた。ある日曜日、夕食のとき、家族全員の前で、彼は母親に向かって叫んだわ。〝黒い孫が欲しいのか？　それともみんなケイトがどういう人間か知らないのか？　彼女は黒人《ニガー》とファックしてるんだ。野原に出かけていって、横になって、黒人とファックしてるんだ〟。彼はワシントンとリーでロースクールに通ったけど成績が悪くて退学になったわ。私のことを監視していない限り、勉強に集中できなかったの。私の手紙をぜんぶ、私が手紙を見るチャンスさえないうちに開いて読んでしまった。私の電話はすべて盗み聞きしていた。電話の向こうで彼がかすかに息をしているのが聞えた。私たちはずいぶん長いことパーティに招待されなくなっていた。カントリー・クラブにも行けない――酔っていようがしらふだろうが、ハリーは、私を何度もダンスに誘う男を殴ろうといつも身がまえていたの。なかでもいちばんひどかったのは、私が彼の父親とも弟のウィンとも関係を持っていると信じこんでいたことよ。毎晩、私をゆすって起こすの。ナイフをのどに突きつけて――こういうの。〝ウソをつくな、この淫売《いんばい》、娼婦、ニガー・ファッカー。正直にいうんだ。さもないとのどを耳から耳まで切り裂くぞ。頭を切り刻んでやる。本当のことをいうんだ。ウィンは種馬だ。お前のやった男のなかではいちばんだ。おやじも、立派な雄馬だ〟。私たちそうやって何時間も横になっているの、エイス。――冷たいナイフは私ののどに突きつけられたまま。マクロード夫人も、みんなもこのことを知っている。しかしマクロード夫人はいつも泣いて、私に出て行かないで、もし、私が捨てたら彼はきっと自殺するからと頼んだ。それから、私のパロミノ、ナニーにあのことが起ったの。あの事件を見て、さすがのマクロード夫人もハリーの異常――あの異常な嫉妬深さ、がどんなにひどいものか直視せざるを得なくなった。ハリーがしたことというのは――馬小屋にいってナニーの足をぜんぶバールで殴って折ってしまったの。マクロード夫人もハリーが遅かれ早かれ私を殺しかねないとようやくわかった。彼女は飛行機を一台チャーターした。私たちはそれに乗ってサン・ヴァレーに行き、アイダホ州での離婚成立証明書をもらうまで彼女は私についていてくれた。素晴しい女性だわ。私、クリスマスに彼女に電話したの。私がサン・モリッツにいて外に出て人に会っているのを知って喜んでくれた。私が誰か興味ある男性に会ったかどうか知りたがった。また私が結婚するみたいに!』」

「そのあとはきみも知っているだろう」エイスはいった。「彼女は結婚をした。それから一ヶ月もたたないで」

そう、私はパリのキオスクで見たたくさんの雑誌の表紙のことを覚えている。「シュテルン」「パリ・マッチ」「エル」。「もちろん知ってますよ。たしか結婚の相手は……?」

「アクセル・イェーガー。ドイツでいちばん金持の男だ」

「それからイェーガー氏と離婚したのでは?」

「そうともいえないんだ。きみに彼女に会ってもらいたい理由のひとつはそれなんだ。彼女はいまかなり危険な状態にいる。保護を必要としている。彼女にはまたいつもいっしょに旅できるマッサージ師が必要だ。教育があって、人前に出しても恥しくない男が」

「私には教育はありません」

彼は肩をすくめて、腕時計にちらっと目をやった。「彼女に電話して部屋に上がってゆくといっていいかね?」

私はこのときマットのいうことを聞くべきだったのだ。彼女は私に警告するように悲しそうな声を出して鳴いた。私は彼女のいうことを聞かずに、ケイト・マクロードに引きあわせられるままになった。ケイト、彼女のためなら私はウソもつくし、盗みもするだろう。そして、一生刑務所に入れられるような犯罪だってやるだろう。

天気が変った。すごい雨だ――活気にあふれた水しぶきがマンハッタンの熱波の悪臭を追い払っている。しかしわが愛するYMCAの運動選手とリゾール液の悪臭を追い払ってくれるものは何もない。私は昼まで眠った。それからセルフ・サービス社に電話を入れ、六時に予定されている仕事をキャンセルしてもらおうと思った。イェール・クラブに泊っている男が相手の仕事だった。しかし、日焼けした、金色の顔のブッチの野郎はいった。「お前、いかれたのか。百ドルの仕事だぞ。楽に百ドル稼げるんだぞ」。私がまだ言い訳をしているときに（「本当だよ、ブッチ、淋病《りんびょう》のせいか頭が痛いんだ」）、彼はミス・セルフ本人を電話に出してしまった。彼女はブーヘンヴァルト強制収容所の女看守イルゼ・コッホのように私をきびしく非難した（「そう？　あなたは働きたいの？　働きたくないの？　うちじゃ煮え切らない男はいらないわ！」）。

わかった、わかったよ。私はシャワーを浴び、ヒゲをそり、イェール・クラブに到着した。ボタン・ダウンのカラー、きれいに調髪した髪、控えめな態度、太っていない、女っぽくない、年齢は三十歳と四十歳のあいだ、モノは大きい、マナーもいい。すべては男の注文どおりだ。

彼は私を見て喜んだ。あとはなんの問題もなかった——横になる、目を閉じる、ときどき感じているふりをしてうめき声をあげる、そして義務となっている精液の放出のために頭のなかであれこれ性的な幻想を思い浮かべる（「我慢しなくていいですよ。口のなかで出してくれ」）。

ミス・セルフの言葉を使えば「客《パトロン》」は親切な、頭のはげた、クルミ材のように肉が固く締まった、六十代半ばの男だった。結婚していて五人の子どもと十八人の孫がいる。妻に先だたれたあと、十年ほど前に、二十歳年のはなれた秘書と再婚した。引退した保険会社の重役で、ペンシルヴァニア州のランカスター近くに農場を持っている。そこで牛を育て、趣味として「珍しい」バラを育てている。彼はこうしたことをすべて私が服を着ているときに話してくれた。私は彼が好きになった。とくに私のことを何も聞かなかったのがよかった。部屋を出ようとすると、彼は名刺をくれた（匿名《とくめい》を希望するセルフ・サービス社のお客としては珍しいことだった）。彼は大都会の垢《あか》を落としたくなったら、電話をくれといった。アップルトン農場で休日を過ごすなら大歓迎する。名前は、ロジャー・W・アップルトンという。そして、彼は、陽気で、およそ卑《いや》しさを感じさせないウインクをすると、妻は、理解のある女性だといった。「アリスは素晴しい人間だ。ただ働き過ぎる。彼女はよく本を読む」。私は、この言葉で、彼が三人いっしょのプレイをしようとほのめかしていることがわかった。われわれは握手をした――彼の握手は非常に力が入っていたので私の指の関節は数分間、感覚がなくなってしまった。私は、農場に行く件は考えますと約束した。たしかにそれは考えてみる価値があった。のんびりと草をはんでいる牛、牧草地、バラ、そこには、ここＹＭＣＡにあるものがなにもない。

たとえば、こういうもの！　いびき。ぜいぜいいう息づかい。窒息。相手を探して廊下をぺたぺた歩き回る哀れな足音。私は〝家〟、ハ、ハ、に帰る途中、在庫一掃セールでジンを一パイント買った。――一種のアンブロジア（不老不死の食べもの）。クソみたいに乾き切った喉《のど》には入れてはならないものだ。一気に二口で半分飲むと、酔払いはじめた。デニー・フーツのことを思い出しはじめた。そしてできることなら階段をかけおりていって、マジック・マッシュルーム特急というバスに乗りたいと思った。このバスはチャーターした魚雷のようなもので、私をロケットのように路線の終点まで飛ばしてくれる。一気にあのディスコにたどりつく。フラナガン神父のニガー・クイーン・コーシャー・カフェだ。

ここでやめる。お前は酔払ってしまった、P・B。お前は負け犬だ。愚かな酔払いの負け犬だ、P・B・ジョーンズ。それではおやすみ。おやすみウォルター・ウィンチェル(訳注　毒舌家のゴシップ・コラムニスト)。お前さんが誰をいじめようがもう関係ない。おやすみ、ミスター・アメリカ、ミス・アメリカ。おやすみ、海にいるすべての船のみなさん――いまどこの海で沈んでいるところかは知らないが。そして最後に、特別のおやすみを、あの賢い哲学者、フロリー・ロトンドにいおう。あの八歳のフロリーにだ――フロリー、これだけは本気だよ――私は、きみが絶対に地球という惑星の内部に到達しないことを望んでいる。ウラニウムも、ルビーもそしてまだ汚れていない怪獣にも。心の底から――心があればだが――私は望んでいる。フロリー、きみが田舎に引越してその後ずっと幸せに暮してくれることを。

Ⅱ　ケイト・マクロード

「私は嫌われ者の黒い羊かもしれない。しかし、私のひづめは金でできている」

P・B・ジョーンズ　酒に酔って

その週、わが神聖なるデートクラブの女主人ミス・ヴィクトリア・セルフは、私が気管支炎から淋病《りんびょう》まであらゆる口実を持出して仕事を断ろうとしたのに三日間のあいだに七回も〝デイト〟の仕事をさせた。そしてさらにいま彼女は私を説得してポルノ映画に出演させようとしている（「P・B、お願いだから聞いて頂戴《ちょうだい》。とても品のいい連中が作るのよ。ちゃんと脚本もある映画よ。一日二百ドル稼げるように話をつけられるわ」）。しかしそんな話に巻き込まれたくない、とくにいまはお断りだ。とにかく昨夜、私は神経が高ぶりいらいらして眠れる状態ではなかった。眠るなんて不可能だった。なにしろこのマンハッタンの神聖なるＹＭＣＡの小さな部屋では、わがクリスチャンのお仲間たちがあげる真夜中の奇声や悪夢のようなうめき声がひっきりなしに聞えてきて、横になっていることも出来なかったのだ。

それでここからさほど遠くはない西四十二丁目に歩いて行き、あの界隈《かいわい》のアンモニアの臭《にお》いのするオールナイトの映画館で何か適当な映画を探して見ることにしようと決めた。外に出たのは一時を過ぎていた。八番街を九ブロック歩いて四十二丁目に着いた。娼婦《しょうふ》、黒人、プエルトリカン、少ないながらも白人、この界隈の通りで暮しているあらゆる層の人間がたむろしている。派手な格好をしているラテン系のヒモ（なかのひとりは白いミンクの帽子をかぶりダイヤのブレスレットをつけている）、ビルの出入口のところで朦朧《もうろう》としているヘロイン中毒者、男娼、彼らのなかでもとりわけ大胆な様子をしているジプシーの少年、プエルトリカン、それとわずか十四、五歳の南部の山奥から家出してきた貧しい白人の少年（「ダンナ！　十ドル！　俺を家に連れて行ってくれ！　ひと晩じゅうファックしてくれ！」）――こんな連中が屠場《とじょう》の鳥みたいに歩道をうろついている。時々パトカーがあたりを流しに来るが、警官たちはこんな光景をうんざりするほど見ているので関心も払わないし、見ようともしない。

八番街と四十丁目の角にあるＳＭバー〝ローディング・ゾーン〟のところを通り過

ぎた。そこではレザージャケットを着てレザーヘルメットをかぶった不良グループが大笑いしたり大声をあげたりしながら歩道にたむろし、自分たちと同じ格好をしたひとりの若い男を取り囲んでいた。男は歩道と車道の境のところで大の字になって倒れている。男の友人たち、仲間たち、あるいは拷問者《ごうもんしゃ》たち、まあ何と呼ぼうといいのだが、その不良グループの連中は倒れている男に小便をひっかけていた。男は頭から爪《つま》先《さき》までびしょぬれになっている。通りを歩いている者は誰もそれに気がつかない。いや、気づいてはいたのだが、ちょっと足をゆるめただけで、そこを通り過ぎてしまう。——例外は、黒人、白人の娼婦たちだった。彼女たちの少なくとも半数は女の格好をした男だった。小便をひっかけている連中に怒って叫んでいた(「やめなさいよ！やめてよ！　ホモ！　最低のホモ！」)。そして彼女たちはハンドバッグで男たちを叩《たた》いた——しかしやがて男たちは反撃に転じ、前よりいっそう大笑いしながら彼女たちに小便をかけ始めた。細身のズボンをはき、超現実的なかつら(色はブルーベリイ、ストロベリイ、ヴァニラ、アフロゴールドと種々雑多)をかぶった〝女の子たち〟はばたばた金切り声をあげて鳥みたいに逃げまわる。しかし彼女たちはそれを楽しんでいた。「おかま。ホモ。最低の、大嫌いな、ホモ」

彼女たちは通りの角のところで、通行人に向かって説教している一人の伝道師、あるいは一種の演説師か、を野次り倒そうと一瞬立ち止まった。この男は悪魔を追い払おうとするエクソシストのように、水夫、売春婦、ドラッグの売人、乞食《こじき》、たったいまポート・オーソリティ・バス・ターミナルに着いたばかりの貧しい白人の農夫の子ども、といった通りをぶらぶらしたり立ち止まったりしている聴衆に批難の言葉を浴びせかけていた。「そう！　そうだ！」と伝道師は叫ぶ。ホットドッグ屋のちかちか光るネオンの光が男の、若い、ひきつった、飢えた、ヒステリーじみた顔を緑色に見せている。「悪魔が諸君の身体《からだ》に棲《す》みついている」彼は叫ぶ。そのオクラホマ訛《なま》りの声は有刺鉄線のようにとげとげしい。「悪魔はそこに身を潜めている。諸君の邪悪な心を食って丸々と太っている。神の光をあてて悪魔を兵糧《ひょうろう》攻めにしようではないか。神の光で諸君を天国へ持ち上げよう――」

「本当？」売春婦の一人がいう。「あんたみたいなデブは神様だって持ち上げられないよ。あんたの身体はクソでいっぱいじゃないか」

伝道師の口は激しい怒りでねじまがる。「虫ケラ！　売春婦！」

誰かが彼に応《こた》える声がする。「黙れ。彼女たちの悪口なんかいうんじゃない」

「何？」伝道師はいってまた叫び声をあげた。

「私なんかより彼女たちのほうがずっといい人間だ。そしてお前は私以下だ。われわれはみんな同じ人間さ」。そして突然私はその声が自分のものだと知る。ああ私の頭はどうかなっている、脳ミソが耳から流れ出している。

それで私は目についた最初の映画館に駆け込んだ。何を上映しているか気にしている余裕はなかった。ロビーでチョコレート・バーとポップコーンを一袋買った——その日、朝から何も食べていなかった。それから二階席に席を見つけたがこれは失敗だった。というのは、だいたいこういうオールナイトの映画館の二階席というのは、セックスの相手を求める、疲れを知らない連中が暗闇《くらやみ》のなか列から列へとうろうろしているからだ。麻薬で朦朧となった娼婦、一ドルで客にフェラチオをしたがる六十代や七十代の女(「五十セントでどう?」)、同じサービスをただでする男、それに時々は、酔払って眠りこけている客に声をかけるのを得意にしているように見える比較的保守的な、管理職タイプの男もいる。

スクリーンに映っているのはモンゴメリー・クリフトとエリザベス・テイラーだった。「陽のあたる場所」だ。これまで少なくとも二回はこの映画を見ている。傑作とはいえないにしても非常にいい映画だ、とくにラストシーンがいい。スクリーンにはちょうどそのシーンが映っていた。クリフトとテイラーがいっしょに立っている。二人を刑務所の房の格子《こうし》がへだてている。死刑囚の独房。クリフトは数時間後、処刑されることになっている。クリフトはすでに灰色の死の服を着た詩的な幽霊のように見える。そしてテイラーは十九歳で輝くばかりに美しく、雨のあとのライラックのように神々《こうごう》しい新鮮さにあふれている。悲劇だ。実に悲劇そのものだ。カリギュラ帝の目からさえも涙が出るだろう。私は口いっぱいのポップコーンに息がつまった。

映画が終った。すぐに次の映画がはじまった。「赤い河」。カウボーイのラブストーリーで、主演はジョン・ウェインと、それにまたモンゴメリー・クリフト。クリフトが重要な役を演じた最初の映画だ。彼はこの映画でスターになった——彼については特別な思い出がある。

読者は第一章「まだ汚れていない怪獣」に登場したターナー・ボートライトのことをご記憶だろうか。その死をあまり惜しまれていない亡《な》き雑誌編集者で、私の古い師で(同時に敵で)、麻薬で頭がおかしくなったラテン系の男に殴られ、とうとう殺されてしまい、目が外に飛び出してしまった不幸な男のことだ。

まだ彼に可愛《かわい》がられていたころのある朝、彼は私に電話してきて夕食に招待してくれた。「ちょっとした小さなパーティをやるんだ。全部で六人。モンティ・クリフトのためのパーティさ。彼の新作を見たか——『赤い河』を?」彼は聞いた。そして自分はモンティがまだ若い無名の舞台俳優で、名優アルフレッド・ラント夫妻に可愛がられていたころからずっとモンティを知っているんだと説明した。「それで」ボーティはいった。「モンティに誰か特にパーティに呼んでほしい人間がいるかと聞いたんだ。彼はいる、ドロシー・パーカー（訳注　皮肉屋のアメリカの女性作家）だといった――彼はいつもドロシー・パーカーに会いたがっていた。私はやれやれ大変だと思った――ドッティはすぐに酔払うからな。きみは彼女が酔って顔をスープに突込んでしまうなんてことを知らないだろうな。しかしともかく私はドッティに電話をした。彼女は行きたいわ、胸がわくわくする、という。彼女の考えではモンティはいままで彼女が会ったいちばん美しい青年だった。『でも行けないのよ』彼女はいう。『だって私その晩はもうタルーラ（訳注　アメリカの女優タルーラ・バンクヘッドのこと）と夕食の約束をしてしまったんですもの。わかってるでしょ彼女のこと。約束をすっぽかしたりしたらそりゃもう大変よ』。それで私はいった。ドッティ、こうしようじゃないか。私がこれからタルーラに電話して彼女も招待する。それでこういうことになった。タルーラは、ダ、ダ、ダァーリン、ぜひ行きたいんだけど、問題がひとつあるの――といった。彼女はすでにエステル・ウィンウッド（訳注　イギリスの女優）も誘っていた。それで彼女を連れていっていいかというわけさ」

ともかくこれは大変な話だった。あの三人のおそるべきレディたち、バンクヘッド、ドロシー・パーカー、エステル・ウィンウッドの三人がひとつの部屋に集まるというのは。ボーティは夕食の前にカクテルを楽しむ余裕があるように招待の時間を七時半に決めていた。彼は夕食を自分で用意していた――セネガル風スープ、キャセロール、サラダ、チーズの盛合せ、レモン・スフレ。私は何か手伝いをしようと少し早めに彼のところに着いた。しかし、オリーヴ・ベルベット色のジャケットを着たボーティは落ち着いていた。準備はすべて出来ている。あとはただキャンドルの火をつけるだけでよかった。

ホストのボーティは、自分と私に特別製のマティーニをそそいだ――零度に冷やしたジンにペルノーを一滴加えたものだ。「ベルモットではなく、ちょっとだけペルノーを加えるんだ。ヴァージル・トンプソン（訳注 アメリカの作曲家）に教わった秘訣《ひけつ》さ」

七時半が八時になった。二杯目を空けるころには、招待客はもう一時間以上遅れていた。ボーティの柔らかく編まれた落ち着きがほころび始めている。彼は指の爪を嚙《か》み始めた。こういう場合みんながよくやる、間をもたせるしぐさだ。九時にとうとう彼は怒り出した。「まったくまずったことをしてしまったと思わないか？　エステルはどうかわからないが他の三人はすごい酔払いだからな。アル中を三人も夕食に招待してしまうなんて！　一人でもたくさんだっていうのに三人も呼んでしまった。彼らは今日はもう来ないな」

ドアのベルが鳴った。

「ダぁリーン」。ミス・バンクヘッドだった。長い、ラフにウェーブした髪と同じ色のミンクのコートのなかで、その体をくねらせた。「ごめんなさい。みんなタクシーの運転手が悪いのよ。間違った住所に連れて行かれちゃったの。どっかウェストサイドの汚ないマンションよ」

ミス・パーカーがいった。「ベンジャミン・カッツ。それが彼の名前よ。運転手の」

「あら違うわ、ドッティ」と彼女たちがコートを脱ぎ、ボーティにエスコートされて、大理石の暖炉で薪《まき》が楽しげにぱちぱち燃えている客間に案内されながらミス・ウィンウッドが訂正した。「彼の名前、ケヴィン・オリアリィだったわ。イギリス風邪で苦しんでいたみたい。それで行先きがわからなくなっちゃったのよ」

「イギリス風邪？」とミス・バンクヘッド。

「お酒のことよ、あなた」とミス・ウィンウッド。

「そうお酒だわ」ミス・パーカーが溜《た》め息をついた。「それよ私に必要なのは」。しかし彼女が少しふらついて歩いている様子を見ればもう一杯酒を飲むのが彼女に必要なことは思えなかった。ミス・バンクヘッドは「バーボンの水割りを頂戴、ケチケチしないでよ」と注文した。ミス・パーカーは最初断ったが、次にいった。「そうね、ワインを一杯もらおうかしら」

ミス・バンクヘッドは暖炉のそばに立っていた私をじろじろ見ると、襲いかかるみたいに近づいてきた。背の低い女性だったが、そのどなるような声と何人も打ち負かすことの出来ないヴァイタリティで、アマゾネスのように見える。「それで」と彼女は近視の目をぱちぱちさせながらいった。「この人がわれらの偉大なる新しいスター、ミスター・クリフトなの？」

私は彼女に、違います、私の名前はP・B・ジョーンズですといった。「まったく無名の人間です。ただのボートライト氏の友達です」

「彼の甥《おい》の一人じゃないこと？」

「いいえ。作家です。いや作家志望です」

「ボーティには甥がたくさんいるの。いったい彼はどこで甥を見つけてくるのかしら。あら、ボーティ、私のバーボンはどこ？」

お客はボーティの、馬の毛で織った丈夫な長椅子《ながいす》に腰をおろした。それを見ながら私は三人のなかでは、エステル・ウィンウッドが、彼女は当時六十代前半の女優だったが、いちばん素晴しいと判断した。パーカーは――彼女は誰でも地下鉄ですぐに席を譲りたくなるような女性に見えた。子どもの時に眠りについて四十年後にたるんだ目と入れ歯をして、息にウィスキーの臭いをさせて目ざめたような傷つきやすい、一見何も出来ないような子どもに見える。そしてバンクヘッドはというと——彼女の頭は身体に比べて大き過ぎた。脚は小さ過ぎる。そして何よりもその存在感は圧倒的で、彼女を入れるにはボーティの部屋は小さ過ぎた。大きな講堂が必要だった。それに比べミス・ウィンウッドはエキゾティックな人物だった——蛇のように細く、女校長のように背筋をしゃんとさせている。大きな、つばの広い、黒いストローハットをかぶっていて、その晩ずっとかぶったままだった。その帽子のつばのおかげで人を見下したようなパール色の顔にうまくかげりが出来、成功とはいえないまでも、ラベンダー色の目にかすかに燃えているいたずらっぽさを隠していた。彼女はタバコを吸っていた。ミス・バンクヘッド同様、チェーンスモーカーであることがわかった。ミス・パーカーもそうだった。

ミス・バンクヘッドは次から次へとタバコに火をつけながら、大きな声で話し始めた。「昨日の夜、不思議な夢を見たのよ。夢の中で私ロンドンのサヴォイ・ホテルにいたの。そしてジョック・ホィットニー（訳注　おしゃれで知られたアメリカの駐英大使。フレッド・アステアと親しかった）と踊りを踊ったの。夢の中ではいまでも魅力的な男だったわ。あの大きな赤い耳、えくぼ」

ミス・パーカーがいった。「それで。その夢のどこが不思議なのよ？」

「それだけでは別に不思議じゃないわよ。ただね、変なのは、この二十年間、ジョックのことなんて考えたこともなかったということ。それに不思議なのよ、今日の午後、彼に会ったの。五十七丁目の通りをむこうから横切ってきて、こちらから歩いてきた私とはち合わせになったの。昔とまったく変っていなかった。ちょっと太って、あごが二重になっていたけど。昔、私たちとっても素敵な仲だったの。よく野球や競馬に連れて行ってくれたわ。ただ私たち、ベッドのなかではちっともうまくゆかなかった。よくある話よね。一度、精神分析医のところに行って一時間五十ドルもの料金を払って、なぜ本当に愛している男、首ったけになっている男とはベッドでうまくいかないのか調べてもらったことがあったけど無駄だったわ。まったくこっちが鼻もひっかけてないような男とはくたくたになるまで出来るっていうのに」

ボーティが酒を持ってあらわれた。ミス・パーカーはあっというまにひと飲みでグラスを空にしてしまう。「ボトルごと持ってきてテーブルの上に置いておけば？」

ボーティはいう。「モンティのやつ、いったいどうしちゃったんだろう。電話ぐらいかけてきてもいいのに」

「ミャア！　ミャア」。猫の声がしてそれに続いて指の爪でフロント・ドアをひっかく音がした。「ミャア!」

「お許し下さい《パルドネ・モワ》、セニョール」といいながら若いミスター・クリフトが部屋に倒れ込むように入ってきた。ボーティが彼を抱き支えた。「ずっと二日酔をなおそうと眠っていたんです」。しかし彼の様子を見ると二日酔をうまくなおしたとは思えなかった。ボーティが彼にマティーニを渡す。彼の手がそれをつかもうとして震えているのに気がついた。

彼はしわくちゃのレインコートの下にグレイのフランネルのスラックスをはき、グレイのタートルネックのセーターを着ている。アーガイルのソックス、ローファーの靴。彼は靴を蹴《け》って脱ぐとミス・パーカーの足元にうずくまった。

「あなたが書いた短篇のなかに好きなのがあります。ずっと電話が鳴るのを待っている女の話です。彼女を無視しようとしている男からの電話を待っている。そして彼女は男がなぜ電話してこないかいろいろ理由を考え続けている。そして自分のほうからは男に電話しないように自分にいいきかせている。私はこの話のすべてがよく理解できます。私にも同じ経験がある。それともうひとつ別の短篇――『ビッグ・ブロンド』という題の――その話のなかでは女が睡眠薬を大量に飲むんです。でも結局死ねない。彼女は目をさます。そして生き続けてゆかなければならない。私の身にはこんなことが起ってほしくないな。あなたの知り合いにこういう女性がいたんですか？」

ミス・バンクヘッドが大声で笑った。「もちろん知り合いにいたわよ。ドッティはしょっちゅう自分が睡眠薬を飲んだり手首を切ったりしているのよ。一度、病院に見舞いに行ったこと憶《おぼ》えているわ。彼女ったら手首をピンクのリボンで包帯しているのよ。可愛らしい小さなピンクの蝶々結《ちようちようむす》びまでしてね。ボブ・ベンチリー（訳注　アメリカの作家ロバート・ベンチリー。「ジョーズ」の原作者ピーター・ベンチリーの祖父）がいったわ。『こんなことをやめない限りドッティはいつか本当に自分を傷つけるよ』」

ミス・パーカーが異を唱える。「ベンチリーはそんなことといわなかったわ。いったのは私よ。私がいったのよ。『こんなことやめないといつか自分を傷つけるわ』って」

それからの一時間ほど、ボーティは台所と客間のあいだをふらふらいったりきたりしては酒を次々に運んできた。彼は自分が用意した夕食のことを嘆いていた。とくにキャセロールはすっかり乾いてしまっていたので、そのことを悲しんでいた。彼がダイニング・ルームのテーブルにつくようにとみんなに頼んだときはもう十時を過ぎていた。私はみんなにワインを注ぐのを手伝った。ワインはいまや唯一《ゆいいつ》の栄養になりそうなもので、みんなの注意をひいたのはこれだけのようだった。クリフトはタバコを、まだ手をつけていない自分のセネガル風スープのお碗《わん》のなかに落としてしまった。ぼんやりと虚空《こくう》を見つめている。戦争後遺症で悩む兵隊を演じているかのようだ。他の客たちはそれに気づかないふりをした。ミス・バンクヘッドは一人でとりとめもない話を喋《しゃべ》っている（「田舎に家を持ってた頃よ、エステルがいっしょに住んでて、私たち芝生の上で身体《からだ》を思い切り伸ばしてラジオを聞いていたの。その当時はじめて作られたラジオ、ポータブルラジオよ。突然ニュースキャスターが番組に入ってきたの。彼は重大なニュースを発表しますといったわ。それはリンドバーグの子どもの誘拐事件だということがわかったの。犯人は梯子《はしご》を使ってベッドルームに入り込み赤ん坊を盗んだとかなんとか。その放送が終るとエステルがあくびをしていったわ。『さあ、わたしたちそんなこと忘れたほうがいいわ、タルーラ！』」）。彼女が喋っているあいだミス・パーカーが奇妙なことをしはじめ、みんなの注意が彼女に集まった。ミス・バンクヘッドさえ話をやめてしまった。目に涙をいっぱい浮かべてミス・パーカーは、クリフトの催眠術にかかったみたいな顔をさわり始めていたのだ。彼女の短くて太い指が彼の額、頬の骨、唇、あごをやさしくなでている。

ミス・バンクヘッドがいった。「ちょっと、ドッティ。あんた自分が誰だと思ってるのよ？　ヘレン・ケラーのつもり？」

「彼、とってもきれいだわ」ミス・パーカーが呟《つぶや》く。「感受性が豊かで、身体が素敵で。いままで会ったなかでいちばんきれいな青年だわ。彼がゲイだなんて、残念だわ」。それから小さな純真な少女みたいに目をやさしく見開いていった。「ああ、まあ、どうしましょう。私、いま何かいけないことといったかしら？　私がいおうとしたことは、彼はゲイということ。そうじゃないの、タルーラ？」

ミス・バンクヘッドはいった。「でもね、ダァリーン、私にはそ、そ、そんなことわからないわよ。彼はまだ私のあれをおしゃぶりしたことがないんだから」

私は目を開き続けていることが出来なかった。「赤い河」は退屈だった。便所の消毒薬の臭《にお》いのせいで感覚が麻痺《まひ》してきた。酒が必要だった。八番街と三十八丁目の角のところにアイリッシュ・バーを見つけた。閉店間際《まぎわ》だったがジュークボックスはまだ鳴っていて、水夫が一人、それに合わせて踊っている。ジンをトリプルでもらった。サイフを開くとカードが一枚落ちた。白い名刺で男の名前、住所、電話番号が書いてある。ロジャー・W・アップルトン農場、私書箱七一一番、ランカスター、ペンシルヴァニア州。電話九〇五―五三七―一〇七〇。私はその名刺を見つめた。どうしてこんなものがサイフのなかに入っていたんだろう。アップルトン？　ジンをゆっくりと飲んで記憶をはっきりさせた。アップルトン。もちろんあの客だ。気分よく思い出すことができるセルフ・サービス社の数少ない客の一人だ。私と彼はイェール・クラブの彼の部屋で一時間いっしょに過ごした。彼は年はとっていたが困難をくぐり抜けてきた強さがあり、たくましく、頑丈で、本当に骨が折れてしまいそうな力強い握手をした。いい男だった、隠しだてをしない。彼は自分のことをなんでも話した。――最初の妻が死んだあと、ずっと年下の女と再婚した。彼らは果物の木や牛や小さな流れのあるなだらかな起伏の農場で暮していた。彼は私に名刺をくれると、電話して、いつでも家に遊びに来てくれといった。自己憐憫《れんびん》にかられ、また、アルコールで大胆にもなっていたので、私は、いまが朝の三時だということをすっかり忘れ、バーテンダーに二十五セントのクウォーターを五ドルぶん貸してくれないかと頼んだ。

「悪いね、坊や。もう閉店なんだよ」

「お願いだ。緊急の用事なんだ。どうしても長距離電話をかけなくちゃならない」

コインを勘定しながら彼はいった。「そんな価値のある女がいるとは思えないがね」

番号を回すとオペレーターがもう四ドル入れてくれといった。電話は六回鳴ってようやく女の声が出た。眠っていたらしく、低くゆっくりした声だった。

「もしもし、アップルトンさん、いらっしゃいますか」

彼女は一瞬ためらった。「いますけれどいま寝ています。でも大事なご用なら……」

「いえ、大事な用というわけではないんです」

「どちらさまですか？」

「彼にただ……友達のひとりが電話してきたとだけ伝えて下さい。三途《さんず》の川の向こうにいる友人だと」


さて、私がはじめてケイト・マクロードに会ったあのパリの冬の午後のことに話を戻さなければならない。われわれは三人だった――私と、私が飼っている若い雑種の犬マットと、そしてエイス・ネルソン。三人はリッツ・ホテルの小さな絹張りのエレベーターのひとつにくっつきあって乗っている。


最上階まで行き、そこで降りた。両側に昔ながらの汽船で航海するときに使うトランクが並んでいる廊下を歩きながら、エイスがいった。「もちろん彼女は、私がきみをここに連れて来た本当の理由を知らない……」

「それなら私だって知らない！」

「彼女には素晴しいマッサージ師を見つけたとしかいってないんだ。彼女はこの一年ずっと背中の痛みで苦しんでいる。パリとアメリカでいろんな医者にかかった。椎間《ついかん》板《ばん》がズレているという医者もいるし、背骨の具合が悪いという医者もいる、しかしみんなが一致しているのは精神的なものが原因という。しかし問題は……」。そこまでいいかけて彼はためらった。

「問題は？」

「いったろ、ついさっき、バーで飲みながら」

私はバーでの会話の断片を頭のなかで再生してみた。現在、ケイト・マクロードはドイツ人の実業家で世界でいちばんの金持のひとりといわれているアクセル・イェーガーの、疎遠《そえん》にされている妻だった。以前、十六歳の時に彼女はヴァージニア州に住む金持の、農場主の息子と結婚したことがあった。彼女のアイルランド人の父親は、その家で飼育係として働いていた。二人の結婚は夫の精神的虐待《ぎゃくたい》という正当な理由で終りになっていた。その結果、彼女はパリに行き、何年ものあいだ、ファッション雑誌を飾る女神になった。アラスカで熊狩《くまが》りをするケイト・マクロード、アフリカでサファリをする……、ロスチャイルド家の舞踏会での……、グレイス王妃とグランプリでの……、スタヴロス・ニアルホス（訳注　ギリシャの百万長者の船舶所有者、オナシスのライバル）とヨットに乗る……。

「問題は……」エイスはいい淀《よど》んだ。「きみに話したように彼女はいまとても危険な状態にいる。だから彼女は……誰かいっしょにいてくれる人間を必要としている。ボディガードのようなものが」

「それだったら彼女に犬のマットを売ったほうがいいんじゃないのか？」

「お願いだ」彼はいった。「冗談をいっている場合ではないんだ」

この言葉はエイスがこれまでに喋ったなかでいちばん真実にあふれたものだった。

彼が私を連れていこうとした迷路をこのとき少しでも予見することができていたなら
……ちょうどその時、黒人の女性が部屋のドアを開いた。しゃれた黒のパンツ・スーツを着ている。首と手首にはやたらたくさん金の鎖を巻きつけている。口のなかも金ぴかだった。歯の治療のためというより一種の投資として金歯にしているみたいだ。白いカーリー・ヘアーをして、丸いシワのない顔をしている。年齢がいくつかと聞かれたら四十五、六と答えるだろう。あとで、彼女は幼な妻だということを知った。

「コリンヌ！」エイスが大声でいう。そして彼女の両頰にキスをする。「元気かね？《コモン・サ・ヴァ》」

「これ以上よくもないし悪くもないわ」

「P・B、こちらコリンヌ・ベネット、ミセス・マクロードの小間使いだ。コリンヌ、こちらミスター・ジョーンズ、マッサージ師の」

コリンヌはうなずいた。しかし彼女の目は私が腕にかかえている犬をじっと見た。

「教えて欲しいんだけどこの犬は何なの？　まさかミス・ケイトへの贈り物じゃない

でしょ。彼女ったらフィービーが死んでからもう一匹犬を飼いたいっていい続けているの」

「フィービー？」

「殺してもらう他なかったの。私だっていつかはそうなる運命だけど。でもフィービーを殺したことは彼女には内緒よ。こんなことがわかったら彼女またおかしくなっちゃうわ。お願いよ、私、大人があんなにひどく泣いたの見たの初めてよ。お入りなさい、彼女、あなたたちを待っているわ」。それから声を落として付け加えた。「あのマダム・アプフェルドルフがいま彼女のところに来ているの」

エイスはしかめつらをした。彼は何かいおうとして私のほうを見たがその必要はなかった。私はこれまで「ヴォーグ」や「パリ・マッチ」には目を通していたからパーラ・アプフェルドルフが何者かはわかっていた。ひどい人種差別主義者の南アフリカのプラチナ王の妻で、ケイト・マクロードと同じくらい世界の社交界の花形人物だった。ブラジル人で——これはのちに知ったことなのだが——友人たちはひそかに彼女のことを黒い公爵《こうしやく》夫人と呼んでいた。そう呼ぶことで、彼女は純粋なポルトガル人の子孫だと主張しているが本当はそうではなく、リオの貧民街の子どもで、かなり黒人の血が混じっているということをほのめかしていた。もしこの噂《うわさ》が本当なら、ヒトラーのように人種差別意識の強い夫のアプフェルドルフに対する痛烈なジョークだった。

ケイト・マクロードの部屋はホテルの最上階に心地よく作られていた。部屋はすべて大きな丸い屋根窓がついていて、そこからヴァンドーム広場が見渡せる。部屋の大きさはどれも同じだった。もともとは個人客の召使いの部屋として使われていたが、ケイト・マクロードは六つの部屋をひとつにつないでしまい、ひとつひとつの部屋を特別に飾りあげていた。その結果、全体として、贅沢《ぜいたく》な区画にある安アパートのように見える。

「ミス・ケイト？　紳士がたがおいでです」

そして魔法にかかったようにいつのまにかわれわれはケイト・マクロードの寝室に入っていた。「エイス。あなたなの」。彼女はベッドの端に鳥がとまるように坐《すわ》って髪にブラシをかけていた。「お茶いかが？　パーラはもういただいているのよ。それともリキュール？　いや？　私はいただくわ。コリンヌ、ヴェルヴェーヌを一杯持ってきてくれない？　エイス、ジョーンズさんに紹介してくれないの？　ジョーンズさんはね」と彼女はベッドの脇《わき》の椅子《いす》に坐っていたマダム・アプフェルドルフに秘密を打ち明けるようにいった。「私の背骨から悪魔を追い出そうとして下さるの」

「そう」マダム・アプフェルドルフがいった。彼女はなめらかな、カラスのように黒く輝く髪の毛をしている。声はカラスのようにがあがあいう感じだった。「この人、モナが私に紹介したあのサディスティックな小さな日本人よりましだといいわね。もうモナのことは二度と信用しないわ。そもそも一度だって信用したことなんかないわ。まったく信じられない話よ。あの日本人ったら私を裸で床にうつぶせにさせ、それから首の上に乗ったのよ。そしてまるでダンスするみたいに背中に乗ったり降りたりしたの。ひどい苦痛だったわ」

「まあ、パーラ」ケイト・マクロードは同情していう。「でも本当の苦痛がどういうものかあなた知ってる？　私、サン・モリッツに一週間もいたのにその間スキー板を見ることも出来なかったのよ。ハイニイを訪ねる時以外部屋を一歩も出なかったの。部屋にいて鎮静剤のドリデンを飲んでお祈りしているだけ。エイス」と彼女はいって、彼にベッドの近くのテーブルの上に置いてあった銀額の写真立てを手渡した。「ハイニイの新しい写真よ。可愛《かわい》いでしょ？」

「これがミセス・マクロードの子どもだ」エイスは私に額に入った写真を見せながら説明した。頬がふっくらした、まじめな顔つきをした子どもが、マフラーと毛皮のコートと毛皮の帽子に包まれて雪だるまを持って立っている。それから私は部屋じゅういたるところにこの少年のいろいろな年齢の写真が一ダースは置いてあるのに気がついた。

「可愛いですね。いまおいくつですか？」

「五つ。そう、四月に五つになるの」。彼女はまた髪にブラッシングを始めた。荒っぽく、髪を台無しにしてしまいそうだ。「まったく悪夢だったわ。彼が一人きりでいる時に会うのは一度も許されなかったの。叔父のフレデリックとオットー、それに昔からいるメイドが二人。彼らがいつも一緒にいるのよ。見張ってるの。私が何回キスをするか数えていて時間が来ると出て行けってドアの方を指さすの」。彼女はブラシを部屋の向こうに投げつけた。マットが吠《ほ》える。「自分の子どもなのによ」

黒い公爵夫人が咳《せき》ばらいをした。カラスががあがあ鳴いたみたいだ。それから彼女はいった。「彼を誘拐するのよ」

ケイト・マクロードは大声で笑うと枕《まくら》の上に身を沈めた。「でも変ね。今週私にその誘拐の話をしたのはあなたで二人目よ」。彼女はタバコに火をつけた。「サン・モリッツで一歩も外に出なかったというのは実はウソ。二度外出したの。一度はイラン皇帝のための晩餐《ばんさん》会。二度目はあのちょっと頭のおかしいミンゴがキングス・クラブで開いた晩餐会。そこで、あのとても変った女性に会ったの」

マダム・アプフェルドルフが聞いた。「そこにドロレスはいた？」

「どこに?」

「イラン皇帝のパーティのほうよ」

「たくさん人がいたから憶《おぼ》えていないわ。どうしてそんなこと聞くのよ?」

「なんでもないの。ただ噂がね。そのパーティ、誰が開いたの」

ケイト・マクロードは肩をすくめた。「さあ、ギリシャ人の誰かよ。確かリヴァノス夫妻よ。夕食が終ったあと皇帝が例によってつまらないおふざけを始めたの。全員を何時間もテーブルのところに坐らせておいてひとりでつまらないジョークをいうのよ。フランス語、英語、ドイツ語、ペルシャ語で。みんなひとことも理解できないにしてもいちおう大笑いするの。皇帝の奥さん、ファラ・ディバを見ていると気の毒だったわ。彼女、すぐ顔が赤くなるの――」

「あなたの話を聞いてると皇帝は私たちと一緒にクシュタートの学校にいた時とちっとも変ってないみたいね、ル・ロゼ時代と」

「私はニアルホスに隣りに坐ってもらっていたんだけどちっとも役に立たなかったわ。彼ったらサイを一頭酢漬けに出来るくらい大量にコニャックを飲んでしまっていたのよ。彼、私をじっと見てケンカ腰でいったわ。『私の目を見るんだ』――だけどそんなこと出来ないわよ、だって彼の目は焦点を失っているんだから。『私の目を見ていうんだ。きみを世界でいちばん幸福にしてくれるものはなんだ？』。私は彼にそれは眠ることよといったの。彼はいったわ。『眠ることだって。そんなみじめな話はこれまで聞いたことがない。眠ることなんてこれからもたっぷり出来るじゃないか。私にとって何がいちばん幸福か教えてやろう。狩猟だ。殺すことだ。ジャングルを歩いてトラやゾウやライオンを殺す。それで私は平和な気持になれる。幸福になる。これについて何か意見はあるかい？』。それで私はいったわ。『そんなみじめな話はこれまで聞いたことがない。殺したり破壊したりすることが幸福なんて。私にはそんなの悲しいことに思えるわ。とても幸福だなんて呼べないわよ』」

黒い公爵夫人はうなずいて同意した。「そうよ、だいたいギリシャ人って心が黒いのよ。とくに金持のギリシャ人はね。彼らはちょうどコヨーテが犬に似ているのと同じように、人間に似ているっていったほうがいいわね。コヨーテはたしかに犬に似ているけど、もちろん犬じゃないでしょ――」

エイスが口をはさんだ。「でも、ケイト、君は狩りが好きじゃなかったの。それをどう説明するの？」

「私は狩りそのものより狩りをして遊ぶことが好きなのよ。歩いたり野生に触れたりすることが好きなの。これまでたった一回アラスカヒグマを撃ったことがあるだけよ。

「人間を撃ったことがあるじゃない」エイスは彼女に思い出させた。

「足を撃っただけよ。当然の報いよ。その男は白いヒョウを殺したんだから」。コリンヌがヴェルヴェーヌの小さなグラスを持って現われた。エイスの選択は正しかった——リキュールは彼女の緑色そのものの目に実によく合った。「でもみんなに話そうとしたのは皇帝のパーティのことではなく、ミンゴが開いた馬鹿騒ぎで会ったあの素晴しい女性のことなのよ。彼女は私の隣りに坐っていったの。『こんにちは。あなた、南部の女の子だそうね、私も』。アラバマ州の出身。ヴァージニア・ヒルよ』

 エイスがいう。「あのヴァージニア・ヒルかい?」

「ええ、私はミンゴが教えてくれるまで彼女がそんなに有名な女性だって知らなかったの。それまで彼女のこと聞いたことなかったわ」

「私もよ」マダム・アプフェルドルフがいう。「誰なの? 女優?」

「ギャングの情婦ですよ」エイスが彼女に教えた。「最高のお尋ね者ですよ。アメリカではFBIがそこらじゅうの郵便局に彼女の写真を貼っています。ある記事は彼女を『アンダーワールドのマドンナ』と呼んでいましたね。あらゆる人間が彼女を追いかけています。FBIだけでなく、彼女の昔のギャング仲間もね。彼らは、もしFB

Iに逮捕されたら彼女は洗いざらいみんな話してしまうだろうと思っていますからね。状況があまりに厳しくなったんで彼女はメキシコに逃げ、そこでオーストリア人のスキー教師と結婚したんです。それ以来ずっとオーストリアとスイスに身を隠しているわけですよ。いまのところアメリカ人は彼女の身柄の引渡しを要求出来ない状態です」

「あらまあ《モン・ディユー》」マダム・アプフェルドルフはいって十字を切った。「それじゃ、きっとおびえているでしょうね」

「おびえてはいないわ。絶望的ではあるけれど。もしかしたら自殺の可能性もあるかもしれない。でも彼女は心から陽気に見えたわ。腕を私にまわして、強く抱きしめていったのよ。『同じ故郷の人間と話が出来てうれしいわ。ヨーロッパなんて大嫌い。私の手を見る?』。そういって彼女は私に手を見せたの。その手はバンソウコウとガーゼにおおわれていた。彼女はいったわ。『私、亭主が女の一人とベッドにいるところをとっつかまえたの。そして女のあごを砕いてやったの。夫が窓から逃げ出さなかったらあいつのあごも砕いてやったんだけどね。あなた、私がアメリカで面倒なことになっているの知ってるでしょ。でも私、国に帰って捕まったほうがずっといいと時々思うことがあるの。ここに囚《とら》われ同然になっているより、向こうで刑務所に入っているほうがましだと思うわ』」

エイスがいう。「彼女はどんな様子だった? きれい?」

ケイトは考えながらいう。「美しくはないわ。でも可愛いわ、キュートね。ドライブイン食堂のウェイトレスみたいにキュートよ。いい顔してるけど、ちょっと顔が大きいかな。それにおっぱい《ティッツ》がすごく大きいの——少なくとも二キロはあるわね」

「お願いよ、ケイト」マダム・アプフェルドルフが不満そうにいった。「私がそんな言葉嫌いだって知っているでしょ。おっぱいだなんて」

「あらそうだったわね。すぐ忘れちゃうのよ。あなたはブラジルの尼さんに教育を受けたんだったわね。ともかくみんなに話したかったのはね、彼女がいきなり唇を私の耳のところに持ってきてこうささやくのよ。『彼を誘拐したらどう?』。もう彼女を見つめることしか出来なかったわ。彼女が何のことをいっているのか見当もつかなかった。彼女はまたこういったの。『あなたは私のこと知ってるみたいだけど、私もあなたのこといろいろ知ってるのよ。あのドイツ野郎と結婚したこととか、あの男があなたを追い出して子どもを独占していることとか。聞いて、私も母親よ。男の子がいるの。だからあなたの気持がわかるの。あの男の金の力とヨーロッパの法律がある限り、子どもを取戻そうと思ったら誘拐するしかないわ』」

マットがくんくんと鳴いた。エイスがポケットでコインをじゃらじゃらさせる。マダム・アプフェルドルフがいった。「彼女のいうとおりだと思うわ。誘拐は可能よ」

「そう、出来るね」エイスがいう。「たしかに危険ではある。しかし可能性はあるよ」

「どうやって？」ケイトがこぶしで枕を叩《たた》きながらいった。「あの家のことは知ってるでしょ。あれは要塞よ。彼をあの家から連れ出すなんて無理よ。堅苦しくてこうるさい叔父たちがいつも見張ってるんだから。それに召使いもいるわ」

エイスがいう。「その点ならなんとかなるさ。入念な計画を立てればね」

「でもそれで？　警報が鳴ったらスイスの国境十マイルのところまでだって行けはしないわ」

「でもこうしたらどう」マダム・アプフェルドルフがカラスみたいな声を出した。「国境を越えるのをやめるのよ。私がいってるのは車でよ。そのかわりに個人用のグラマンのジェット機を谷に待たせておくの。全員それに乗ってひと飛びよ」

「どこに行くの？」

「アメリカよ！」

エイスが興奮していう。「そうだ！　そうだ！　いったんアメリカに入ってしまえばイェーガーだって何も出来やしないさ。きみはそこで離婚の訴訟を始めればいいんだ。きみにハイニイの養育権を認めないような判事はアメリカにはいないさ」

「夢よ。非現実的な夢よ。ジョーンズさん」彼女はいった。「ずっと待たせてしまってごめんなさい。マッサージ・テーブルは向こうの小部屋にあります」

「非現実的な夢か。おそらくね。でもこの計画をよく考えてみるわ」黒い公爵《こうしやく》夫人が立ち上がりながらいった。「じゃあ来週、昼食を一緒にしましょう」

エイスはケイト・マクロードの頬にキスをした。「あとで電話するよ、ダーリン。P・B、私の大事な彼女をよろしく頼むよ。バーにいるから終ったら探してくれ」

マッサージ・テーブルの用意をしているとマットがベッドに飛びのってしゃがんでおしっこをした。彼女をつかもうとした。「叱《しか》らないで。このベッドのなかではもっと悪いことがたくさん行なわれているんだから。彼女たしかに醜いけれど魅力的ね。黒い顔で、目のまわりに白い輪があるなんて可愛いわ。全体にパンダみたい。いくつ？」

「三ヶ月、いや四ヶ月かな。ネルソンさんがくれたんです」

「彼ったら私にくれたらよかったのに。名前は？」

「マットです」

「その名前はよくないわ。彼女、ずっとチャーミングよ。もっといい名前を考えましょう」

私がマッサージ・テーブルの用意を終えると彼女はくるっと身体《からだ》を一回転させてベッドから降り、薄く透き通った短いネグリジェを脱いだ。その下には何も身につけていない。恥毛と、肩までの長さのある蜜《みつ》のような赤い髪の毛は色が実によく調和していた。赤い髪は染めたものではなく本当のものだった。やせていて余計な肉はまったくついていない。完璧《かんぺき》な均整のとれた身体をしていたので実際よりも背が高く、私と同じ百七十三センチはあるように見えた。上を向いた乳房はブラジャーがなくても無駄に揺れることはない。彼女は部屋を横切ってステレオのボタンを押した。スペイン音楽が流れた。セゴビアのギターが沈黙の重苦しさを和らげる。彼女は黙ってマッサージ・テーブルのところに行くと、そこに身を横たえた。長い魅力的な髪がベッドの端から床に垂れた。溜《た》め息をつきながら彼女は素晴しい目に幕をおおった。あたかもデスマスクを取るためポーズを作るように、静かに目を閉じた。化粧をまったくしていない。化粧をする必要がなかった。高い頬骨は暖かい自然の色をしていたし、心地よく上を向いた唇は口紅をしなくてもピンクだった。

股《また》のあいだが興奮してくるのを感じた。彼女のすらりと伸びた健康的な、均整のとれた身体。みずみずしい乳首。お尻《しり》の豊かなカーブ。ほっそりとした脚。爪先《つまさき》にスキーヤー特有のまめがあるだけできれいな足先。それを見ているうちに興奮は強くなった。手は震え、汗で湿ってくる。自分に悪態をついた。邪念を捨てるんだ、P・B――プロらしくないぞ。それでも興奮はおさまらずペニスがズボンを圧迫するようになってくる。これまでたくさんの女性たち、その気になっている何人もの女性たちをマッサージし、それ以上のこともしてきたが、こんなに自然に興奮してきたことはなかった。これまで会った女性でこの美しい女神に匹敵するような女性は一人もいなかったことを私は認める。汗で湿った手をズボンでぬぐい彼女の首と肩の上あたりをマッサージしはじめた。自分が高価な織物を指で調べている商人になったような感じで、彼女のぴんと張った肌と腱《けん》をもみほぐした。最初、彼女は緊張していたが徐々に私は緊張を解いて、リラックスさせていった。

「ううん」彼女は眠たそうな子供のように呟《つぶや》いた。「とてもいいわ。どうしてあんなネルソンさんみたいな悪者に捕まったのかいきさつを話してくれない？」

私は喜んで話すことにした。あのいたずらっ子みたいにペニスを固くする邪念を追い払うために、何か別のことを考えたほうがよかったからだ。それでタンジールのバーでエイスに会った時のことだけでなく、私、P・B・ジョーンズとその人生の旅のことを手短かに話し続けた。セントルイスで私生児として生まれたこと、十五歳までそこのカトリックの孤児院で育てられそれから家出してマイアミに行き、五年ほどマッサージ師として働いたこと。そこでお金をためニューヨークに行き、私の夢である作家になるという運をためしたこと。成功したかって？　そう答えはイエスでもありノーでもある。短篇集を一冊出版したが不幸にも批評家にも読者にも無視された。それで絶望してヨーロッパに行き、その後何年間も旅をし、ほっつき歩いている。その間も長篇小説を書こうとしているのだが、これもまた失敗に終ってしまった。それでいまもこうして放浪生活をしている。明日の先に広がる未来は何もない。

そんなことを話しているうちに私の手は彼女のお腹《なか》のところに来た。そこを指を丸く回転させてマッサージする。それから尻へと降りてゆく。彼女のバラ色の恥毛に目をやった時、アリス・リー・ラングマンと彼女の思い出話に出てくるポーランドの恋人のことを思い出した。その女はアリス・リー・ラングマンの性器にチェリーを詰め込んでそれをひとつひとつ取り出して食べては楽しんだという。私はひとり勝手にこのファンタジーを想像していった。柔らかい、種を抜いたチェリーが暖かく、濃い、甘いクリームがいっぱい入ったボウルのなかにマリネになっている様子を想像した。

そしてケイト・マクロードがその香りのいい指でクリームのかかったチェリーをボウルから選び出しそれを——に押し込んでゆく。そんな想像をしているうちに両脚が震えた。ペニスが脈打ち始める。玉は守銭奴のにぎりこぶしのように固くなった。「ちょっと失礼します」と私はいってバスルームに行った。マットがあとをついてきて私がジッパーをはずし、ものをとりだす様子を不思議そうに、いたずらっ子みたいに興味ありげに見つめている。時間はかからなかった。ふたこすりで行ってしまい、荷を明けてしまった。床が洪水にあったみたいに濡《ぬ》れてしまう。クリネックスでその証拠物件をきれいにすると顔を洗い、手を乾かして、お客のところに戻った。脚は船に酔った水夫の脚みたいに力をなくしていたが、ペニスはまだ半分立派に敬礼をしていた。

冬のパリの夕暮れが迫っていて屋根の窓がぼんやりとしてきた。ランプの光が彼女の身体をくっきりと浮き立たせている。彼女の顔の輪郭だけが見えた。彼女は笑っていた。そして私を見て楽しんでいるみたいに声を和らげていった。「気分はよくなった？」

少しかすれ声で私はいった。「身体の向きをかえていただけますか……！」

彼女のうなじをマッサージする。指を背骨に沿ってすべらせてゆく。彼女の上半身がのどを鳴らしている猫のように震える。「ねえ」彼女はいった。「あなたの犬の名前を考えついたわ、フィービー。以前フィービーという名前の小馬を飼っていたことがあるの。犬もね。でもまずマット、マットの意見を聞かなくてはね。マット、フィービーって呼ばれるの好き？」

マットはカーペットの上にしゃがんでおしっこをした。

「見てよ、彼女、この名前が気に入ったのよ、ジョーンズさん」彼女はいった。「お願いがあるんだけれど？　フィービーと夜一緒にいたいの、貸してくださらない？　ひとりで寝るの嫌いなの。ずっと前に飼っていたフィービーがいなくなって寂しく思っていたの」

「いいですよ。その……フィービーのほうがいいなら」

「ありがとう」彼女は短くいった。

しかし本当は少しもよくはなかった。この女魔法使いのところに置いていったら、マットはもう二度と私のところに戻ることはないだろう。あるいは、たぶんいったん彼女と関わってしまったら、私自身がもとに戻ることは二度とないだろう。あたかも私は荒れ狂う白い水のなかに足をすべらして落ちてしまったかのようだった。氷のように冷たい急流が私を運んでゆく、そして見た目は美しいが実際は残酷な滝へと乱暴に運んでゆこうとしている。両手が彼女の背中、尻、脚をもみほぐしてゆくうちに彼女の呼吸は規則正しくリズムを刻むようになった。彼女が眠ってしまったことを確かめると、私は腰をかがめてくるぶしのところにキスをした。

彼女は一瞬身体を動かしたが目はさまさなかった。私はベッドの端に腰を下ろした。フィービーは——そういまや彼女の名前はフィービーだ——ベッドに飛び上がると私のかたわらで身体を丸くした。まもなく彼女も眠ってしまった。私はこれまで人に愛されたことはあったが、人を愛することは知らなかった。それでいまケイト・マクロードに出会って感じている衝動、脳のまわりをボブスレーみたいに滑ってゆく欲望を理解することが出来なかった。私に何が出来るのだろう？　ケイト・マクロードが私を尊敬し私の愛に応《こた》えるようにさせるには、彼女に何をしたらいいのだろう？　私は視線を部屋のあちこちにやった。そして暖炉のマントルピースとテーブルの上にのっている彼女の子どもの写真を入れた銀額の写真立てを見た。小さな子どもでこんな真剣な顔をしているのは珍しい。それでも時には笑顔を見せたり、アイスクリーム・コーンを舐《な》めたり、舌を出したり、ふざけて面白い顔をしたりしていた。「彼を誘拐するのよ！」——黒い公爵夫人はそうアドヴァイスしたのではなかったか？　確かに馬《ば》鹿《か》げてはいる。しかし私は自分が剣を抜き、ドラゴンを退治し、地獄を通り抜けてこの子を助け出し、無事に母親の腕のなかに連れ帰る姿を想像した。たしかにこれは非現実的な夢だった。くだらない。しかし本能的に、彼女の夢を得るには子どもが鍵《かぎ》になると感じていた。私はフィービーの眠りも彼女の新しい女主人の眠りもさまたげないようにこっそりと部屋を出るとドアを閉めた。

ここで休憩。鉛筆を削って新しいノートを用意しなければならない。

長い休憩になった。あれからほぼ一週間になる。いまはもう十一月で、突然、思いもかけず寒くなっている。ひどい雨のなか外に出て、風邪をひいてしまった。わが雇い主であるデートクラブ〝あれも、なにも電話一本で〟の女主人ミス・ヴィクトリア・セルフがオフィスに来るようにという緊急のメッセージを寄こさなかったら、こんな雨のなか外出などしなかったろう。

あの女は金をたくさん貯《た》めこんでいるに違いないのに、彼女もその仲間のマフィアの連中も四十二丁目のポルノ・ショップの上の二部屋しかない、汚ないアパートよりももっとみすぼらしいこのクラブのオフィスに少しも金をかけようとしないのが、私には不思議だった。もちろん客はめったにオフィスまでは来ない。彼らは電話で連絡してくるだけだ。だからおそらく彼女はわれわれ哀れな娼婦《しょうふ》を甘やかすために金を使うなんて無駄なことだと考えたのだろう。びしょぬれになり、耳から雨水をぽたぽたさせながら私は水のなかをばしゃばしゃ歩くようにきしんだ階段をのぼって四階に行き、もう一度「セルフ・サービス社」と細い字で書かれた曇りガラスのドアの前に立った。そしてなかに入った。

風通しの悪い、小さな受付の部屋には四人の人間がいた。まず、サル。背の低い、がっしりした体格のイタリア人だ。結婚指輪をはめている。ミス・セルフのところで働いている警官と兼業の男娼の一人だ。それからアンディ。住居侵入で逮捕されたが保釈され保護観察中。しかし一見しただけでは、平均的なカレッジの学生タイプとして通用する。いつものようにハモニカを吹いている。それからブッチがいた。ブロンドの髪をしたちょっと元気のない男で、ミス・セルフの秘書。ファイア・アイランドでせっかく日焼けしてきたのにその最後の名残りも消えてしまい、前よりいっそうユーライア・ヒープに似ている。それからマギーもいる——よく太った、可愛《かわい》い女の子だ。最後に彼女に会ったとき、彼女はちょうど結婚したばかりだった。それがブッチの怒りを買っていた。

「結婚の次は何をしたと思う、この女！」。私が部屋に入るとブッチが舌打ちしながらいった。「今度は妊娠だぜ」

マギーが哀願するようにいった。「お願い、ブッチ。あんたがなぜそんなに騒ぐのかわかんないわ。昨日わかったことなのよ。仕事の邪魔にはならないわ」

「おまえがここをぬけだしてあの野郎と結婚したときもそういったな。マギー、わかってるだろ、俺はお前に惚《ほ》れてるんだぜ。それなのになんていうことをしやがるんだ？」

「お願いよ、あんた。約束するわ。二度とこんなことないようにするわ」

それで心が和らいだというわけではないが、ともかくブッチは机の上の紙をさっとつかんでサルの方に向いた。

「サル、忘れちゃいないだろうな。五時に仕事が入っているぞ。セント・ジョージ・ホテル。九〇七号室。客の名前はワトソン」

「セント・ジョージ・ホテルかよ！　あーあ」サルが不満そうにいう。彼のあだなは十ペニー。というのは彼のモノが完全に立つと、その上に一ペニー硬貨を十枚並べておける特技をもっているからだ。「あのホテルはブルックリンにあるんだぜ。この雨のなかブルックリンくんだりまで行かなきゃならねえのかよ、えっ？」

「五十ドルになるんだ」

「変なプレイがないといいんだけど。俺にはああいう変なプレイは向いていないよ」

「変なことなんてないさ。ちょっとしたゴールデン・シャワー（訳注　相手の顔や体に尿を浴びせる行為）がいるだけさ。紳士は喉《のど》が渇いているんだ」

「さてと」といってサルは角のウォーター・クーラーのところに行くと紙コップをつかんだ。「満タンにしといたほうがいいな」

「アンディ――」

「イエスサー」

「そのお粗末なハモニカをポケットにしまってもう外に出すな」

「イエスサー」

「お前らみたいな不良は刑務所でみんなそんなことするのか？　刺青《いれずみ》を入れてそれからハモニカを吹くのを習うのか」

「俺は刺青なんかしてねえよ」

「口答えするんじゃねえ！」

「イエスサー」アンディが卑屈な態度でいった。

　ブッチは私の方に注意を向けた。その表情はどこか特別に気取ったところがあり、どうやらその感じでは、彼はすでに私に関するよくない情報を知らされているようだった。彼は机の上のブザーを押すといった。「ミス・セルフがお待ちかねだ」

ミス・セルフは私が部屋に入ってきたのに気がつかないようだった。窓に立って背中を私に向けたまま、じっと土砂降りの雨を見つめている。細い、灰色の、三つ編みの髪が小さな頭のまわりで輪になっている。いつものように青のサージのスーツを着ていて太った身体《からだ》がはちきれそうだ。シガリロ（訳注 細巻きの軽い葉巻）を吸っている。「あら《アッハ・ゾー》」彼女はドイツ訛《なまり》のぬけない口調でいった。「びしょぬれじゃない。よくないわね。レインコート持ってないの？」

「サンタクロースがクリスマスに持ってきてくれるといいんですが」

「よくないわね」彼女はもう一度いって机のほうに歩いていった。「あなた、お金をかなり稼いでいるじゃない。レインコートくらい買えるでしょ。どう」彼女はいって引き出しからグラスを二つと、お気に入りのトランキライザーであるテキーラのびんを一本取り出した。酒をそそいでいるあいだ、改めてこの部屋の雰囲気は厳しいものがあるなと感じた。ざんげ室よりも殺風景で、飾りらしいものといえば、机と椅子《いす》がいくつかとコカコーラのカレンダーと壁を埋めつくしたファイル・キャビネット（あの中をどんなにのぞいてみたいものか！）があるだけ。目に入るもので唯一《ゆいいつ》華やかなものといえばミス・セルフの手首で光っている金のカルチエの腕時計だが、それは全体の雰囲気にまったく合っていない。私は彼女がその時計をどうやって手に入れたのかあれこれ想像してみた。——おそらく、金持で気前のいい客の一人からの贈り物なのだろうか？

「利《き》くわ」彼女は身体を震わしてグラスを空けるといった。

「利きますね」

「さてと《アロール》」彼女はシガリロを吸いながらいった。「あなた、最初の面接のことは覚えているでしょうね。サービス社の見習い社員としてここに採用された時のことよ。たしかウッドロウ・ハミルトンさんの推薦だったわね。——彼はね、こんなことというのは残念なんだけど、もうここにはいないの」

「えっ？」

「わが社の規則に対する重大な違反をしたのよ。そのことでこれからあなたと話をしたいの」。彼女は青い、テュートン人の目を細くすぼめた。これから収容所の所長の尋問を受けようとする捕虜の兵隊が感じるのと同じ不安を感じる。「あなたにわが社の規則を細かく教えたわね。でも記憶を新たにしてもらうためにもう一度より重要な規則をおさらいしてあげるわ。まず第一に、スタッフの誰かが客を脅迫しようとしたり、困らせようとしたりしたらその人間はきびしい報いを受けることになるわ」

絞殺《こうさつ》死体がハーレム・リヴァーに浮かんでいる光景が浮かび上がってくる。

「二番目は、どんな条件下でもすべての従業員は客と直接交渉してはならないということ。すべての契約、すべての値段の交渉はわれわれを通して行なわれなければならないの。三番目、これは特別に気をつけて欲しいものだけど、従業員は客と決して個人的につきあってはいけないということ。これを許すのは商売上よくないの。結果的に非常にまずい状況になるわ」

彼女はシガリロをテキーラのグラスに入れて火を消した。そして気前よくボトルから直接飲んだ。「九月十一日、あなたはアップルトン氏とデイトしましたね。イェール・クラブの彼の部屋で一時間。そこで何かいつもと違ったことが起きたの？」

「変りばえしませんでしたよ。ただのよくある一方的なオーラル・セックスでした。彼はお返しを求めませんでした」そこまでいって言葉を切った。しかし彼女の不満そうな表情を見ると彼女はもっと先を聞きたがっているようだった。「彼は六十代半ばでしたが非常に健康で、かくしゃくとしていました。好感の持てる男でした。友好的でした。いろんなことを話しました。もう引退していること、二番目の奥さんと農場で暮していること。牛を育てているといっていました」

ミス・セルフはいらいらして私の言葉をさえぎった。「そして彼はあなたに百ドルくれたのね」

「そうです」

「他に何かくれた？」

私はウソはいうまいと心に決めた。「名刺をくれました。もし私が田舎の空気を吸いたくなったら訪ねてくれ、歓迎する、といいました」

「その名刺はどうなったの？」

「どこかに捨てたか。なくしたか。わかりません」

彼女はもう一本シガリロに火をつけた。そして長い灰が震えながらこぼれ落ちるまでゆっくりと吸った。彼女は机の上に置いてあった封筒をつまみあげるとそこから一枚の手紙を引き出し、それを目の前に広げた。「この商売を二十年以上やってきたけど、今朝届いたこの手紙みたいに変ったものをもらったのは初めてだわ」

以前いったと思うが、さかさまになった字を読めるのは私の才能のひとつだ。小才を働かせてなんとか生きのびていかなければならない私などのような人間には、こういう風変りな特技があるものなのだ。そこで、ミス・セルフがこの奇妙な手紙を調べているあいだに、私はそれを盗み読みしてしまった。手紙にはこう書いてあった。セルフ様。私はあなたがこの九月十一日にイェール・クラブの私に会うように手筈をとのえてくれた感じのいい青年に非常に満足いたしました。それで私はぜひあの青年のことを、より気持のいい環境のなかでもっとよく知りたいのです。あなたのお力で、彼が感謝祭の休日をペンシルヴァニアの私の農場で過ごすことが出来るよう手配していただけないでしょうか。木曜日から日曜日までです。家族だけの簡素な集まりです。妻と子どもが何人かとそれに孫たちが集まります。もちろんしかるべき料金を払うつもりです。その料金をいくらにするかはあなたにおまかせします。あなたが気持よくこの手紙を受け取って下さるものと信じています。ロジャー・W・アップルトン。

ミス・セルフは声を出して手紙を読んだ。「それで」彼女はぴしゃりと言った。「これについて何かいうことある?」返事をしないでいると彼女はいった。「この手紙にはどこかおかしなものが感じられるわ。どこか変よ。でもそれは別にしても、この手紙でいっていることはわれわれの基本的なルールのひとつに反するの。つまりサービス社の従業員は客と決して社交的なつきあいをしてはならないという規則にね。この規則は何も気まぐれで作ったんじゃないのよ。経験に基づいて作ったのよ」彼女は顔をしかめながら指の爪《つめ》で手紙を軽く叩《たた》いた。「この男いったい何を考えていると思う？　乱交パーティ？　奥さんも入れて？」関心がないように聞えるよう注意しながら私はいった。「しかしとくに害があるようにも思えませんが」

「あっ、そう《アッハ・ゾー》」彼女は私を批難するようにいった。「この男の提案に反対するものはないというのね？　あなた、行きたいのね」

「ええ、率直にいってミス・セルフ、二、三日、ここは違った風景を見に行くことは歓迎しますね。この一年かそこらよく働いてきましたからね」

彼女はテキーラのダブルをもう一杯飲み干してぶるっと身体を震わせた。「いいわ、それじゃアップルトンさんに手紙を書いて五百ドル請求しましょう。そのくらいの料金だったら規則に目をつぶってもいいわ。そのあなたの儲《もう》けの分でレインコートを買うって約束して頂戴《ちょうだい》」

リッツのバーに入るとエイスが私の方に手を振った。六時。彼のところに行くには客でいっぱいのテーブルのあいだを無理に通ってゆかなければならない。この時間はカクテル・タイムでバーはさまざまな人間でごったがえしていた。アルプスで休暇を過ごして戻ってきたばかりの日焼けしたスキーヤーたちがいた。何組かの高級娼婦《しょうふ》たちが仲間を連れていた。彼女たちはドイツ人やアメリカ人のビジネスマンがウインクをしてくるのを待っている。それからファッション・ライターとマンハッタンの七番街のファッション・メーカーの連中がいた。彼らはサマー・コレクションを見にパリに集まってきていた。その他にもちろん、上品な、髪をブルーに染めた老婦人たちがいた。リッツにはいつも彼女たちが何人かいる。ホテルの年老いた永遠の住人たちだ。彼女たちはリッツのバーに腰をすえてその日の割当てのマティーニを二杯なめている(「お医者様がいうのよ。これは血液の循環にいいって」)。彼女たちはそれを飲むとダイニング・ルームに引きさがり、シャンデリアの静まりかえった孤独のなかで食事をする。

席に着くやいなやエイスは電話に呼ばれた。電話はバーのずっとむこうの端にあったので彼の姿をまるまる見ることができる。彼はときどき唇を動かしていたが、たいていは相手の話を聞いてうなずいているだけのようだった。

彼の様子をじっくり観察していたわけではなかった。そんなことより私の心はまだ上の階のケイト・マクロードの肩にかかる髪と、夢みるような顔のことを考えていた——まったく身を焼きつくしてしまうような光景だった——ので、エイスが席に戻ってきたのに気づいて驚いてしまった。

「ケイトからだった」ひとり満足した様子でエイスがいった。ネズミを消化しているマングースのようだ。「きみがなぜ別れの挨拶《あいさつ》もしないで帰ったのか知りたがっていたよ」

「彼女、眠っていたんだ」

エイスはいつもジャケットのポケットにいろんな台所用マッチを入れて持ち歩いている。それは彼の道楽のひとつだ。いま彼はそのマッチのひとつを取り出して親指の爪で火をつけると、その火をタバコのところに持っていった。「眠っていなかったのかもしれないよ。ともかく彼女は非常に見識のある若い女性だ——彼女の本能はいつも健康だ。きみのことを非常に気に入った。それで」彼はニヤッと笑いながらいった。「私が彼女にかわってきみにいい仕事を提供する立場にある。彼女はきみを、ちゃんと給料を払って、いつもいっしょにいてくれるコンパニオンとして雇いたがっている。月に千ドル。それに衣裳《いしょう》代と車代を含んだすべての実費が支払われる」

私はいった。「彼女はなぜアクセル・イェーガーと結婚したんだ？」

エイスは私がこんな質問をするとは夢にも思っていなかったという感じで目をぱちくりさせた。しばらく何と答えていいかいい淀《よど》んでいたが、それからいった。「おそらくもっと興味深い質問はこうだね——なぜ彼は彼女と結婚したのか？　そしてさらに興味深い質問はこうだ――ケイトはどうやって彼に出会ったのか？　知ってのとおりアクセル・イェーガーはどこにいるのか居所のわからない男だ。私自身これまで一度も彼に会ったことがない。ただ雑誌のカメラマンが撮った写真で彼を見たことがあるだけだ。背の高い男で頰に剣の傷がある。やせて、やつれているといってもいいくらいだ。年は五十代の後半。デュッセルドルフの出身で、祖父から軍需工場の遺産を受継ぎ、その財産を天文学的にふやした。ドイツ中、いや世界中に工場を持っている。石油タンカーを持っているし、テキサスとアラスカには油田を持っている。ブラジルに五十万エーカーを超える最大の牛の牧場を持っている。アイルランドとスイスにはかなりの土地を持っている（西ドイツの金持はみんなアイルランドとスイスの土地を買いあさっている。彼らはまた戦争が始まってもこの二つの土地なら爆弾が落ちてこないと思っている）。イェーガーは文句なくドイツ一の金持といっていいだろう――おそらくヨーロッパ一といってもいい。国籍はドイツだがスイスの永住権を持っている。もちろん税金のがれのためだ。その永住権を保持しておくためには、好むと好まないにかかわらず一年に六ヶ月スイスで暮さなくてはならない。まったく金持というのは自分の一ペニーの財産を守るためにはどんな苦しみでも我慢するものなんだな。彼はサン・モリッツの北約五キロのところにある山腹の、広大な、広大すぎて醜いといってもいいシャトーで暮している。これまでこの家のなかに入ったことがあるという人間に会ったことがない。もちろんケイトは別だが」

「私の理解するところでは彼は昔も、今も、非常に信心深いカトリックだ。そのために彼は最初の妻と二十七年間も、彼女が死ぬまで結婚関係を保っていた。彼女は彼のために子どもを作ることが出来なかったんだが。そしてそのことがこの問題のポイントなんだ。というのは彼はイェーガー帝国を引き継ぐ子ども、息子を欲しがっていたからだ。しかしそんなに子どもが欲しいのなら彼はどうして体格のいい、育ちのいい、いくらでも子どもを産みそうな、お尻《しり》の大きいドイツ娘と結婚しなかったのか？　ケイトのように賢くて品のいい美人はイェーガー氏のように窮屈なくらい厳格な男にはもっともふさわしくない選択に見える。その点に関していえば、ケイト自身が彼のような男に惹《ひ》かれてしまったということも理解に苦しむことだ。金のためか？　しかしそんなことは問題にはなりえない筈だ。実際、私が初めてケイトのことを知るようになったあとで、彼女は私に、最初の結婚が深い精神的な傷を残したのでもう二度と結婚するつもりはないといった。にもかかわらず数ヶ月もしないうちに、なんの前触れもなく、この伝説的なタイクーンを知っているということすら誰にもいうことなく、最初の結婚の無効証明書を手に入れ、デュッセルドルフのカテドラルでカトリック式にイェーガーと結婚している。一年後、念願の跡継ぎが生まれる。ハインリッヒ・ラインハルト・イェーガー。ハイニイだ。そしてそれから一年後、正確には一年もたたないうちに、彼女はイェーガーのシャトーから荷物もろとも追い出されてしまったかのように見える。息子は父親の養育権のもとにある――ただときどき息子を訪ねる特権は与えられているが、それは極端に制限されている」

「どうしてそんなことになったのかはきみも知らないんだね？」

エイスはまた台所用のマッチを親指の爪でつけた。そして吹き消した。「この仲違い、いや、なんと呼んでもいいんだが、ともかく二人が別れたのは、なぜ彼らが結婚したのかと同じように謎《なぞ》だったね。彼女は数ヶ月間姿を消した。私の知っているある医者の話では、ローザンヌのネッスル・クリニックで修道院でのような生活をしていたそうだ。しかし実際に何が起こったか彼女は打ち明けてくれなかった。私も彼女に聞きただす勇気はなかった。この間の事情を本当に知っているのはケイトのメイドのコリンヌだけだと思う。しかしミス・ケイトのこととなるとコリンヌは、イースター島の石像のように口が固くなってしまう」

「わかった。それじゃなぜ二人は離婚しないんだ？」

「カトリック教徒としてのこだわりがあるからだろうと思う。彼の方から離婚をいいだすことはまずないだろうな」

「彼女はどうなんだ、彼女の方から離婚を切り出すことは出来るんじゃないのか？」

「彼女がもう一度息子に会いたいと思っている限りそんなことは出来ないよ。そんなことをしたらドアは永遠に閉じてしまう」

「クソ！　その野郎のケツにショット・ガンを突込んで引き金を引きたいね。いやな奴《やつ》だ。それはともかくきみは彼女は危険な状態にあるといったね。彼女は何を恐れる必要があるんだ」

「ケイトは恐れるものがあると思っている。私もそう思う。これは彼女の頭が決しておかしくなっているからではない。理由がちゃんとあるんだ。イェーガーは彼の部下に彼女を尾行させている。彼女がどこに行こうが、何をしようが、すべての情報を集めている。たとえ彼女が生理用ナプキンを変えたとしてもその情報はもうあの大領主様のところに伝えられるというわけさ。さて」彼は、指をぱちんと鳴らしてウェイターを呼んでいった。「飲もうじゃないか。もうダイキリを飲む時間じゃないな。スコッチ・ソーダはどうだい？」

「かまわないよ」

「ウェイター、スコッチ・ソーダ、二つ。さっき私が提案した仕事のことだが、仕事の条件は大丈夫か、それとも、何日かよく考えてみる時間が必要か？」

「よく考えてみる必要なんかないよ。もう決心しているから」

飲みものがきた。彼はグラスを持ち上げた。「きみの決心に乾盃《かんぱい》しよう。それがなんであれ。返事がイエスであることを望むがね」

「イエスだ」

彼はくつろいでいった。「P・B、きみは思いがけない幸運に出会ったよ。きみは絶対、後悔しないと確信しているよ」。めったにないことだが、本当とは思えない予言がのちにそのとおりになった。

「うん。しかし、もし彼が離婚を望んでいないとしたら、いったい彼は何を望んでいるんだ？」

「これは仮説だがね。仮説にしか過ぎないんだが、これが正しいと確信している。最後のチップを賭《か》けたっていい。彼は彼女を殺そうとしているのさ」。エイスはグラスのなかの氷をカチカチいわせた。「彼が信じているカトリックでは離婚を厳しく禁じている。とすると彼女が生きている限り、彼女は彼にとって邪魔になる。彼と子どもの養育権に対して邪魔になる。そこで彼は彼女を殺そうとしている。事故のように見せかけて彼女を殺そうとしている」

「エイス。やめろよ。頭がおかしいんじゃないのか。きみがおかしいか、それとも彼がおかしいか、どっちかだ」

「特にこの件では、そうだな、私は、彼の方が頭がおかしくなっていると信じているよ。そうだ」彼はいった。「そういえば何か変だな。きみの犬はどこにいるんだ?」

「上にいるレディにあげたんだ」

「そうか、そうか、そうか。きみは彼女に心を奪われたんだな。わかるよ」

私はリッツ・ホテルのプルーストの幽霊でも出て来そうな廊下から、北駅近くのいまにも倒れそうなうすぎたない私のホテルのホールへと歩いて帰っていった。心が高揚していたので帰り道ずっと楽しかった。いまや私はもうこれまでのような無為の国外亡命者でもなければ、何ひとつ目的のない負け犬でもない。私は人生の使命を持った人間なのだ。私にはまかせられた仕事がある。はじめて徹夜の徒歩旅行に出かける幼いボーイスカウトの団員のように、心は、前の日の準備で子どものように興奮した。まず服が必要だ。シャツ、靴、新しいスーツをそろえなければならない。洋服だんすにある服は、とても人前では着られないものばかりだ。それに武器がいる。明日、三八口径の拳銃《けんじゅう》を買おう。そして射撃場で練習を始めよう。私は急ぎ足で歩いた。単にパリ名物のセーヌ河の湿気が生んだ霧のかかった冷たさであたりが冷えていたためだけではない。急ぎ足で歩いて運動をすれば疲れ切って、家に帰って枕《まくら》に頭を乗せたとたん夢も見ない眠りにおちいることが出来るだろうと思ったからだ。実際すぐに眠りにおちた。

しかし夢を見ない眠りは訪れなかった。精神分析医がなぜあんなに高い料金を取るのか理解出来る。彼らは他人の夢の話を聞くという実に退屈な仕事をしているのだから、高い料金を取るのは当然なのだ。そのことはわかっているのだが、ここであえて読者を退屈させるのを承知でその夜私が見た夢の話をしたい。というのは将来、この夢のとおりのことが実際に起ったからである。はじめ、夢に動きはなかった。世紀の転換期に描かれたブーダンの絵のような海辺の風景があらわれた。広い浜辺に何人か動かない人間が見えた。彼らの向こうには真青な海が広がっている。男、女、犬、そして少年。女はくるぶしのところまであるタフタのドレスを着ていた――海からのそよ風が彼女のスカートにじゃれているように見える。彼女は緑のパラソルを持っている。男はムギワラのかんかん帽をかぶっている。少年は大きめの水夫の服を着ている。やがてこの絵のような風景は徐々に焦点をはっきりさせてくる。パラソルの下の女が誰だかわかる――ケイト・マクロードだ。そしていまや彼女の手を握ろうと手をさしのべている男は私自身だ。突然、水夫服を着た少年が棒きれをつかんで波のほうに投げる。犬がそれをくわえてこようと走りだす。そして身体《からだ》を振りながら戻ってくる。海の水の光であたりがきらきら光っている。

Ⅲ ラ・コート・バスク

ニューメキシコ州ロズウェルのカウボーイ・バーでこんな会話が耳に入ってくる。カウボーイその一「よお、ジェド。元気か？　気分はどうだい？」、カウボーイその二「元気さ！　ぴんぴんしてる。今朝は一日の始まりのマスをかく必要がなかったくらいさ」

「あら《カリツシモ》、あなた！」彼女が大きな声をあげた。「いいところで会ったわ。いっしょにお昼を食べようと思って。公爵《こうしゃく》夫人にすっぽかされてしまったの」

「黒いほう、それとも白いほう、どっちの公爵夫人？」私はいった。

「白いほうよ」彼女は歩道に立っている私の向きをもときたほうに変えながらいう。白い公爵夫人とはウォリス・ウィンザーのこと。黒い公爵夫人とは、悪名高い南アフリカの人種差別主義者でダイアモンド王の妻のこと。彼女はブラジル人で、友人たちは彼女のことをパーラ・アプフェルドルフと呼んでいる。この二人の区別をわきまえていた当のレディは、レディと呼ぶにふさわしい女性——レディ・アイナ・クールバース。アメリカ人で、イギリス人の化学産業界の大立者と結婚している。どこから見ても女性らしさにあふれている。アイナは、背はたいていの男よりも高く、底抜けに陽気で威勢のいい大女だ。モンタナ州の牧場で生まれ、育った。

「彼女が約束を破るのはこれで二度目よ」アイナ・クールバースは続ける。「ジンマシンが出来たんですって。公爵のほうがだったかしら。どちらかがよ。どっちにしろ、コート・バスクの予約はまだ取消してないの。だから、行かない？　どうしても話相手が必要なの。そこにジョーンジー、あなたが現われたというわけよ」

コート・バスクは東五十五丁目の、セント・レジス・ホテルの向いにあるレストラン。もともとは名高いレストラン主アンリ・スーレが一九四〇年に開いたル・パビョンのあったところ。スーレ氏は、家主であるコロムビア映画会社の亡《な》き社長で、三流のハリウッドの悪党ハリー・コーンとケンカをしてその店を閉じてしまった（コーンという男は、サミー・デイヴィス・ジュニアが自分の子飼いのブロンド・スター、キム・ノヴァクと〝デイト〟していると知るや、殺し屋にデイヴィスに電話させこういわせた。「よく聞けよ、黒ん坊。お前さん、片目だな。いっそ両方失《な》くしてみるか？」。

次の日、デイヴィスはラス・ヴェガスのコーラス・ガールと結婚した――彼女は黒人だった)。現在のコート・バスクと同じように、もとのパビヨンは、小さな入口の部分とその左側に設けられたバー、それにアーチ状の通路を通った奥にある大きな、赤いダイニング・ルーム、の三つから成っていた。バーとメイン・ルームは店のなかではアウター・ヘブリディーズ諸島かエルバ島のような離れ島にあたり、スーレは二流の客はみんなそこに追いやった。主人が気取って選び抜いた店にふさわしい上等の客は、長椅子《ながいす》の並んだ入口部分に通される。これは、ラファイエット、コロニー、ラ・グルヌイユ、ラ・カラヴェルといったニューヨークの高級レストランがどこでもやっているやり方だった。上客用のテーブルはいつもドアにもっとも近いところに置かれた。そこは風は入ってくるし、プライバシーも保たれないのだが、そこに坐《すわ》れるかどうかが、地位に敏感な客にとっては重要になってくる。ハリー・コーンはパビヨンで一度もそこに坐らせてもらえなかった。彼がやり手のハリウッドの原住民であることも、スーレの家主であることも関係なかった。スーレはハリー・コーンなど偉ぶった店員にしか過ぎないと見抜いていた。だから彼を奥の僻地《へきち》のテーブルへと案内した。コーンは悪態をつき、脅し文句を並べ、ふくれっつらをし、レストランの家賃をどんどん上げてゆくことで恨みを晴らした。そこでスーレはあっさりと店をリッチ・タワーのもっときれいな場所に移した。しかしスーレがそこで新しい店を始めようとしたときにハリー・コーンは死んでしまった(ジェリー・ウォルド(訳注 ハリウッドのプロデューサー)は、なぜコーンの葬式に出席したのかと聞かれて「あいつが本当に死んだかどうか確かめるためだ」と答えた)、そこでスーレは前の店に愛着を持っていたので、前と同じ場所を新しい家主から借りて、二度目の事業としてル・パビヨンをブティックのような感じの店に変えた。それがラ・コート・バスクである。

レディ・アイナはもちろん、最高の場所を割り当てられていた——入口の左手から四番目のテーブル。彼女をそこへエスコートするのはスーレ氏以外にはいない。彼はいつものようにうれしくて心ここにあらずという様子で、マジパンで作った豚のように頬をピンクに染め、緊張しきった表情をしている。

「レディ・クールバース……」彼は口ごもりながらいった。完全主義者だったので店内にくまなく目をやり、虫に食われたバラがないか態度のおかしいウェイターがいないか点検する。「レディ・クールバース……とても素晴しい……ええと……こちらはクールバース卿《きょう》でしたか?……あの……今日のワゴンの料理は子羊の背の肉ですが」

彼女は意見を求めるようにちらっと私を見ていった。「ワゴンの料理はいらないわ。

すぐに来てしまうでしょ。うんと時間のかかるものにしましょう。そうしたらそれまでたくさん、好きなように飲めるわ。たとえばスフレ・フュルスタンバーグはどうかしら。ムッシュー・スーレ、それ出来ます？」

彼は軽く舌打ちをした――理由は二つあった。もうひとつは、彼は客が料理の前に酒を飲んで味覚を鈍らせてしまうことを好まなかった。もうひとつは、「フュルスタンバーグなんてよくないですよ。そんなものから始めたら滅茶苦茶《めちゃくちゃ》になってしまいます」

しかし確かにおいしいことはおいしい。チーズとほうれんそうを混ぜたなかに落し卵を適量意識的に入れる。そうするとフォークでさしたとき、卵の黄身がスフレの上にとろけだす。

「滅茶苦茶になっていいわ」アイナがいう。「まさにそうしたいのよ」。主人は汗がにじみ出た額をハンカチでふくと渋々承知した。

それから彼女はカクテル以外のものを飲むことに決める。「ちゃんと再会を祝しましょうよ、ね？」。彼女はワイン係にルイ・ロデレール・クリスタルをひと壜《びん》持ってくるようにいった。私もその一人だが、どんなにシャンパンが嫌いな人間でも、飲みたくなってしまうシャンパンが二種類ある。ドン・ペリニョンと上等のクリスタル。クリスタルは自然色の壜に入っていて、青白く輝く、冷たく冷えた炎のような液体が見える。口当りのいい辛口なので飲んでもまったく飲んだように感じない。舌の上で蒸発してしまい、そこで燃え尽きてあとには甘く湿った味わいが残る感じがする。

「もちろん」アイナはいった。「シャンパンには大きな欠点がひとつあるわ。普通のお酒みたいにがぶ飲みすると酸味がおなかに残ってしまうの。それで息がずっと臭くなってしまうのね。それが直らないのよ。アルトゥーロの息を覚えていない？　コールはシャンパンを愛していたわ。彼、最後の何年かは様子がおかしくなっていたけれど、彼がいなくなったのはやはり寂しいわ。あなたにコールと、種馬みたいなワイン係の話をしたかしら？　どの店のワイン係かは覚えていないんだけど。イタリア人だったからこの店でもパビヨンでもないわね。コロニーだったかしら？　変ね、彼の姿ははっきり覚えてるのに――栗色《くりいろ》の男で、美しい身体《からだ》をしていたわ。油をこってり塗った髪、それに最高にセクシーなあごの線。――それだけ覚えているのにどの店にいたかは覚えてないのよ。南部出身のイタリア系だったからみんな彼のことディキシーと呼んでいた。テディー・ホワイトストーンがこの男に妊娠させられたのよ――それでビル・ホワイトストーンは自分が妊娠させたと思って自分で彼女の堕胎手術をやったの。たぶんそうするのが夫として当然かもしれない――別な状況ならね。でも私は、医者が自分の妻を堕胎させるなんて、少し変、もっといえば不自然だと思うわ。でもそうなったのはテディー・ホワイトストーンだけではないのよ。なにしろいろんな女の子たちがディキシーにラブレターを出していたんだから。コールは彼にうまい近づき方をしたわ。彼は、自宅に新しいワイン・セラーを作りたいからアドヴァイスしてほしいという口実を作ってディキシーを自分のアパートに招《よ》んだの。——コールがよ！　彼ったらあんなイタリア男が考えも及ばないほどワインの知識があるのに。ともかく二人はソファに坐った——ビリー・ボールドウィンがコールのために作ってあげたきれいなスウェード製のソファよ——、とてもくつろいだ雰囲気だったのね、コールはその男の頬にキスをする。するとディキシーがニヤッと笑ってこういうの。『そのお代は五百ドルですよ、ポーターさん』。コールは笑うだけ。次にディキシーの脚をつねる。『それは千ドルですよ、ポーターさん』。そこでコールはこのピザ男が大《おお》真面目《まじめ》だってわかった。そこで彼は男のジッパーをはずし、なかのものをつかみだして、それを揺さぶりながらいったの。『これを使わせていただいたらお値段はいくらかね？』。ディキシーは二千ドルといった。コールはまっすぐに机のところに行き、小切手を書き、それを男に手渡した。そしてこういったの。『あいにくわたしはきょうはもう満腹なんだ。出て行ってくれ』って」

クリスタルがグラスに注がれた。アイナがそれを試飲する。「あまり冷えていないわね。でも、いいわ！」。彼女はもうひと口飲んだ。「コールがいなくなってとても寂しいわ。それにハワード・スタージスも。パパ（訳注 ヘミングウェイ）のことも懐《なつ》かしいわ。結局、彼、『アフリカの緑の丘』で私のことを書いたのよ。それにアンクル・ウィリー。先週、ロンドンにいたとき、ドゥルー・ハインツの家で開かれたパーティに行ったの。マーガレット王女にはうんざりさせられたわ。彼女の母親は素敵だけど、あの一家のあとの連中といったら！――まあチャールズ王子はなんとかなるかもしれないけれど。でも王室一家は、基本的に世の中には三種類の人間しかいないと思っているのよ。有色人種、白人、それに王室の人間。ともかくマーガレット王女は意味のないことばかり喋《しゃべ》っているから、私、とうとうしかけていたの。そうしたら、彼女、突然、ほとんどだしぬけに自分は〝ホモ〟は大嫌いって決めているといったの。彼女の口からこんな言葉が出るなんて驚いてしまうわ。最初の水夫をものにしたのは誰かってジョークを覚えている？ でも私はともかくジェーン・オースティンみたいにうつむいてこういったの。『でもそうなれば、お姫さま、あなたはとても寂しい老後を過ごすことになりますよ』って。そのときの彼女の顔ったら！――彼女、私のことカボチャに変えるんじゃないかと思ったくらいよ」

アイナは辛辣《しんらつ》なことを無表情にとりとめもなく話していた。彼女の声には、彼女らしくないトゲと弾みがあった。本当は打ち明けたいが、しかし、そうしたくないことが何かあって、それを避けているかのようだった。私は周囲に目をやり聞き耳をたてた。はすむかいのテーブルには去年の夏サウサンプトンで会ったことのある二人の人物が坐っている。会ったといっても彼らが私のことを覚えているほどの会い方ではなかったが――一人はグロリア・ヴァンダービルト・ディチコ・ストコフスキー・ルメット・クーパー、もう一人は彼女の子ども時代からの友達キャロル・マーカス・サローヤン・サローヤン（彼女はサローヤンと二度結婚した）・マッソー（訳注ウォルター・マッソー夫人）。二人とも三十代後半の女性だが、社交界にはじめてデビューしてストーク・クラブで幸運の風船をつかんだときからたいして変っていないように見える。

「でもどういったらいい？」マッソー夫人はクーパー夫人に聞いた。「すてきな恋人をなくして、体重が九十キロもあって、おまけに精神がおかしくなっている人間に。彼女はもう一ヶ月、ベッドに寝たきりだと思うわ。さもなければシーツを替えていないか。『モーリーン』――って私は彼女にいったの――『私は前にあなたよりひどい状態にいたことがあるわ。他人の家の薬品棚から睡眠薬を盗んでまわってはそれを貯《た》めて自殺しようと思ったの。そのときのことをよく覚えている。借金だらけだったの、自分のお金なんてまったくなかった……』」

「あなた」クーパー夫人が口ごもりながら抗議するようにいう。「どうしてそのとき私のところに相談に来てくれなかったの？」

「だってあなたはお金持だから。貧乏な人からのほうがお金を借りやすいものなの」

「でも、あなた……」

マッソー夫人は話を続ける。「それで私は彼女にいったの。『そのとき私が何をしたかわかる、モーリーン？　私は破産状態だったけれど、メイドをやとったの。それから運が向いてきたわ。外見がすっかり変ったのよ。私は自分が愛され、大事にされているって感じた。だから私があなただったら、モーリーン、ものを質に入れても高い給料を払って人をやとい風呂《ふろ》の用意をしてもらったりベッドを直してもらったりするわ』。ところであなた、ローガンのパーティには行った？」

「一時間だけ」

「どうだった？」

「素晴しかったわ。一度もパーティに行ったことのない人間から見ればね」

「私も行きたかった。でもウォルターのことがあるでしょ。まったく俳優と結婚するなんて夢にも思わなかったわ。まあ、結婚はするにしても、愛情のためにするなんて思ってもみなかった。もう数年ウォルターといっしょだけどいまだに彼が女の子に色目を使っているのを見るだけでいらいらしてくるわ。カレンなんとかいうスウェーデンの新しいはすっぱ娘見た？」

「彼女、スパイ映画に出ていたんじゃない？」

「そうよ。顔はかわいいわね。オッパイから上を写真に撮ると神々《こうごう》しいわよ。でも脚は太くてアメリカ杉の森ね。脚じゃなくて木の幹よ。ともかくウィドマークの家で彼女に会ったの。彼女、目をきょろきょろさせながらウォルターの気をひこうとしてさかんにくだらないことを喋っていたわ。私はできるかぎり我慢していたけどウォルターが彼女に『カレン、君、いくつ？』というのを耳にしたときとうとういってやったわ。『ウォルター、彼女の脚を輪切りにして年輪を数えてみたら？』」

「キャロル！　あなたったら」

「大丈夫、まかせておいてよ」

「それで彼女、あなたがそういったの聞いたの？」

「聞いてなきゃ面白くないじゃない」

マッソー夫人はハンドバッグからくしを取り出して、長い、白に近いブロンドの髪をすきはじめた。このしぐさも彼女たちが第二次世界大戦中に社交界にデビューした当時の名残りのものだ――その時代、彼女も彼女の友人たち、グロリア、ハニィチリ、ウーナ、ジンクス、みんなエル・モロッコのソファにうつむいて坐ってヴェロニカ・レイク（訳注　四〇年代にハリウッドで活躍したブロンドのグラマー女優）風の髪にさかんにくしをあてていたものだった。

「今朝、ウーナから手紙をもらったわ」マッソー夫人がいう。

「私もよ」とクーパー夫人がいった。

「じゃあ二人にまた赤ん坊が出来るのは知ってるわね」

「ええ、そうだと想像するわ。いつもの私のことだけど」

「チャーリー（訳注　チャップリン）って幸運なヤツね」マッソー夫人がいう。

「もちろんよ。ウーナだったらどんな男と結婚してもいい奥さんになれるわ」

「そんないい方おかしいわよ。ウーナにふさわしいのは天才だけよ。彼女、チャーリーに会う前はオーソン・ウェルズと結婚したがっていた……まだ十七歳にもなっていなかったわ。彼女をチャーリーに紹介したのがオーソンだった。彼はこういったの。『あなたにふさわしい男を知っていますよ。お金持で天才で何よりも貞淑な若い娘が好きな男です』」

クーパー夫人は考え込みながらいう。「もしウーナがチャーリーと結婚しなかったら私はレオポルド（訳注ストコフスキー）と結婚しなかったと思うわ」

「そしてウーナがチャーリーと結婚せず、あなたがレオポルドと結婚しなかったら、私もビル・サローヤンとは結婚しなかったでしょうね。二度もなんてね」

二人の女性はいっしょに声をたてて笑った。行儀は悪いけれど喜びにあふれて二人でいっしょに歌を歌っているような笑いだった。彼女たちは外見は似ていない――マッソー夫人の髪はハーローよりも濃いブロンドで、くちなしの花のように真白な肌をしている。一方、クーパー夫人はブランデー色の目をしていて、黒人のような唇で笑みを作ると深いえくぼがくっきりと輝くようにできる――外見は似ていなかったが、彼女たちを見たらひとは二人とも同じ種類の人間だと感じる。失敗ばかりしているけれど魅力的な女冒険家。

マッソー夫人はいった。「サリンジャーの一件覚えている？」

「サリンジャーって？」

「『バナナフィッシュにうってつけの日』。あのサリンジャーよ」

「『フラニーとゾーイー』ね」

「そう。彼のこと覚えていないの？」

クーパー夫人は、思い出そうとしたが、覚えていなかった。

「私たちがまだブリアリー（訳注ニューヨークの名門女子校）にいたときのことよ」マッソー夫人がいう。

「ウーナがオーソンに会う前のことよ。彼女、ほらユダヤ人の風変りな男の子と付き合っていたでしょ。ジェリー・サリンジャーっていう。パーク・アヴェニューに住むお母さんがいる子よ。彼、作家になりたがっていて、軍隊に入って海外にいたときウーナに十頁《ページ》もある手紙を書いてよこしたの。一種のラブレターの形をとったエッセーね。とてもやさしい内容だった。ちょっとやさしすぎる感じがしたわ。ウーナはよくその手紙を私に読んで聞かせた。そしてどう思うかって聞くから私は、何だかすごく泣き虫の男の子みたいねといったの。でも彼女が知りたがったのは、彼を頭がよくて才能があると思うか、それともただの馬鹿《ばか》か、どっちと思うかということ。それで私は両方ねといったの。その男の子は両方ねって。何年かたって『ライ麦畑でつかまえて』を読んで作者がウーナの付き合っていたジェリーだと分ったときも自分の意見を変える気はなかったわ」

「サリンジャーが変ってるって話は一度も聞いたことないわ」クーパー夫人が秘密を打ち明けるようにいった。

「あら、私は、彼が変っていないって話は一度も聞いたことないわ。たぶん私のいっている彼は、あなたの知っているパーク・アヴェニューに住んでいる普通の、どこにでもいるユダヤ人の男の子とは別人ね」

「そうね、この話は確かにサリンジャーの話ではなくて、ニューハンプシャーに住んでいる彼を訪ねていった彼の友達の話だわ。彼、確かニューハンプシャーに住んでいたのよね？　どこか町からとても離れた農場に？　そう、二月のことよ。とても寒い。ある朝、サリンジャーのその友達が行方不明になったの。その人、ベッドにもいなかったし、家のまわりのどこにもいなかった。最後に、彼、雪の深い森のなかで見つかったの。雪のなかで、毛布にくるまって横たわっていたの。手には空っぽのウィスキーの壜を持って。ウィスキーを飲んで雪のなかで眠って凍死してしまった。自殺したのよ」

しばらくたってマッソー夫人がいう。「これこそ変った話だわ。でもどこか素敵だわ――ウィスキーで身体を暖めて、冷たい、星のきれいな空気のなかにさまよい出てゆく。なぜそんなことしたのかしら？」

「いま話した以上のことは知らないわ」クーパー夫人はいう。

店を出て行こうとした一人の客が彼女たちのテーブルのところでたちどまった。赤らんだ頬で日焼けした頭のはげかかったチャーリーのようなタイプの男だった。彼はクーパー夫人をじっと見つめた。興味をかきたてられ、面白がっているような、そして少し冷たい目つきだった。彼はいった。「こんにちは、グロリア」。彼女は微笑《ほほえ》んでいう。「こんにちは、あなた」。しかし彼女は彼が誰だかわからず、確かめようとしてまぶたをぴくっと動かした。それから彼はいった。「こんにちは、キャロル。元気かい？」。彼女は彼が誰だかはっきりとわかった。「こんにちは、あなた。まだスペインに住んでいらっしゃるの？」。彼はうなずいて、また視線をクーパー夫人に戻した。「グロリア、君は相変らず美しいね。前よりずっと美しい。じゃあ……」。彼は手を振って立ち去った。

クーパー夫人は顔をしかめながらじっと目で彼のあとを追った。

とうとうマッソー夫人がいった。「彼が誰だかわからなかったの、ねえ？」

「え、ええ」

「人生か。人生。本当に人生って悲しいわ。彼に見覚えはまったくなかったの？」

「ずっと昔、何か、夢のなかで」

「夢じゃなかったのよ」

「キャロル。じらさないで。誰なの？」

「昔、昔、あなた、彼のことをとても尊敬していたのよ。彼のために食事を作り、彼のソックスを洗濯してあげたのよ」――クーパー夫人の目が大きく開かれ、動いた。

「それから彼が軍隊に入ったとき、あなたはキャンプからキャンプへ、粗末な家具付きの部屋で暮しながら彼を追っていったのよ――」

「ちがうわ！」

「そうよ！」

「ちがう」

「そうなのよ、グロリア。あなたの最初の夫よ」

「あの人、パット・ディチコだったの？」

「考え込むことないわよ。だってもう二十年近く彼に会っていなかったんだから。あなたはただの子どもだったのよ。あら、あの人」マッソー夫人は、話題をそらそうとしていう。「ジャッキー・ケネディじゃない？」

レディ・アイナも同じことをいうのが聞えた。「このメガネじゃほとんど見えないんだけど、いま入ってきたの、ミセス・ケネディじゃない？　それと彼女の妹よね？」

そのとおりだった。私は妹のことを知っていた。彼女は昔、ケイト・マクロードと同じ学校に通っていたから。ケイトと私がセヴィリアのフェリアでアブナー・ダスティンのヨットに乗っていたとき、彼女は私たちと昼食をともにしたことがあった。そのあといっしょに水上スキーに行った。私はよくそのときのことを思い出す。彼女は完璧《かんぺき》だった。白い水着を着た、輝くようなゴールド・ブラウンの髪の女の子。白いスキーは滑らかに水を切る。彼女が波のあいだをのぼったり滑り降りたりするたびに、ゴールド・ブラウンの髪が大きく風に揺れる。その思い出があるから彼女がレディ・アイナに挨拶《あいさつ》するために立ちどまったときはうれしかった（「ロンドンから同じ飛行機だったって知っていた？　でもあなた気持よさそうに眠っていたから無理に声をかけなかったの」）。そして彼女は私を見た。私のことを覚えていた。「あら、あなたなの、ジョーンジー」彼女はいう。ぶっきらぼうで、ささやくような、暖かい声でそういうと彼女はかすかに身を震わせた。「日焼けの具合はどう？　覚えているでしょ。日焼けには気をつけなさいっていったの。でも聞かなかったわね」。彼女は笑い声をあとに残しながら立ち去って行き、姉のかたわらの長椅子《ながいす》に身を折るようにして坐《すわ》った。二人はブービエ一家の陰謀をささやきあうように頭を寄せ合っている。二人とも同じ特徴がないのにもかかわらず非常によく似ていて、見る人間は混乱してしまいそうだ。二人に共通しているのは全く同じ声と間のあいた目、それにあるしぐさだった。相手のいうことに真剣に共感して休みなくうなずきながら相手の目を深くのぞき込む。

その癖はそっくりだった。

レディ・アイナが二人について意見をいった。「あの女の子たち、昔は、セックスをうんと楽しんでいたわよ。たいていの人間はあの二人のどちらにも我慢出来ないと思うわ。ことに女性はね。その気持はわかるわ。彼女たちのほうが女性嫌いで、女についていいことをいわないからよ。でも二人とも男から見ると完璧ね。一組の西洋のゲイシャ・ガールよ。彼女たち、どうしたら男の秘密を守れるか、どうしたら男を偉くなったような気分にさせられるか、心得ているのよ。私が男だったら、妹のリーのほうにひかれるわ。華奢《きゃしゃ》な体つきで、まるでタナグラの小像（訳注　古代ギリシャのタナグラで発掘された彫像）みたい。彼女、とても女っぽい。それでいて女々しさはないのよ。率直に自分の意見もいって、それでいて温かい雰囲気もあるの。そういう女性って数少ないけど、彼女はその一人ね。ふつうはどちらかひとつなんだけど。姉さんのジャッキー、彼女は同じ惑星の人間じゃないわね。もちろん写真に撮ると美しいタイプだけど、写真をよく見てみると、垢抜《あかぬ》けてないし、全体に作りがおおげさなのね」

私は、ケイト・マクロードとその取り巻き連中といっしょにハーレムのダンス場で行なわれたゲイの女装コンテストを見に行ったときのことを思い出した。何百人もの若いゲイたちが手製のガウンを着て、サキソフォンのファンキーな音に合わせて場内をすべるようにして歩いていた。ブルックリンのスーパーマーケットの店員、ウォール・ストリートの使い走り、黒人の皿洗い、プエルトリカンのウェイターらがシルクの服を着て夢見心地で漂っているかと思うと、コーラス・ボーイや銀行の出納係やアイルランド人のエレベーター・ボーイがマリリン・モンローやオードリー・ヘプバーンやジャッキー・ケネディの格好をして舞台に立つ。実際、ケネディ夫人の真似《まね》をする人間がいちばん多かった。一ダースもの男の子たち――そのなかにコンテストの優勝者がいたのだが――がジャッキーの真似をして、高い髪形にし、鳥が翼を広げているような眉《まゆ》をし、口は沈んだ、青白い色に塗っている。そしていまほんもののジャッキーを目のあたりにして私は驚いてしまった。本物の彼女が実は本物らしくなく、女装好きのゲイがケネディ夫人の真似をしているように見えたのだ。

私がこの考えをアイナにいうと、彼女はいった。「さっきジャッキーは作りがおおげさねといったのはそういうことなのよ」。それからこういった。「あなた、ロジータ・ウィンストンのこと知っていたかしら？　素敵な女性よ。きっとチェロキー・インディアンの血が半分入っているわね。彼女、何年か前に脳卒中になってそのあと喋《しゃべ》ることが出来なくなったの。いいえ、そうじゃないわ。彼女はひとつの言葉しか喋れなくなってしまったの。脳卒中のあとにはよくこういうことが起るんだけど、たくさん知っている言葉のうち思い出すことが出来る言葉はひとつだけになってしまうの。ロジータが覚えていたのは『美しい《ビューティフル》』。ロジータは倒れるまでいつも美しいものを愛していたから当然ね。こんなことを思い出したのはジョー・ケネディじいさんのことがあるからよ。彼もひとつの言葉しか思い出せなくなってしまった。彼が覚えていた言葉は『こん畜生《ガダミット》』よ」。アイナはウェイターに身振りでシャンパンをそそぐように命じた。「あなたに、ジョー・ケネディが私を強姦《ごうかん》したときの話、したかしら？　私が十八のときよ。私、娘の友達として彼の屋敷に招待されたの……」

私は彼女の話を聞きながらまた目をゆっくりとレストランのなかに走らせ、店内の人間たちを見た。青いひげをはやした七番街あたりのおかまのチンピラが「ニューヨーク・タイムズ」の隠れホモにいいよろうとしている。髪にポマードをこってりとつけ、孔雀《くじやく》のように派手な衣裳《いしよう》を着た「ヴォーグ」の編集長ダイアナ・ヴリーランドが、品のいい高価な贅沢品《ぜいたくひん》――それはたぶんマンボシェがデザインした質のいいグレイの真珠だ――を勧めている一人の老人と同じテーブルについている。ウィリアム・S・ペイリー夫人は姉のジョン・ヘイ・ホイットニー夫人（訳注　夫はアメリカの駐英大使）と昼食をともにしている。彼らの近くには知らない二人連れが坐っている。女性のほうは、四十歳か四十五歳で、美人ではないがバレンシアーガのデザインした茶色のスーツをみごとに着こなしている。折り襟《えり》のところに、シナモン色のダイアモンドのブローチをつけている。連れの男は彼女よりずっと若くて二十歳か二十二歳、健康に日焼けした美しい身体《からだ》の青年で、ひと夏をひとりで大西洋をヨットで横断したように見える。彼女の息子だろうか？　そうではなかった、というのは……彼はタバコに火をつけそれを彼女に手渡したのだ。彼らは意味ありげに指を触れ合わせ、それから手を握る。

「……あのいやったらしい老人が私の寝ている部屋に入ってきたの。朝の六時ごろだった。侵入して熟睡しているところを不意打ちするには理想的な時間よ。私が目を覚ましたとき、彼はもうシーツのなかに入ってきていて、片手で私の口を押さえ、もう一方の手であそこをいじりまわしていた。まったく図々しいったらないわ――自分の家で家族がみんな眠っているときにそんなことをするなんて。でもケネディ家の男たちはみんな同じ。あいつらは犬と同じ。消火栓ごとでおしっこをしないではいられないのよ。でも、あいつのためにひとことだけいっておくと、私が叫び声をあげようとしないと見てとると、すごくありがたがっていたわ……」

しかし、年上の女と若いヨット好きの男は会話をしていなかった。彼らは手を握り合っている。それから彼が微笑んだ。やがて彼女も微笑みを返した。

「そのあと――信じられる？――彼ったら何もなかったようなふりをしたの。ウインクもしないしうなずきかけもしない。またもとの、私の学校友だちのいいお父さんっていう顔をするのよ。気味が悪かったわ。残酷に見えたといったほうがいいかもしれない。結局、彼は私をものにしたのよ。私は感じているふりまでしたのに。何かほろっとさせるようなことやちょっとした冗談をいったり、タバコの箱をプレゼントしてくれたりしたっていいじゃない……」。そのとき彼女は私が他のことに気を取られているのに気がついた。そして視線を、ことによったら恋人どうしかもしれない二人にやった。彼女はいう。「彼らの話知っている?」

「いいえ」と私。「でも何かあるのはわかりますよ」

「でも話の内容はあなたが想像していることと違ってよ。アンクル・ウィリーならこの話からとても素敵な物語を書いてくれるかもしれない。ヘンリー・ジェイムスにもそれが出来るわ。――彼のほうがアンクル・ウィリーよりいいものをかくわね。だってアンクル・ウィリーだとウソをまじえるし、原作が映画化されるのを期待してデルフィーンとボビーを通俗的な恋人どうしにしてしまうでしょ」

デトロイト出身のデルフィーン・オースティン。彼女のことは私もコラムで読んだことがある。――ニューヨークの社交界のある大立者と結婚した女相続人。一方、彼女といっしょにいるボビーはユダヤ人でホテル王S・L・L・セメネンコの子どもだった。彼はある風変りな、若い映画女優の最初の夫だった。彼女はそのあと彼と離婚し、彼の父親と結婚した(その父親は、彼女がジャーマン・シェパードとしている現場を見て彼女と離婚した……犬とだ……私は冗談をいっているのではない)。レディ・アイナによれば、デルフィーン・オースティンとボビー・セメネンコは過去一年ほどいつもいっしょにいる。コート・バスクやリュテスやレグロンで昼食をとる。冬にはクシュタートやライフォード・ケイに出かけて行きスキーをする。水泳をする。二人は精力的にあらゆることをした。彼らがこんなに人生を楽しもうとしたのは彼らが享楽《きようらく》主義者だったからではなく、「愛の勝利」のようなベティ・デイヴィスの古いメロドラマを思わせるお涙頂戴《ちようだい》の理由があったからだった。実は二人とも白血病で死にかけていたのだ。

「死を抱えながら旅している、恋人でもあり友だちでもある世慣れた女と美しい青年。ヘンリー・ジェイムスだったらこれをもとに何か書くんじゃない？　それともアンクル・ウィリーかしら？」

「いや、その話はジェイムスには古臭すぎますよ。モームには古臭くなさすぎるし」

「わかった、いちばんいいのはミセス・ホプキンスよ、彼女なら素晴しい話に仕立ててあげるわ」

「誰ですって？」と私はいった。

「あそこに立っている人よ」とアイナ・クールバースはいった。

ホプキンス夫人だった。赤毛で、服装は黒一色。ヴェールの飾りがついた黒の帽子、マンボシェがデザインした黒のスーツ、黒のクロコダイルのハンドバッグに靴。彼女が立ちどまってスーレ氏にささやきかけると彼は耳を近づけた。突然、店内のあらゆる人間がささやき始めた。ケネディ夫人とその妹が店に現われたときでもさざめきは起らなかったのに。ローレン・バコールやキャサリン・コーネル（訳注 ドイツ生まれのアメリカの女優）やクレア・ブース・ルース（訳注 アメリカの劇作家、外交官もつとめた）が現われたときもそうだった。しかし、ホプキンス夫人はまったく別だった。コート・バスクの最高の客をどよめかすほどの大事件だった。彼女は店じゅうの視線を浴び、頭を下げながらテーブルの方へ歩いて行ったが、その様子にはこそこそとしたところはなかった。テーブルにはエスコート役の男がすでに来ていて彼女を待ち受けていた——カトリックの司祭で、いつも修道院を抜け出してワインとバラに囲まれた最高の部屋で、金持の、偉い人間といっしょにいるときにいちばんくつろいで見える、あの気取った、栄養失調気味の聖職者の一人。

「まったく、アン・ホプキンス、一人だけね」レディ・アイナはいった。「こんなことを考えるのは。ひとの見ているところで、神父に魂の問題を相談するなんて。あの女は昔もいまも娼婦《しょうふ》よ」

「あれが事故だったって思わないんですか？」私はいった。

「いい加減に塹壕《ざんごう》から出て来てよ、坊や。戦争はもう終ったのよ。もちろん、あれは事故なんかじゃない。彼女は悪意を持って、計画的にデヴィッドを殺したのよ。彼女は犯罪者よ。警察はそのことを知っているわ」

「じゃあどうやって罪を免れたんです？」

「一族がそれを望んだからよ。デヴィッドの一族が。事件はニューポートで起ったから、ホプキンス老人が絶大な権力を発揮してそうさせたのよ。あなた、デヴィッドの母親に会ったことある？　ヒルダ・ホプキンスに」

「去年の夏に一度、サウサンプトンで会ったことがありますよ。彼女、テニス・シューズを買っているところだった。たしか八十歳くらいだと思うけれど、そんな年齢の女性がテニス・シューズなんか買ってどうするんだろうと不思議に思いましたね。彼女……何かこう……とても年とった女神みたいに見えた」

「そのとおりの女性なのよ。だからこそアン・ホプキンスは冷酷な殺人を犯しながら罪を免れたのよ。なにしろ夫の母親がロードアイランドの女神なんだから。そのうえ聖人なんだから」

アン・ホプキンスはヴェールを持ち上げて司祭に何かささやいていた。彼は、奴隷《どれい》のように店に入ってきて、ずっとギブソンをちびちびと、栄養のいきとどいていない青い唇に運んでいた。

「でも事故の可能性もありますよ。新聞記事で判断する限りね。確か、あの夫婦はウォッチ・ヒルでのディナー・パーティから家に帰ってきたところだったんですね。それから別々の寝室に行った。最近、そこいらでよく起きている空き巣事件があそこでも起きたと考えられますよね？　彼女はいつもベッドのそばにショット・ガンを置いていた。そして突然、暗闇《くらやみ》のなかで寝室のドアが開いた。彼女はショット・ガンをつかんで空き巣だと思う相手を撃った。ところがそれが夫だった。デヴィッド・ホプキンスだった。頭のところを撃ち抜かれた」

「彼女がそういったのよ。彼女の弁護士もそう主張した。警察もそういう、新聞も、……『タイムズ』さえも。でも事実はそうじゃないのよ」。そしてアイナは、スキン・ダイバーのように深く息を吸い込むと話し始めた。「昔々、一人の派手な赤毛のはすっぱ娘がウィーリングだかローガンだか、ウェスト・ヴァージニアのどこかの町からニューヨークにやってきた。十八歳。田舎の貧乏な家で育ち、その年でもう結婚と離婚の経験がある。彼女によれば海兵隊員と結婚して一、二ヶ月暮し、彼が姿を消したときに離婚した（ここのところをよく覚えておいてよ、大事な手がかりなんだから）。彼女の名前はアン・カトラー。外見はベティ・グレイブルをいくらか意地悪にした感じ。彼女はウォルドーフ・アストリア・ホテルのボーイ長をヒモにしてコールガールを始めた。それでお金を貯《た》め、発声やダンスのレッスンを受けた。そして最後にフランキイ・コステロ（訳注　アメリカのギャング）のおかかえ弁護士の一人のお気に入りの女になった。その男は彼女をよくエル・モロッコに連れて行った。ちょうど戦争中、一九四三年のことよ。そのころエル・モロッコはいつもギャングや軍のお偉方でいっぱいだったの。そこへある晩、ふつうの若い海兵隊員が現われた。ふつうといってもそれは外見だけで、実際は、特別な人間だった。父親は東部でいちばん退屈で、そして、大金持の一人よ。デヴィッドは気だてはやさしかったし、外見もいい。しかし父親のホプキンスとほとんどそっくりのところがある——糞真面目《くそまじめ》な監督教会派《エピスコパリアン》。けちで、酒は飲まない。社交はほとんどしない。しかしその日は違った。休暇をもらった兵隊としてエル・モロッコにやってきた。女が欲しかった。少し酔ってもいた。ウィンチェルの手先の一人がそこにいた。彼はホプキンス家の息子に気がついた。そしてデヴィッドに一杯おごってやり、女の子を誰でもいいから一人世話してやるから好きな子を選べといった。あわれなデヴィッドは男のいうなりに、鼻が上を向いた、オッパイの大きな赤毛の女の子を選んだ。ウィンチェルの手先は彼女にメモを渡した。夜明けには、デヴィッドはクレオパトラの魔手にとらえられもがいていたというわけ」

「あれはまがりなりにもデヴィッドの初体験だったと思うわ。それまでどうせプレップ・スクールのルームメイトとマスタベーションをかくくらいのことしかしてなかったんでしょうから。彼は彼女に夢中になってしまった。でもそれは彼の罪ではないわ。いい大人のくせしてアン・ホプキンスに夢中になった男だっているんだから。彼女はデヴィッドを手玉にとった。彼女には大物を釣り上げたことがわかった。彼はまだ子どもだとしても。そこで彼女はそれまでの仕事を辞め、新しくサックスの下着売り場に仕事を見つけた。彼女は以前のように男たちに何かを買ってくれと頼むことをやめた。ハンドバッグより高いものをもらうのは断った。そして彼が軍隊にいるあいだ毎日手紙を書いた。赤ん坊のうぶ着みたいに心地よく無垢《むく》な手紙よ。彼女は妊娠していた。間違いなく彼の子どもよ。しかし彼女は次に彼が休暇をもらって家に帰ってくるまでそのことは何もいわなかった。彼は家に戻ってみて彼女が妊娠四ヶ月だと知った。さあ、そこからの彼女がすごいの。邪悪な力を見せるのよ。そこが危険な毒蛇とただの蛇の違いね。彼女は彼との結婚を望んでいないといったの。自分はホプキンス家で生活をする望みを持っていないからどんなことがあっても彼とは結婚したくないって。自分は生まれもよくないし、ホプキンス家の生活をうまくこなしていく能力もない、それに彼の家族も友人も絶対に自分を歓迎しないとわかっている。ただお願いがあるとすれば生まれてくる子どもの養育費をいくらか欲しい。デヴィッドは抵抗したけれど、もちろん、ほっとしもした。ただそれでも彼はこの話を父親にしに行かなければならなかった――デヴィッドは自分のお金を持っていなかったから」

「このときよ、彼女が最高に頭のいい行動をとったのは。彼女、あらかじめ予行演習をしていたのね。デヴィッドの両親についてすでにすべてを知っていた。それで彼女はいったの。『デヴィッド、ひとつだけしてほしいことがあるの。あなたの家族にお会いしたいわ。私には家族というものがなかったから。私の子どもを時々、おじいさんとおばあさんに会わせてほしいの。お二人もきっとそれを望むと思うわ』。すごく可愛くてすごく悪魔的だと思わない《セ・トレ・ジョリ、トレ・ディアボリック、ノン》？　そしてうまくいった。ホプキンス氏がだまされたというんじゃないわよ。彼はそもそも初めからこの女は身持ちの悪い女だ、こんな女には自分の金をこれっぽちも拝ませてやらないといったの。ところがヒルダ・ホプキンスが彼女を気に入ってしまった――彼女はあの目のさめるような髪と青い白痴のような目を信じてしまったのね。アンは自分は可哀《かわい》そうなマッチ売りの少女ですというイメージを彼女にうまく売り込んだ。それにデヴィッドは長男だったから彼女は早く初孫の顔が見たかった。彼女はアンが賭《か》けたとおりの行動をとってしまった。ヒルダ・ホプキンスは息子のデヴィッドにアンと結婚するように説得した。次に夫を、たとえ結婚を許さなくても少なくとも禁ずることはしないでほしいと説得した。しばらくのあいだはホプキンス夫人は賢い選択をしたように見えた。毎年孫が出来た。三人になった。女の子が二人と男の子が一人。一方アンは信じられないくらいの速さで上流階級の生き方を身につけてゆく。――まるでスピード制限を無視して突っ走っているみたいにね。私にいわせると彼女は本質をつかむのがうまいのよ。乗馬を習ってニューポートでいちばん馬好きの男まさりの女性騎手になる。フランス語を習ってフランス人の執事をやとう。エレノア・ランバートと昼食をしたり週末に屋敷に招待したりして〝ベスト・ドレス・リスト〟に載るためのキャンペーン運動をする。シスター・パリッシュとビリー・ボールドウィンから家具と織物のレクチャーを受ける。ヘンリー・ゲルドザーラーは喜んでお茶に招《よ》ばれてきて彼女に現代絵画の話をする（お茶よ！　あの田舎者のアン・カトラーが、お笑いね！）。

しかし彼女が成功したいちばんの理由は、ニューポートの名門の息子と結婚できたという事実は別にして、公爵夫人と知り合うことができたことね。アンは、いちばん賢い、貧しさからはいあがってきた人間だけがわかっていることをちゃんとわかっていた。つまり、底から表面に上がってゆきたいと思ったらいちばん確実な方法は、サメを一匹見つけて、それに、ブリモドキのようにしっかりくっつくことだということをわかっていたのね。田舎町だったら地元のフォードのディーラーの奥様に取り入るし、デトロイトだったらフォードの社長となんとかしようとするものよ。パリでもローマでも同じね。でもホプキンス一族の人間と結婚し、あの権力者のヒルダ・ホプキンスの義理の娘になったアン・ホプキンスが、そのうえなぜ公爵《こうしやく》夫人まで必要としたのかしら？　それはきっと彼女が、高い価値基準と国際的な影響力を持った人間の庇《ひ》護《ご》を受けることで自分を嘲笑《ちようしよう》するハイエナたちを黙らせたかったのね。それには公爵夫人がいちばんいいでしょ？　公爵夫人のほうも、金持の女性が侍女のようにはべっていて、いろんな支払いをしてくれ、お世辞をいってくれるのが嫌いじゃないわけだから。そういえば公爵夫人っていままで一度も勘定を払ったことがないんじゃないかしら。まあそれはこの際たいしたことではないわ。彼女は価値あるものを人に与えるのよ。同性と心から仲良くなれる、女では珍しいタイプの一人ね。彼女はアン・ホプキンスの素晴しい友だちになった。もちろん彼女がアンにうまくやられたというわけではないのよ——結局、公爵夫人のほうだってしたたかな人間だから、だまそうと思えばだませたのよね。でもともかくこの冷たい目をしたカードプレイヤーに目をかけて、本当の趣味のよさで磨きをかけ、自分のサロンに出してやれば面白いと思ったのね。そうして若きホプキンス夫人は悪名高い有名人になってゆく——公爵夫人が期待した趣味のよさは身につけずにね。たとえば彼女の二番目の女の子の父親は実はフォン・ポルタゴよ、事実じゃないかもしれないけどみんなそういっているわ。それにあの子スペイン人みたいじゃない。それはどうあれ、アン・ホプキンスはまるでグランプリに出場した車みたいにものすごいスピードで走り出してしまった」

「ある夏、彼女とデヴィッドはフェラ岬に一軒家を借りた（彼女はなんとかしてアンクル・ウィリーにとり入ろうとしていた。彼女は上流社会のブリッジを習った。でもアンクル・ウィリーは彼女に、きみは小説のモデルとしては面白い女性かもしれないけれど、ブリッジのパートナーとして信頼できるタイプではないねといった）、そしてニースからモンテカルロまで、彼女はあらゆる大人の男たちにマダム・ママレードとして知られるようになった。彼女のお気に入りのお昼は、あつあつの男のアレに最高のママレードをぬったものなのよ。本当は彼女、ストロベリイジャムの方が好きとは聞いているけど。デヴィッドが彼女のご乱行に気がついていたとは思わないけれど、みじめな気持になっていたことは間違いないわ。しばらくして彼は、本来結婚することになっていた女性に偶然会ったの——またいとこのメリー・ケンドルよ。美人ではないけれど、賢い、魅力的な女の子よ。彼女はずっと彼のことを愛していた。彼女はトミー・ベッドフォードと婚約していたけれど、デヴィッドがもしうまくアンと離婚できたら自分と結婚してくれと頼んだので婚約を破棄してしまった。デヴィッドが離婚できる可能性は確かにあったの。しかしそれには、アンが要求する、税金なしの五百万ドルが必要。デヴィッドはまだ自分で自由に出来るお金を持っていない。それで父親に相談したけれど、ホプキンス氏は断固として断るという。そしてデヴィッドに、自分は、アンはあのとおりの、男にだらしがない女だといつも忠告してきた、それなのにお前はいうことをきかなかった、その金は自分で用意しろ、といったの。自分が生きている限り、あの女には地下鉄のトークン一枚さえもやらない。そのあとデヴィッドは探偵をひとり雇った。アンがサラトガで二人のジョッキーに前と後から犯されているポラロイド写真をはじめ、彼女と離婚できる材料はもちろん、彼女を刑務所に入れることもできる材料を集めるには六ヶ月あればよかった。しかし、デヴィッドがアンといざ対決すると、彼女は笑い声をあげ、あなたのお父さんはあなたがこんなスキャンダルを法廷に持ち込むことは望まないわ、という。彼女のいうとおりよ。でも面白いのはね、この話を親子のあいだで相談したとき、ホプキンス氏がデヴィッドに、こんな状況なので、自分は、おまえがあの女房を殺して、そのあと口をつぐむことに全然反対しないといったことよ。でも結局、デヴィッドは離婚できなかった。新聞沙汰にすることもできなかった」

「そのときよ、デヴィッドの探偵にいい考えがひらめいたのは。結果的にはそれが不幸を作ってしまったんだけど。だって、その探偵がそんなことを考えつかなかったら、デヴィッドはまだ生きていられたんだから。しかし、ともかく、探偵はいい考えを見つけたのよ。彼はウェスト・ヴァージニアにあるカトラー家の農場を探し出したの――ケンタッキーだったかしら？――そして彼女の親類に話を聞いてまわったの。彼らはアンがニューヨークに行ってからあとのことはまるで知らなかった。彼女がデヴィッド・ホプキンス夫人として華々しく生まれ変ったことも知らない。彼らが知っているアンは、ビリー・ジョー・バーンズ夫人、ぼんくらの田舎者の女房だった。探偵は田舎の裁判所から結婚証明書のコピーを手に入れた。そのあとビリー・ジョー・バーンズの行方を追って、彼がサンディエゴで飛行機の整備士として働いているのを見つけた。そして彼に供述書にサインするように説得した。内容は、自分はアン・カトラーという女と結婚した。その後、離婚もしていないし、再婚もしていない、自分にわかっていることはただ沖縄から戻ってみると彼女がいなくなっていたということだけだ、しかし自分の知る限り、彼女は現在でもまだビリー・ジョー・バーンズ夫人である、というもの。彼女はバーンズ夫人だったのよ——どんなに頭のいい犯罪者にも致命的に愚かなところがあるものね。デヴィッドはこの情報を彼女につきつけていったの。『離婚にあたってもうあの莫大《ばくだい》な慰藉料《いしゃりょう》は必要ない筈《はず》だ、だってわれわれは法的には結婚していないんだからね』。まさにそのときよ、彼女が彼を殺そうと決心したのは。生まれつきの遺伝子につき動かされてのことね。彼女の身体《からだ》のなかには、消すことのできないプアホワイトの性悪女がいるのよ。たしかに彼女には、一方ではホプキンス家は彼女にとって不名誉にならない形で離婚を成立させ、かなりの額の手当ても支給してくれるだろうことはわかっていた。しかし他方では、またもしデヴィッドを殺し、うまく罪を免れたら、自分と子どもたちが彼の遺産を相続するだろうということもわかっていた。デヴィッドがメリー・ケンドルと結婚して別の家庭を持ったらそれがふいになってしまうことも」

「そこで彼女は彼のいうことに従うふりをしてデヴィッドに、もう急所を握られてしまったからいい争っても勝ち目はない、でも自分が身辺を整理するあいだの一ヶ月はこのままいっしょに暮してくれない？　といったの。彼はそれに同意した。まったく馬鹿よ。それでただちに彼女はあの空巣の話を本物らしく仕立てる準備にかかった――庭に空巣がいると騒ぎたて二度警察を呼んだ。まもなく召使いたちと隣人たちに、近辺のあちこちに空巣がでると思い込ませてしまった。そのうち現実にニニ・ウォルコットの家が押し破られた。おそらく空巣のしわざだった。でもいまでは彼女でさえアンが自分でやったに違いないといっているわ。あなた、この事件の進み具合を知っているなら、事件の夜、ホプキンス夫妻がウォルコット家のパーティに出かけたこと覚えているでしょ。〝労働者の日《レイバー・デイ》〟のディナー・ダンスに五十人くらいの客がいたわ。私もそこにいたの。夕食のとき私はデヴィッドのとなりに坐《すわ》った。彼はとてもくつろいでいたわ。顔じゅうに笑顔を浮かべていた。もうじきあの性悪女と別れて、またいとこのメリーと結婚できると思っていたからだと思うわ。でもアンのほうは、深い緑色のドレスを着て、緊張で真青に見えた。――気が違ったチンパンジーみたいに空巣や強盗のこと、夜寝るときはショット・ガンをいつもベッドのかたわらに置いていることを喋《しゃべ》りまくっていた。『タイムズ』によれば、デヴィッドとアンはウォルコット家を真夜中少し過ぎに出た。家に戻ると二人は別々の寝室に退いた。召使いたちは休日でいなかったし、子どもたちはバー・ハーバーの祖父母のところにいる。アンの話はこうよ。彼女、いまもそういっているんだけれど。すぐに眠ってしまったというの。

でも三十分ほどして寝室のドアが開く音がしたので目が覚めた。人間の影が見えた――空巣だ！　それでショット・ガンをつかむと、暗闇《くらやみ》に向けて撃った。銃身を二つとも空にした。それから明かりをつけた。そしたら、なんとおそろしいこと、デヴィッドが廊下に冷たくなって大の字に倒れていた。しかしね、警察が彼の死体を見つけたのは別の場所だったのよ。彼は、アンがいうのとは違うところで違う方法で殺されたのよ。警察は、ガラスのドアがついたシャワー室のなかで死体を見つけた、裸の。まだ水が出ている。ドアは弾丸で粉々になっていたのよ」

「それではつまり」私はいいかけた。

「つまり」――レディ・アイナがその言葉を受け継ぐ。しかし、ボーイ長が、汗だくになっているスーレ氏に監督されながら、皿からスフレ・フュルスタンバーグを取り終えるまで話を続けるのを待った。――そして、「アンの話はすべてウソだったということよ。話を作って信じ込ませようとしたことは間違いないわ。しかし実際は、二人が家に戻ってデヴィッドが服を脱いでシャワーを浴び始めたとき、銃を持って彼のあとをつけ、シャワー室のドア越しに撃ったのよ。おそらく彼女は、空巣が彼女のショット・ガンを盗んで彼を殺したのだと申し立てるつもりだったのね。でもその場合、彼女はなぜ医者に電話しなかったの？　なぜ警察に電話しなかったの？　そのかわりに彼女は自分の弁護士に電話したのよ。そう。そして弁護士が警察に電話したの。それもまず彼がバー・ハーバーにいるホプキンス夫妻に電話したあとよ」

司祭は二杯目のギブソンを飲んでいた。アン・ホプキンスは首を垂れ、まだ告白するように彼に何かささやいている。マニキュアをしていない、純金の結婚指輪の他には何の飾りもしていない青白い指で胸のところをいじっている。ロザリオの玉を数えているようだった。

「でももし警察が真実を知ってたなら」

「もちろん知っていたわよ」

「それならなぜ彼女が捕まらなかったのかがわからない。理解できない」

「さっき話したでしょ」アイナはきつい調子でいう。「彼女が捕まらなかったのはヒルダ・ホプキンスがそう望んだからよ。子どものためよ。父親を失《な》くしただけでも悲劇なのに、母親が殺人で有罪になるなんてどう説明すればいい？　ヒルダ・ホプキンスもホプキンス老人もアンが罪を免れることを望んだの。ホプキンス家はその領地内では絶大な権力を持っていて、警官を洗脳することも、人の考えを変えてしまうことも、死体をシャワー室から廊下へと移してしまうこともできるの。彼らは陪審員の評決を左右する力さえ持っているわ――その結果、一日もかからない審理でデヴィッドの死は事故だったと決定したわけ」。彼女はアン・ホプキンスとその連れのほうに目をやった。——連れの司祭はカクテルを二杯飲んだので聖職者の顔をすっかり赤くしている。もうアン・ホプキンスの訴えるような呟《つぶや》きに耳を貸すのはやめ、ケネディ夫人のほうにのぼせあがった目を向けている。いまにも興奮してメニューにサインをしてくれと彼女に頼みに行きそうな様子だ。「ヒルダの行動は普通の人間では真似《まね》できないものだわ。一分の隙《すき》もない。夫をなくした息子の妻を心やさしく、深く悲しみながら保護しているように見える彼女が、実はそうではないなんて誰にも思えないわね。彼女はディナー・パーティにはいつも決まってアンを招待する。ただどうしても不思議に思うことがひとつだけあるの、みんなも不思議に思っていることよ——二人だけになったとき、二人しかいないとき、彼女たち、いったい何を話しているのかしらね？」。アイナはサラダからビッブレタスを一枚選び出すと、それをフォークに刺して、黒い眼鏡越しにじっくりと観察した。「金持が、それもとびきりの金持が、普通の人間と違っている点が、少なくともひとつあるわ。金持は野菜をよく理解しているの。ローストビーフとか大きなステーキとかロブスターは、他の人間にも、いえ、誰にでもあつらえることができるわよね。でも、あなた、ライツマン家とかディロン家とか、あるいはバニイ家とかベイブ家とかいった特別の金持の家ではいつもどんな野菜が出るか見たことがある？　最高にきれいな野菜、それに種類もすごいの。きれいな緑色のエンドウ豆、すごく小さなにんじん、まだ生まれていないみたいな小さなトウモロコシ、ネズミの目よりも小さなライマビーン、とれたてのアスパラガス！　ライムストーン・レタス、自然のままの赤いマッシュルーム！　ズッキーニ……」。レディ・アイナはそういいながらシャンパンを味わっていた。

　マッソー夫人とクーパー夫人はまだテーブルに残ってドリップ・コーヒーを飲んでいる。「私にはわかるわ」。真夜中のテレビ番組に出てくる道化役の人気者の妻について分析をこころみていたマッソー夫人は、考えながらいう。「ジェーンは押しが強い女よ。あのすごい電話。――まったく、彼女だったら『祈りにお答え』に電話して一時間でも喋っていることができるわ。でも彼女、頭はいいわよ。反応が早いの。彼が強《し》いられる忍耐を思えば当然よね。彼女が最近話してくれたこの話、ぞくぞくしちゃうわよ。こういう話。夫のボビーがテレビ番組で一週間の休暇をもらったの――彼はとても疲れていたのでジェーンに、休暇のあいだどこにも行かず家にいたい、一週間ずっとパジャマ姿で気楽にしていたい、といったのね。それでジェーンはすっかりうれしくなって何百という雑誌や本や新しいLP、それにいろんなごちそうをメゾン・

グラスで買い込んできたの。素晴しい一週間になる筈だった。ジェーンとボビーの二人きり。眠ってセックスをして朝食にはキャヴィアつきの焼いたジャガイモを食べる。しかしたった一日で彼は蒸発してしまった。夜になっても帰ってこないし電話もない。こういうことは初めてではなかったけれど、ジェーンは気が動転してしまった。それでも警察に届けることはできない。そんなことをしたら大騒ぎになるでしょ。二日目になってもなんの連絡もない。ジェーンは四十八時間一睡もしなかった。朝の三時ごろ電話が鳴った。ボビーからよ。へべれけになっている。『ボビー、一体、あなたどこにいるのよ？』。彼はマイアミにいると答えた。彼女は、それを聞いて頭にきて、どうやってマイアミにいったのよ、という。彼は、飛行場に行って飛行機に乗ったのさと答える。なんのためにそんなところに行ったのよ、と彼女。一人になりたかったからさ、と彼。ジェーンはいう。『それで一人なの？』。ボビーって、ほら知っているでしょ、あんなやさしそうな笑顔しているけれど本当は、サディストなのよ。彼はこういったの。『いや一人じゃない。すぐ横に人が寝ているんだ。彼女がきみと話したいといっている』。そこで電話口に、おびえたような小さな、くすくす笑いのすり切れた声が登場ね。『あら本当、本当のバクスターの奥さんなのね？ ボビーのいうこと冗談だと思ったんだけど本当なのね。いまラジオでニューヨークのひどい雪のこと聞いたばかり——奥さんもこっちに来たらいいのに。こっちは三十度もあるのよ』。『悪いけれど病気で旅行なんかできないの』。すり切れた、甘ったるい声がまたジェーンを苦しめる。『あら、お気の毒ね。どこが悪いの、あなた？』。ジェーンはそこでこういったの。『性病を二つかかえているのよ。梅毒とよくある淋病《りんびょう》。どちらも偉大なるコメディアン、私の夫、ボビー・バクスターからの贈り物よ——あなたも同じものをもらいたくないのなら、そんな男と別れることをおすすめするわ』。それだけいうと彼女は電話を切ったのよ」

クーパー夫人は面白がった。非常にというわけではなかったが。むしろどう受けとめていいかわからない感じだった。「そんな場面に直面して耐えられる女っている？私だったら離婚するわ」

「もちろん、あなたならそうよね。でもあなたにあって、ジェーンにないものが二つあるわ」

「なに、それ？」

「ひとつはお金。もうひとつは安定した生活よ」

レディ・アイナはクリスタルをもうひと壜《びん》注文していた。「飲むでしょ？」彼女は、私の心配気な表情に挑戦するように聞く。「気楽にやりましょう、ジョージー。べつに私をおんぶしてって頼んでいるわけじゃないのよ。お酒を楽しみたいの。今日一日思い切りいい日にしたいの」。それで私は、彼女は何か大事なこと、本当はいいたいけれど、実際はいいたくないことをいおうとしているのだと思った。しかし、結局、彼女はそれをいわなかった。かわりにこういった。「すごくいやな話を聞きたくない？　吐き気がするような話よ？　あなたの左側を見て。ベッツィー・ホイットニーの隣りに坐っているメスブタよ」

たしかにブタみたいに太った女がいた。バハマで日焼けしてきたらしい顔はそばかすだらけで、やぶにらみの、感じの悪い目をしている。ツィードのブラジャーをつけて一年中ゴルフを楽しんでいるみたいだ。

「知事の奥さんですね」

「そう知事夫人よ」アイナはいう。そういってうなずきながら彼女は、不美人の、けだものといっていい元ニューヨーク州知事の夫人を、陰鬱《いんうつ》な顔で、軽蔑《けいべつ》を込めて見つめる。「信じてくれるかどうかわからないけど、女にもててもてズボンをはいている暇もないくらいの魅力的な男の一人なのに、レズの男役みたいにひどい女を見るたびに勃起《ぼっき》している男がいたの。シドニー・ディロンよ」。アイナはその名前を愛情と軽蔑のいりまじった声で発音した。シドニー・ディロン、巨大複合企業の経営者で大統領の顧問。ケイト・マクロードの昔の恋人。私は以前、ケイトの、『聖書』と『アクロイド殺人事件』の次にお気に入りの本、アイザック・ディネーセンの『アフリカの日々』を手にしたときのことを憶《おぼ》えている。ページのあいだから一枚のポラロイド写真が落ちた。水際《みずぎわ》のところに水着姿の男が一人立っていた。男らしい、胸毛のある均整のとれた身体をしていた。輝くような笑顔を持った屈強なユダヤ人の顔だった。彼は水泳パンツを膝《ひざ》のところまでおろして、片手を尻《しり》の上に置き、もう一方の手では大きな、おいしそうなペニスをしごいていた。写真の裏にはケイトの男の子のような字でメモが書いてあった。「シドニー。ラゴ・ディ・ガルダにて。ベニスへの旅の途中。一九六二年六月」

「ディルと私はいまでもいつもいろんなことを話すの。彼は私がカレッジを出て『ハーパース・バザー』で働いていた頃の二年間、私の恋人だった。彼がいつも絶対に人に話しちゃだめだよっていう話がひとつあるの。あそこにいる知事夫人との一件。私は悪い女だから喋っちゃうわね。シャンパンが頭のなかにのぼっていなかったらいわないんだけど」。彼女はそういってシャンパン・グラスを持ち上げ、明るい泡ごしに私を見る。「この話の核心はね、あなた、教養があり、精力的で、とても金持で、しかも、ものが大きい最高のユダヤ男が、なんでまたいつもローヒールの靴をはきラベンダーの香水をつけている馬鹿《ばか》なプロテスタントの女なんかに夢中になったかよ。しかも彼はクレオ・ディロンと結婚しているのよ。彼女は最高の美人だと思うわ。十年前のガルボにはかなわないにしても（そういえば偶然、昨夜、ガンサーの店で彼女に会ったの。さすがに年で身のこなしもどこか潤《うるお》いがなく、ごつごつした感じだった。アンコールワットのジャングルで見捨てられたお寺みたいだった。自分だけを愛して人生を送っているとあんなふうになってしまうのね。自分さえもう愛していない）「ディルはいま六十代だけど欲しい女は誰でも手に入れることができるくらい魅力的よ。それなのに彼、もう何年もあそこにいるブタを追いかけまわしていたのよ。あんないい男がどうしてブタなんかを。きっと本人でさえ、この超倒錯、その理由なんかわかってないわね。もしわかったとしても、誰にもそれを認めないと思うわ。精神分析医にもね――これはちょっとした考えだわ、ディルが分析医にかかるなんて！　あいう男は絶対に分析なんて嫌がるものよ。自分と同じ人間なんていないと思っているんだから。でも知事夫人についていえば、ディルにとって彼女がどういう人間かは簡単に説明できるわ。彼女は、彼がどんなに魅力的でお金持でもユダヤ人であるために手にできなかったもろもろのものを持っているからよ。たとえばラケットクラブ、ル・ジョッキー、ザ・リンクス、ホワイツ——こうしたところへは彼は、バックギャモンをしにテーブルに坐《すわ》りに行くこともできないの。パットすることもできないゴルフ場もあるし、どうしても子どもを入学させることのできない、エバーグレイズ、セミノール、セント・ポール、セント・マークスといった神聖な、小さなニューイングランドの学校もある。彼が認めるかどうか知らないけれど、彼がなぜ知事夫人とファックしたいかはだからなのよ。彼はあの気取ったブタを汗だくにして泣かせ、よがり声をあげさせることで復讐《ふくしゅう》をしたいのね。でも彼は距離を取っていた。あの女に関心があるなんてそぶりを見せない。そして二つの星が正しい場所に来る時を待っている。その機会は突然やってきた。ある晩、彼はカウルスのところで開かれたディナー・パーティに行ったの。クレオのほうはボストンのある結婚式に出かけていた。ディナーの席で、知事夫人は彼のとなりに坐った。彼女も一人で来ていた。知事はキャンペーンでどこかへ出かけていたの。ディルはジョークをいい、機嫌よく喋《しゃべ》った。彼女はブタみたいな目をしてほとんど無関心にそこに坐っている。それでも彼が自分の足を彼女の足にこすりつけたとき驚いた様子は見せなかった。そして彼が帰りはお送りしましょうかというと、彼女はうなずいた。そんなにうれしそうではなかったけれど、言い寄ったら受け入れてくれそうに彼には見えた」

「そのころディルとクレオはグリニッチに住んでいたの。彼らはリバーヴュー・テラスの家を売ってホテル・ピエールに仮住いの二部屋を借りた。リビングルームと寝室だけの。カウルスを出て、車のなかで彼は、ピエールに寄ってナイトキャップを飲まないかと誘ってみた。新しく買ったボナールの絵について彼女の意見を聞きたいといった。彼女は喜んで意見をいいましょうといった。まあ馬鹿にだって意見はあるわね。それに彼女の夫は近代美術館の理事じゃなかったかしら？　彼女が絵を見ているとき、彼は、飲み物は？　と聞く。彼女はブランデーにするわという。コーヒーテーブルをはさんで彼の反対側に坐り、ブランデーをなめる。二人のあいだには何も起らない。ただ突然彼女はすごくお喋りになった。サラトガの馬の市、ライフォード・ケイでドク・ホールデンとしたゴルフ。ブリッジでジョアン・ペイスンにどれだけ負けたか。子どものときからかかりつけの歯医者がどんなふうに死んだか。彼が死んでしまったあと歯の治療をどうしたらいいかわからないわ、って。ともかく彼女は二時ごろまでいろんなことをとりとめもなく喋り続けた。ディルは時計を見続けている。長い一日を過ごして疲れていたからではなく、クレオが早朝の飛行機でボストンから戻ってくるのが気が気でなかったからよ。彼女は出がけに、朝、彼がオフィスに出かける前にピエールに戻って顔を見るわ、といっていた。そこでとうとう彼は、彼女が歯の根管がどうしたと喋っているときに、彼女を黙らせた。『失礼ですが、あなたは、ファックをしたいのか、したくないのかどちらです？』。上流階級についてよくいわれることがあるでしょ。どんな馬鹿でもその階級に育つと品の良さを持つって――で、彼女は肩をすくめ、『ええ、そうね』といった――店員が客に帽子が似合うかと聞かれて答えているみたいにね。よくあるしつこいユダヤ人のあつかましさに、しょうがない負けたわといっている感じね」

「寝室で彼女は彼に灯《あか》りをつけないでと頼んだ。その点は譲らなかった。まあこの話のオチを考えれば、あながち彼女を責められないわ。彼らは暗闇《くらやみ》のなかで服を脱いだ。彼女は時間をたっぷりかける。スナップをはずし、ひもをほどき、ジッパーをおろす。その間、ほとんど何もいわない。ただ、ディロンに、ベッドがひとつしかないということは、あなたたち夫婦って同じベッドに寝るのね、といっただけ。彼はそうだという。ぼくは愛情深いし、そばに何か抱きしめることのできる柔らかいものがないと眠れないお母さんっ子ですからと。知事夫人は抱きしめるのにふさわしい女ではなかったし、キスをするのにふさわしい女でもなかった。ディロンにいわせると、彼女にキスをしていると、死んで腐りかけた鯨と〝郵便局ごっこ〟（訳注　郵便が来ているよといって異性を郵便局つまり別室に呼んでキスをする遊び）をしているみたいだったって。彼女は実際歯医者に歯を治療してもらう必要があるのよ。いくら彼が手をつくしても彼女は気分を出さない。ただ、何も感じずにそこに横になっているだけ。何人もの汗にまみれたスワヒリ人に乱暴されている宣教師みたいね。ディルは行かなかった。どこか奇妙な泥水のなかを歩いている気分よ。まわりじゅうすべりやすくてとらえどころがない。いっそ彼女のあそこをなめてみようかと思ったが——始めたとたん彼女は彼の髪を強くつかんで『だめよ、お願い、やめて！』。ディルはあきらめて身体《からだ》をずらしていう。『じゃあ、フェラチオしてくれるかい？』。彼女は答えてもくれない。そこで彼は、わかった、手でやってくれ、それでちゃらにしよう、と。しかし彼女はもう立ち上がっていた。お願いだから灯りをつけないでと頼む。家まで送ってくれなくていい、そのまま眠ってという。彼女が暗闇のなかで服を着ている音を聞きながら彼は自分でやろうとした。何か変な手ざわりがした……変だ……彼はとびあがって灯りをつけた。身体中ねばねばした変な感じがする。血がついているみたい。まさにそうなのよ。ベッドも同じ状態。シーツにはブラジルほどの大きさのしみがついている。知事夫人はハンドバッグをとりあげ、ドアをあける。ディルはいう。『いったいなんなんだこれは？　きみは何をしたんだ？』。その瞬間、彼はすべてを理解したの。彼女が説明したからではない。ドアを閉めた時の彼女の目つきでわかったのね。彼は、女の子に恥をかかされた昔のエル・モロッコの主人、カリーノのことを思い出した。彼が、青いスーツを着て、ブラウンの靴をはいた男を、シベリア僻地《へきち》のような席に案内するときと同じ目つきを、彼女はしたのよ。要するに、身の程知らずのユダヤ人をからかって罰したのね。

ジョーンジー、あなた、何も食べてないのね？」

「食欲がなくなりますよ。そんな話を聞いたら」

「初めから吐き気がするような話だっていっておいたでしょ。それにまだいちばん面白いところを話してないのよ」

「わかった。覚悟しますよ」

「いいのよ無理しなくて、ジョーンジー。気分が悪くなるんだったらやめるから」

「いちかばちか賭《か》けてみますよ」私はいった。

ケネディ夫人と妹はすでに立ち去っていた。知事夫人は店を出ようとしている。彼女のあとを追ってスーレが笑顔でお辞儀をした。マッソー夫人とクーパー夫人はまだいたが、もうお喋りはやめて黙っている。二人ともわれわれの会話に聞き耳をたてている。マッソー夫人は黄色いバラの花びらを手でいじっている。アイナが再び話し始めると彼女は指の力を強めた。「かわいそうにディルはシーツをベッドからはがし、かわりの新しいシーツがないとわかってはじめて大変なことになったと気がついたの。クレオは、ほらいつもホテルのシーツを使って、自分専用のを部屋に置いていないの。時間は朝の三時。メイドサービスを呼ぶわけにはいかない。だってこんな時間にシーツをなくしたなんて何をどう説明したらいいの？　いちばんの問題はクレオが数時間したらボストンから帰ってくることよ。彼は女遊びをたくさんしていたけれど、いつもクレオに気づかれないように気を使っていた。彼は心から彼女を愛している。それなのに彼女にこのベッドの状態を見られたらどう説明できる？　彼は冷たいシャワーを浴びて、誰か電話をしてかわりのシーツを急いで持ってきてくれる人がいないか考えようとした。もちろんすぐに思いついたのは私よ。彼は私のこと信頼していたから。ところが私はロンドン。次に思いついたのは昔からいる召使い、ウォーデル。ウォーデルはディルに対してゲイのような気持を持っていて、この二十年間まるで奴隷《どれい》のように彼につかえている。ディルが風呂《ふろ》に入るとき身体を流すことができればそれだけでうれしかったのね。しかしウォーデルは年寄りだしおまけに痛風。グリニッチにいる彼を電話で呼び出して車を飛ばして来てくれと頼むことはディルにはできない。その時、彼には突然わかったの。自分には百人もの友人がいるのに本当の友人は一人もいない、朝の三時に電話できる友人は一人もいないって。自分の会社には六千人以上の社員がいる。でもそのなかに自分のことを『ミスター・ディロン』以外の別の親しい呼び方で呼ぶ人間は一人もいない。彼はそのとき自分があわれな人間に思えてきた。そこで彼は強いスコッチを注ぎ、台所に行って洗濯石鹸《せっけん》がないか探してみた。しかしどこにもない。仕方なくゲランの石鹸〝アルプスの花〟を使ってシーツを洗うことにした。浴槽に熱湯を入れて、そのなかにまずシーツを浸す。それから何回も何回もこする。リンスをしてまたこする。あの権力者のディロンが、ひざまずいて、小川で洗濯するスペインの農民のように悪戦苦闘していたのよ」

「五時、六時、汗が滝のように流れ落ちてくる。サウナ室に閉じこめられたみたいな感じね。次の日、彼に聞いたんだけど体重をはかったら五キロも減っていたんですって。朝の光がさしこんでくる。それからようやくシーツは白く見えるところまでになった。しかしまだ濡《ぬ》れている。窓に干したらどうだろう——そんなことをしたら警察が不審に思うだけかも？　とうとう彼はシーツを台所のオーブンでかわかすことを思いついた。よくある小さな備え付けのストーブのひとつだったけれどシーツをそのなかに押し込み、二百三十度で焼くようにセットした。やがてシーツは焼きあがり、煙と湯気が出始めた——かわいそうにディルはシーツを取り出すときに手を火傷《やけど》してしまった。もう時刻は八時。時間はほとんど残っていない。湯気をたてている水びたしのシーツでベッドメイキングをし、シーツのあいだに入ってあとはお祈りをするしかない。そしてお祈りをしているうちにいびきをかきはじめてしまった。目が覚めたときはお昼。ベッドのわきのたんすの上にクレオからのメモが置いてあった。『ダーリン、とても気持よさそうに眠っているので、起こさないようにそっと着替えるだけにして、グリニッチに行きます。早く帰ってきてね』

クーパー夫人とマッソー夫人は、ここまで聞くとまわりの視線を意識しながら帰りの準備をはじめた。

クーパー夫人がいう。「今日の午後、パーク・バーネットで最高に素敵なオークションがあるわよ――ゴシックのタピストリー」

「なによそれ」マッソー夫人がいう。「ゴシック・タピストリーなんてどうするのよ?」

クーパー夫人は答える。「浜辺のピクニックに使ったら楽しいと思ったの。砂の上に広げて」

レディ・アイナはハンドバッグからダイアモンドの薄片が輝いている、ホワイト・エナメルで出来た、雪の結晶を思わせるブルガリの化粧道具入れを取り出して、パフで顔をたたき始めた。まずあご。次に鼻。次に気がつくと彼女は黒メガネのレンズをたたいている。

そこで私はいった。「何してるんです、アイナ？」

彼女はいう。「あら、いけない」。そしてメガネをはずしてナプキンで粉をふきとった。涙がひと粒、汗のように鼻の頭に流れ落ちた。――可愛《かわい》いながめではない。目もそうだった。泣き明かしたらしく、赤い筋がついている。「私、これから離婚しにメキシコに行く途中なの」

離婚したからといって彼女が不幸になると思う人はいないだろう。彼女の夫は、イングランドでいちばん退屈な男だった。それでもライバルの、たとえば二人だけ名前をあげれば、ダービー伯爵《はくしゃく》、マールボロー公爵のことを考えれば野心的で業績もあった。まあこれはアイナのいったことだが。それでも私は彼女がなぜ彼と結婚したか理解できる――彼は金持だった。実務派だった。銃の名手だった。それで狩猟クラブの会長を務めていた。一方、アイナのほうは……彼女は四十女だし、ロスチャイルド家のある人物との関係が終ったあと失意のままに離婚を繰返している。その人物は彼女のことを愛人としてしかみていず、結婚する意志はまったくなかった。そういう状態だったから、アイナがスコットランドでの狩猟から、クールバース卿《きょう》と婚約して戻ったのを知って、彼女の友人たちはほっとした。たしかにこの男はユーモアのセンスはなく、退屈で、長いこと出しっぱなしにしていたワインのように酸《す》っぱい感じだったが、結局は、結婚相手としては望ましい男だった。

「あなたが何を考えているかわかるわ」アイナは、涙を前よりも流しながらいった。「充分慰藉料《いしゃりょう》がとれるならお祝いしなくちゃいけないっていうんでしょ。たしかにクールは我慢ならない男ではないわ。それは認める。まるでよろいのスーツを着ている男と暮しているみたい。私、確かに、彼といると守られている感じがした。生まれて初めて失ってはいけない男と結婚できたって感じた。私は彼を必要としているんだって。でも、ジョーンジー、こんなことも学んだの。人の夫を取ろうとする人間が必ず現われるっていうことも。いつも、いつも必ず」。しゃっくりが次第に強くなって話を中断せざるを得なくなった。スーレ氏は遠くから隠れるようにしてこちらを見ながら唇をすぼめた。「私はたしかに気がまわらないし、なまけものよ。でも私、どうしてもあの酔払いのスコットランド人と鉄砲のたまをズドン、ズドン撃ちながら週末を過ごすことは我慢できなかったの。それで彼は一人で出かけるようになったわ。しばらくして、彼が行くところにはいつもエルダ・モリスが必ずいっしょだって気がつき始めたの。ヘブリディーズ島の雷鳥撃ち、あるいはユーゴスラヴィアでのイノシシ狩り。どこにでもよ。フランコが去年の秋、あの大きな狩猟パーティを開いたときにも彼女は彼にくっついてスペインに行ったのよ。でも私は気にしていなかった。エルダは銃はうまかったけれどおよそ女らしくない五十歳の処女だったから。私はいまだになぜクールがあんな、男に相手にしてもらえない女と関係を持ちたいのか理解できないわ」彼女は手を震わせながらシャンパン・グラスのほうに伸ばした。しかしグラスに届く前に手はまるで酔払いのように急に倒れ、テーブルの上にだらしなく広げられた。「二週間前のことよ」彼女はまた話し始めた。喋《しゃべ》り方はおそくなっている。しかしモンタナ訛《なま》りがますますはっきり出てきた。「クールと飛行機でニューヨークに向かっているところだった。私、彼がヘビのような嫌な目つきで私をじっと見ているのに気がついたの。ふだんは彼はタマゴみたいに見えるんだけど。まだ朝の九時だというのに二人で、あの胸くその悪くなるような飛行機のシャンパンを飲んでいた。ひと壜《びん》あけて、彼がまだ私のこと……殺しでもしそうな目つきで見ているのに気がついたので、私いったの。『なにをいらいらしているの、クール？』。そしたら彼、こういったのよ。『きみと離婚すれば癒《いや》されることだ』。そういうのってひどいと思わない！　飛行機に乗っているときにそんなことというなんて！——だって飛行機に乗っている限り何時間もいっしょにいなくちゃいけないんだし、逃げだすことも、大声を出すことも、叫ぶこともできないんだから。私が飛行機が嫌いって知っていてそんなことするなんて二重に嫌なやつよ。――私が薬と酒をたくさん飲んでいるのを知っているのに。そういうわけで私、いまメキシコに行くところなの」。彼女はどうにかやっと手でクリスタルのグラスをつかんだ。溜《た》め息をついた。その声は風に舞う秋の木の葉のように元気がない。「私のような女は男が必要なの。セックスのためじゃないわ。もちろん私は上手なセックスは好き。でももう充分。セックスなしでも暮していけるけど、男なしには生活できないの。私のような女は男との生活以外には興味を持てるものがないのね。生活を計画立ててゆく方法を他に知らないの。夫が嫌な男でも、綿のハートに鉄の頭の男でも、いまみたいな浮わついた、根のない生活よりはいいわ。たしかに自由は人生でいちばん大事だけれど、あまり自由なのも考えものね。でも私ももう年だから、また彼と忙しい生活をする元気はないの。狩猟の長旅。エル・モロッコやアナベルといったクラブで夜どおし、お世辞ばかりいっている連中といること。それに若くはない女友達にもうんざり。ブラック・タイ・ディナーに来てくれとか。ほんとは女なんかに興味はないのに。彼女たちが本当に興味があるのは、このアイナ・クールバースのような中年のおばさんでもいいといってくれる〝結婚相手にふさわしい〟特別な男はどこを探せばいるかしらっていうことよ。ニューヨークにはそういう男がたくさんいるみたいね。それともロンドンかしら。それともモンタナ州のビュート。

でもそういう男ってみんなゲイよ。あるいはいずれゲイになる男よ。私がマーガレット王女に、ゲイを嫌うのはよくない、だって、そうしたら年をとってから相手をしてくれる人間が誰もいなくなってしまうからっていったのはそういう意味だったの。くたびれた、若くない女に親切にしてくれるのはゲイだけよ。だから私は彼らのこと尊敬しているの。いつも。でも私としてはゲイの女友達にはなっていたくないわね。それくらいならレズの友達になりたいわ」

「誤解しないでジョーンジー。レズの趣味はまったくないの。ただ、私と同じ年齢の同性に魅力を感じることがあるっていいたいのよ。もう若くはなくて、孤独に耐えられない女、慰めと敬意を必要としている女、彼女たちを慰めてくれるのはレズの女性よ。女性どうしのささやかな暮しほど心地よく安全なものはないわ。サンタフェでアニタ・ホーンスビーンに会ったときのことよく憶《おぼ》えている。彼女のこととても羨《うらやま》しかった。いつも彼女が羨しかった。私がサラ・ローレンス大学の一年生だったとき彼女は四年生。みんなが彼女に夢中になっていたと思う。美人ではなかったし、可愛いというのでもなかったけれど、頭がよくて冷静で清潔だった。いつも地球のはじめての朝のようにさわやかだった。もし上昇志向の強いお母さんがあれほど彼女を偉くしようとしなかったら、彼女は考古学者か何かと結婚して、アナトリアあたりで古い壺《つぼ》を発掘しながら幸福な生涯を送ったと思うわ。それなのにアニタはどうしてあんな不幸な生活を送ることになったのかしら？　結婚は五回、子どもの一人は知恵遅れ。まったく無駄な人生よ。最後には何百回と神経衰弱にかかり、体重は四十キロになって、とうとう医者は彼女をサンタフェに送ったの。サンタフェってアメリカのなかのレズの都だって知っていた？　ゲイにとってのサンフランシスコが、ビリティスの娘たちにとってのサンタフェね？　男っぽいレズビアンはブーツとデニムでうろつくのが好きだからよ。そこにメガン・オメーガンという素敵な女性がいたの。アニタは彼女に出会った。運命的な出会いよ。彼女に必要だったのは赤ん坊みたいにむしゃぶりつける母親のおっぱいだったのよ。いまでは彼女とメガンは小さな山のなかの日干し煉瓦《れんが》造りのだだっ広い家に住んでいるわ。そしてアニタは……学校時代に戻ったみたいにきれいな目になっているのよ。たしかに田舎の暮しではあるわ——灌木《かんぼく》のたき火、インディアンのおまじないの人形、インディアンの敷物、二人は台所で手製のタコスや〝本物〟のマルガリータを作ろうと大騒ぎしている。でもね、そんな家が私の知っている限りいちばん楽しい家のひとつに見えるのよ。アニタは幸運よ！」

彼女は、海の波頭を粉々にするイルカのようにまっすぐに、よろめきながら立ち上がった。テーブルをもとに戻した（そのときシャンパン・グラスがひっくり返った）。

そしてハンドバッグをつかんでいった。「すぐに戻るわ」。ふらつきながらコート・バスクの化粧室のガラス張りのドアのほうに歩いていった。

司祭と夫殺しの女はまだ自分たちのテーブルでささやき合い、飲み物をすすっていたが、店内にはもう誰もいなかった。スーレ氏は部屋にひきあげていた。クロークの女の子と何人かのウェイターたちだけが残ってテーブルのナプキンをいらいらしながら叩《たた》いている。食事係はテーブルをまたきれいに整え、夜の客のために新しい花を用意している。熟して茎から落ちたバラのように贅沢《ぜいたく》な祭りのあとの倦怠《けんたい》感があたりにただよっている。店の外ではニューヨークの午後がゆっくりと終りに向かっていた。

編集者から

一九六六年一月五日、トルーマン・カポーティはランダムハウス社と『叶《かな》えられた祈り』という新しい本を出版する契約をした。印税の前払いは二万五千ドル、原稿〆切りは一九六八年一月一日という内容だった。トルーマンによれば、この小説はプルーストの『失われた時を求めて』の現代版で、ヨーロッパとアメリカ東部の大金持ち——貴族や上流社会の人間でもある——の狭い世界を描き出す筈《はず》だった。

一九六六年はトルーマンにとって素晴しい一年だった。『叶えられた祈り』の契約にサインした二週間後には『冷血』の単行本が出版され、大成功を収めた。喝采《かっさい》を浴びた。本が出たあとずっと、著者の写真がいくつもの全国誌の表紙に載った。ほとんどあらゆる新聞の日曜の書評欄でいちばん大きく紹介された。その年、『冷血』の発売部数は三十万部をはるかに超え、「ニューヨーク・タイムズ」のベストセラー・リストに三十七週間も載り続けた。（実際、『冷血』の売行きは、二冊の自己啓発書を除き、一九六六年に出版された他のすべてのノンフィクション書を上回った。現在までこの本は約二十四ヶ国で出版され、アメリカだけでも五百万部も売れている。）

この年、トルーマンはあらゆるところに同時に顔を出した。数多くインタビューを引き受け、何度もテレビのトーク・ショーに出演した。ヨットで遊び、大きな田舎の家で休暇を過ごした。そして名声と富を楽しんだ。この興奮にみちた年の頂点は、十一月にニューヨークのプラザ・ホテルで、「ワシントン・ポスト」紙の社主キャサリン・グラハムのために開いた、今日でも「黒と白の舞踏会」として記憶されているパーティである。全国紙はこのパーティを東西サミットと同じくらい大きく扱った。

トルーマンはこうした休息期間を楽しんでもいいと思っていた。友人の多くも彼はそうして当然だと思った。『冷血』の取材と執筆に彼は六年間も費やしたし、それは彼にとってトラウマとなるような体験だった。それにもかかわらず、気晴しとはいえ、彼はこの休息期間に『叶えられた祈り』について絶えず語った。しかし、そのあとの数年間、いくつかの短編や雑誌の文章は書いたが、本気で『叶えられた祈り』に取りかかることをしなかった。その結果、一九六九年の五月、最初の契約が変更され、別の三冊の本を出版すること、『叶えられた祈り』の原稿〆切りは一九七三年の一月に変った。前払いも増えた。一九七三年のなかばにはさらに一九七四年一月に延びた。六ヶ月後には、一九七七年九月に変更された。（その後、一九八〇年の春に、最後の変更があり、〆切りは一九八一年三月一日となった。前払いは百万ドルに増えたが、原稿が完成した時点での支払いという条件がつけられた。）

それでも、こうしているあいだも、トルーマンは何冊かの本を出版した。大半は一九四〇年代や五〇年代に書かれたものだったが。一九六六年に、ランダムハウス社は『クリスマスの思い出』を出版した。もともとは一九五八年に書かれたものだった。一九六八年には『感謝祭のお客』。これは一九六七年にある雑誌に発表された短編だった。一九六九年には、『遠い声　遠い部屋』の二十周年記念版が、新しく書かれた優美な序文付きで出版された。一九四八年に文学界を驚かせた彼の最初の長編小説である。一九七三年にはエッセー集『犬は吠《ほ》える』。これも三つの作品以外は何年も前に書かれたものだった。一九八〇年の『カメレオンのための音楽』だけが、小説とノンフィクションともに新しく書かれたものだが、批評家だけでなく友人たちも、これは初期の作品に及ばないと感じた。

このころのことはトルーマン自身の言葉で語らせよう。『カメレオンのための音楽』の序文で彼はこう書いている。

「私は一九六八年から一九七二年の約四年間を、一九四三年から一九六五年にわたる自分の手紙や他人からもらった手紙、日記、日誌（そこには何百もの場面や会話が含まれている）を読み、整理し、書き直し、索引をつけることに没頭した。長年考えていたある本に、これらの素材を使おうと考えたのだ。その本は、ノンフィクション・ノベルの一種だった。本の名前は『叶えられた祈り』にしていた。聖テレサの〈叶えられなかった祈りより、叶えられた祈りのうえにより多くの涙が流される〉という言葉[注①]から取られている。一九七二年に、私は最後の章を最初に書くことからこの本に取りかかった（この方法は、先がわかっているからどんな本の場合にも好都合だ）。次に第一章『まだ汚れていない怪獣』。次いで第五章の『脳に受けた重度の損傷』、第七章の『ラ・コート・バスク』。この方法で、それぞれの章を関連なく書いていった。こんなことが出来たのは、ただそこで書かれている話——ひとつというよりいくつかの——が事実であり、登場人物もすべて実在していたからだ。私が作ったものは何ひとつないから、内容をすべて頭に入れておくのは難しいことではなかった」

一九七四年から七五年にかけての数ヶ月間ののち、トルーマンはついに私に『叶えられた祈り』の四つの章の原稿を見せてくれた――「モハーベ砂漠」[注②]「ラ・コート・バスク」「まだ汚れていない怪獣」「ケイト・マクロード」である。そしてこれを「エスクァイア」誌に発表するつもりだといった。私は、本の大半をあまりに早く見せてしまうことになると思い、彼の考えに反対し、そういった。しかしトルーマンは、自分は広報のプロだと考えていたので、考えを変えなかった。(もし、彼の親友で心から信頼されていたベネット・サーフ――一九七一年に亡《な》くなっていた――が生きていたら、二人で一緒に反対し、トルーマンを思いとどまらせることが出来たかもしれない。しかし、これも疑わしい。トルーマンは自分のすることに自信を持っていたのだから。)

やがて明らかになることだが、やはり、彼の自信は間違いだった。「モハーベ砂漠」がまず最初に「エスクァイア」に発表されたが、このときは少し話題になった程度だった。だが次の「ラ・コート・バスク」は大問題になり、トルーマンが描こうとしたあの小さな世界を揺がせた。実際、あの世界にいた彼のほとんどの友人は、モデルがすぐに誰かわかるやりかたで書いて秘密をもらしたとして彼を追放した。誰も二度と口をきかなくなった。

トルーマンは挑戦的に、こんな騒ぎにはびくともしないと語った(「連中は私に何を期待していたんだ？」。彼の言葉を引用するとこうなる。「私は作家だ。あらゆる素材を使う。連中は、私のことを道化だとでも思っていたのか？」）。しかし、彼らの反発にトルーマンが動揺したことは疑いえない。私は、トルーマンが一九七六年に「まだ汚れていない怪獣」と「ケイト・マクロード」を「エスクァイア」に発表したあと『叶えられた祈り』の仕事を明らかにやめた、少なくとも一時的に中断した理由のひとつは、彼らの厳しい反発にあったと思う。

最初の一九六〇年から七七年まで、トルーマンと私は、オフィスの中や外で頻繁に会った。彼が『冷血』に取りかかっていたころは一緒に二度カンザスに出かけたし、一度はサンタフェで一緒に一週間を過ごした。冬のあいだ、三度か四度、パーム・スプリングスに彼を訪ねたこともある。彼はその町に数年間、家を持っていた。サガポナックというロングアイランドの海に近い農村には、彼の家があり、偶然の一致だったが、そこに私も家を借りていた。

この時期の私は、編集者としてトルーマンとは何も仕事をしていなかった（例えば、『冷血』が一九六五年の十月と十一月に「ニューヨーカー」誌に最初に四回にわたって分割掲載されたとき編集に関わったのはショーン氏と他の編集者だった）。しかし、われわれの関係は非常に価値あるものだった。一九七五年のある午後、トルーマンが読むようにといって「まだ汚れていない怪獣」の原稿を手渡してくれたことは楽しい思い出である。私はひと晩で読んだ。事実の小さな間違いがある以外は、完璧《かんぺき》に近い作品だった。翌朝、彼は私の感想を聞こうと電話をしてきた。私は興奮していたが、粗さがしをするようなことをいってしまった。作中のミス・ヴィクトリア・セルフが登場したあと、半ページほどの会話で使ったひとつの単語のことだった。「ああいう女性はあんな言葉は使いませんよ」と私はトルーマンにいった。「彼女が使うとしたら——」(代わりにどんな言葉を持ちだしたのか、いまとなっては覚えていない)。トルーマンは機嫌よく笑った。「実は昨日の夜、あの章をもう一度、読んでみたんだ」彼はいった。「書き直したいところが一ヶ所だけあった。それを知らせようと思って電話したんだが、その箇所はまさにいまきみが指摘したところさ」。作家と編集者という特殊な関係のなかで、両方が祝福しあう時というのはめったにない。自己満足というのではない。むしろ、お互いに相手の言葉で幸福になったのだ。

ここで再び『カメレオンのための音楽』の序文から数行先きの部分を引用しよう。

「……私は一九七七年九月に『叶えられた祈り』を中断した。この本の何章かを雑誌に発表したときの世間の反発とは関係ない。中止したのは私が混乱の極にあったからだ。創造上の危機と私生活の危機の両方に苦しんでいた。といっても後者は前者とはまったく、あるいはほとんど関係ない。ここでいいたいのはただ、私が創造上の混乱におちいっていたということだ。

これはつらいことではあったが、作家としてはこの混乱があってよかったと思う。その結果、書くことについての私の考え方すべて、芸術と人生と両者のバランスに対する態度、事実と本当の事実との違いについての理解が変わった。

まず、多くの作家は、最良の作家でさえ書き込み過ぎだと思う。私はむしろ簡潔に書くことを好む。田舎の川の流れのように簡潔で平明であること。しかし、私は自分の書くものがどんどん複雑になってきていると感じた。たったひとつのパラグラフで書くべきところを三ページも費やしている。『叶えられた祈り』の文章を何度も読み直すうちに、私は疑問を持つようになった。題材や方法にではない。文章が織りなす出来具合いにだ。『冷血』を読み直して同じ感想を持った。本気で書いていないところがいくつもある。力のすべてを注ぎこんでいないところもある。ゆっくりと、しかし、せきたてられる気持で、私はこれまでに発表したあらゆる言葉を読んだ。そして作家生活のなかでただの一度も、私は自分のすべてのエネルギーと、題材が持っている美的興奮をいかし切っていないという結論に達した。出来のいい場合でも、自分の力の半分以上、あるいは三分の一すらも使って書いていないのだ。なぜなのか？何ヶ月もの間、考え抜いたあと見えてきたこの答えは、簡潔だが、満足のいくものではなかった。確かに、私の憂鬱《ゆううつ》な気分を少なくしてくれるものではなく、さらに強くした。なぜならこの答えは、明らかに解決不可能な問題につながってゆき、もしその問題が片づかなければ、私としてはもう書くのをやめたほうがいいからだ。この問題とはつまり、作家は、どうやってうまく、ひとつの形式――たとえば短編――のなかに、知っている限りの他の形式を組み込むことができるか、である。私の作品がしばしば充分に輝きを持ち得なかったのは、この組み込みに失敗したからである。たしかに気迫はあるのだが、そのとき取り組んでいる形式の技巧ばかりにとらわれ、せっかく知っている他の形式――映画の脚本、戯曲、ルポルタージュ、詩、短編、中編、長編から学んだすべて――を使いこなしていないからだ。作家は、自分のすべての色、同じパレットの上で混ぜ合わせることのできるすべての能力を持つべきなのだ（そして、いくつもの能力をここという場所で同時に使いこなさなければならない）。しかし、どうやって？

私は『叶えられた祈り』に戻った。ひとつの章[注③]を削り、二つの章[注④]を書き直した。それでよくなった。明らかによくなった。しかし、本当のところ、基本に戻らなければならなかった。そしてまた——冷酷な賭《か》けを始めることになった。しかし、私は興奮していた。見えない太陽が私の上で輝いているのを感じた。それでもまだ、最初の実験はぎこちないものだった。自分がクレヨンの箱を持った子どものように感じた」

不幸にして、ここに引用した『カメレオンのための音楽』のふたつの文章でトルーマンが書いているいくつかのことは、まともには受け取ることが出来ない。たとえば、トルーマンの死後、その持物を、彼の弁護士で遺言執行人のアラン・シュウォーツ、伝記作家のジェラルド・クラーク、そして私が徹底的に調べたが、彼がいっている日記も日誌もほとんどひとつも見つからなかった[注⑤]（これはとくに彼がウソをついていたことになりかねなかった。というのも、トルーマンはなんでも貯《た》めこむネズミと同じで、どんなものでも取っておき、そういう手紙や日記を捨てる筈がないからだ）。さらに「脳に受けた重度の損傷」という原稿も存在しなかった。彼が最初に書いたといっている最後の章の原稿もなかった。（その章は「フラナガン神父のオールナイト・ニガー・クイーン・コーシャー・カフェ」というタイトルだった。彼が、われわれの会話でよくいっていた他の章のタイトルは「ヨットその他」、それに「そしてオードリー・ワイルダーは歌った」だった。後者はハリウッドについてのものだった。）

一九七六年ころから、トルーマンと私の関係はゆっくりと悪化していった。私の勘では悪化が始まったのは、彼が、「エスクァイア」に原稿を先に発表する件で、私の意見のほうが正しかったと気づいたころからだと思う。もちろん私はこのことで彼を責めたりはしなかった。彼はまた、自分の書く力が衰えていることに気づき、私がいつか厳しい判断を下すことを怖《おそ》れていたのかもしれない。さらに、『叶《かな》えられた祈り』が進まないことに罪悪感とパニックを感じていたに違いない。晩年の数年間、彼は、私や仕事上の他の親友たちばかりでなく、社会全体さえ小馬鹿《こばか》にすることに熱心なようだった。少なくとも二度、インタビューに答えて、本はすでに完成した、原稿はランダムハウスに渡してあって半年後には出版されると明言した。その直後、社の広報部と私のところには問合せの電話が殺到した。それに対してわれわれは、原稿をまだ見ていないと答えるしかなかった。明らかにトルーマンはやぶれかぶれになっていたに違いない。

われわれの関係が腐食していった原因はもうひとつある。一九七七年以降、トルーマンがアルコールとドラッグに頼ることが増えてきたことだ。いまになって思うと、私は彼の苦しみに同情すべきだったと思う。しかし、そうせずに私は彼の欠点ばかり見てしまった。才能の浪費、自己欺瞞《ぎまん》、終りのない無駄な遊び、夜中の一時にかかってくるわけのわからない電話――とりわけ、十六年間にわたって付き合ってきた、あの陽気で、ウィットに富み、いたずら好きな友人がどこかへ消えてしまったことに目がいってしまい、そのことを自分勝手に嘆くばかりで、彼の強まっていく苦しみに気がつかなかった。

『叶えられた祈り』の消えた原稿については三つの説がある。最初の説は、原稿は完成したが、どこかの隠し金庫にあり、昔の恋人が悪意からか金のためかそれを奪った、あるいは――もっとも最近の噂《うわさ》では、トルーマンがロサンゼルスのグレイハウンドのバス停留所にあるロッカーに入れたという説さえある。しかし、時がたつにつれこの説は信憑《しんぴょう》性を失ないつつあるようだ。

二番目の説は、一九七六年に「ケイト・マクロード」を公《おおや》けにしたあとトルーマンは一行も書いていない、というもの。おそらくひとつには、彼が公的に――そして私的に――発表された文章に対する反発に参ってしまったから、またひとつには、このまま書いても当初考えていたようなプルーストの作品のようにはならないと自分でもわかったから。この説は少なくともひとつの理由で、信じるに足るものがある。つまり、三十年以上にわたってトルーマンのもっとも親しい友人で共同生活者だった作家のジャック・ダンフィーがこの説を信じている。とはいえトルーマンはジャックと自分の仕事について話すことはめったになかったし、晩年は一緒に暮すより離れていることのほうが多かった。

三番目の説は、ためらいつつも同意するのだが、トルーマンはなんとか、自分が語ったいくつかの章は実際に書きあげた(おそらく「脳に受けた重度の損傷」と「フラナガン神父のオール・ナイト・ニガー・クイーン・コーシャー・カフェ」)、しかし、一九八〇年代のどこかの時点で意識的にそれを捨てたというもの。この説が有力なのは、少なくともトルーマンの四人の友人が本書の三つの章に加え、他に一章ないしは二章を読んだ(あるいは著者自身によって大きな声で読んでもらった)と主張しているからである。確かに彼は私にも何度も、本書以外の原稿が存在すると強く語った。最後の六年間、そのころはドラッグかアルコールのせいで、あるいはその両方のせいで、彼の話はしばしば一貫性を欠いたが、昼食をとりながら私に、四つの失なわれた章について語った。それも会話のひとつひとつまで細部にわたっている。しかも、数ヶ月とか数年とか間があいても、その細部が違うことはなかった。私とのやりとりはいつも同じだった。私がその問題の章を見たいというと、彼は翌日あたりには送ると約束する。そして約束の日の終りになって電話すると、トルーマンはいまタイプを打ち直しているから月曜日に送るという。月曜日の午後、電話をしても答えはない。彼は一週間かそれ以上、姿を消してしまう。

私がこの説を信じるのは、自分の騙《だま》されやすい性格を認めたくないからというより、トルーマンがこれらの章の描写を自信を持って語っていたからだ。もちろん、こうした文章は彼の頭のなかにしか存在していなかったということはありうる。しかし彼がどこかの時点でそれを文字にしなかったとは信じ難い。彼は自分の仕事に強い誇りを持っていた。しかし、また、普通の人間以上に自分の仕事を客観的に見ることが出来た。だから、どこかの時点で彼は本書の三つの章以外の章を、どんなものであれ、その痕跡《こんせき》もなく捨ててしまったのではないかと思う。

真実を知る人間が一人だけいる。その人間は亡くなってしまった。神のご加護を。

ジョセフ・M・フォックス

〈注〉

①　これは間違い。おそらくはランダムハウス側にも責任がある。実際はこの言葉はアヴィラの聖テレサのもの。

②　はじめ「モハーベ砂漠」は『叶《かな》えられた祈り』の第二章になる予定だった。表面上、主人公のP・B・ジョーンズ（作者カポーティの一種の暗い分身）が書こうとしている短編という形をとる筈《はず》だった。しかし何年かたってトルーマンは、この章をはずすことに決めた。その結果『カメレオンのための音楽』に短編として収録された。

③　「モハーベ砂漠」のこと。

④　本書の三つの章の「エスクァイア」版についてだけ原稿が見つかっている。

⑤　発見されたものは——八つの大きな箱に入るほどの分量がある——一九八四年と八五年に、ジェラルド・クラークと編集者によってページごとに調べられ、ざっと分類された。内容は、いくつかの短編と長編の自筆によるオリジナル原稿、最初のタイプ原稿、二校三校。著者の直しが入った『冷血』の「ニューヨーカー」のゲラ。何枚かの写真、多くの新聞の切抜き、『冷血』の登場人物への取材ノート、彼の記事や文章が載った雑誌のコピーやゲラ（「エスクァイア」「レッドブック」「マドモアゼル」「マッコールズ」）、半ダースほ

どの手紙――それと『叶えられた祈り』に関する数ページの初期のノート。一九八五年に、これらのものはすべてカポーティの遺産管理人によってニューヨーク市立図書館に寄贈された。今日、四十二丁目の中央調査図書館の希覯本《きこうぼん》・原稿部門で閲覧することが出来る。

文庫版訳者あとがき

本書『叶《かな》えられた祈り』は、一九八四年の八月、六十歳直前で死去したトルーマン・カポーティの遺作である。その急逝によってついに未完のままで終った。晩年——という言葉を使うには若い死だが——のカポーティは、この小説にかかりきりになっていた。取り憑《つ》かれていたといっていい。かつてマルセル・プルーストが『失われた時を求めて』で、二十世紀初頭、いわゆるベルエポックのフランスの貴族社会を描いたように、カポーティは現代アメリカの上流階級、リッチ・アンド・フェイマスの虚栄にみちた生活を描きたいという壮大な構想を持っていた。アメリカ文学には、社会全体を描いた小説が少ない。カポーティには、それをはじめてやってのけるという自信もあった。

しかし、意欲が大きければ大きいほど、現実の執筆は困難をきわめた。『風と共に去りぬ』以来の事件〟といわれた『冷血』の成功（売行きの点でも、質の点でも）があまりに大きかったために、その反動がきた。成功の甘い香りをカポーティは楽しみ過ぎた。作家というより、テレビ番組や雑誌の表紙に出るセレブリティ（有名人）になってしまい、本来の作家活動に専念出来なくなった。ドラッグとアルコールに依存するようになった。『冷血』で死刑囚、とりわけ、ペリー・スミスと深く関わったことからくる喪失感も深かったに違いない。

書いては直し、一部を発表しては中断し、原稿はいっこうに進まなかった。その間《かん》、ノーマン・メイラーやゴア・ヴィダルとケンカをしたり、女性作家ジャクリーヌ・スーザンをテレビで酷評したりとゴシップの中心人物になっていった。

自分はいま傑作を書いているという自負と、もしかしたらもういいものは書けないのではないかという不安。不安と恍惚《こうこつ》が十年以上も続いていた。

当時カポーティは、さまざまなインタビューで「いま『叶えられた祈り』という小説に取り組んでいる。これは私の最高傑作になるだろう」と自信にみちて語っている。『犬は吠《ほ》える』（小田島雄志訳、早川書房、77年）に収められた「自画像」というエッセー（一九七二年）のなかで、「自分はいま『叶えられた祈り』という『野心的な長編小説』に取りかかっていて、これはいままで書いたものを全部集めた長さの三倍にはなる」「この一年ばかりのあいだ、私はそれを完成させなければというひじょうな重圧を受けていた」と書いている。

あるいは『カメレオンのための音楽』（野坂昭如《のさかあきゆき》訳、早川書房、83年）のなかでも、いま『叶えられた祈り』を進行中であり、なんとか完成させたいと書いている。カポーティが『叶えられた祈り』を五十代の代表作にしたいと思っていたことは、こうした発言から明らかである。しかし、意図が大きければ大きいほど、実際の執筆はいっこうに進まなかった。仕事がはかどらないからかえってカポーティは、いま傑作を書いていると自己宣伝を繰返さざるを得なかった。それがまた「傑作を書かなければならない」という重圧になった。自分で自分をジレンマに追いこんでいったといっていいだろう。

ライバルのノーマン・メイラーやゴア・ヴィダルは「例によってカポーティ流のブラフで、ほんとうはそんな小説を書いていないのではないか」と冷ややかに批判するようになった。実際、本書の最後に付した「編集者から」でジョセフ・M・フォックスが書いているように、担当編集者ですら、カポーティは本当に原稿を書いているのかと疑いを持ったほどだった。

焦《あせ》りがあったからだろうか、七〇年代のなかばになって、カポーティは単行本の編集者フォックスの反対を押し切ってすでに書きあげていた『叶えられた祈り』の四章ぶんを「エスクァイア」に連続的に発表した。「モハーベ砂漠」（七五年六月）、「ラ・

コート・バスク、一九六五」(同年十一月)、「まだ汚れていない怪獣」(七六年五月)、「ケイト・マクロード」(同年十二月)の四篇である。

このうち「ラ・コート・バスク」が発表されるや、カポーティは上流階級の〝友人〟たちから集中砲火を浴びた。彼らのゴシップを面白おかしく書いてしまったから。それは彼らにとっては、飼い犬に手をかまれるような行為だった。せっかく自分たちの〝宮廷〟に入れてやったのに、この道化者はなんと不遜《ふそん》なことをしたのだ。リッチ・アンド・フェイマスたちはカポーティに激怒し、自分たちの世界への出入りを禁止した。カポーティは一気に〝友人〟を失なった。

この打撃が大きかったと思う。おそらくカポーティは、自分は作家だから何を書いてもいいと特権意識を持っていたのだろう。しかし、上流階級の人間から見れば、カポーティはいくら才能のある作家とはいえ、しょせんは、南部の田舎町からニューヨークという大都会に出て来た成り上がり者である。それが、せっかく仲間に入れてやったのに、自分たちの秘密をばらすようなことをするとは。

彼らの怒りは、カポーティの予想をはるかに超えていた。カポーティの判断に甘さがあったことは否定しえない。アメリカの上流階級の人間から見れば、カポーティなどただの「面白い道化」でしかなかったのに、カポーティのほうは自分は大作家だという自負があった。そのズレが不幸のはじまりだった。〝友人〟たちを失なったカポーティは、いよいよ『叶えられた祈り』を書き続けることが出来なくなった。傑作を書かなければならないという重圧に加え、あらたに多くの〝友人〟の信頼を失なったという深刻な事態に苦しまなければならなくなった。自《じ》業《ごう》自得とはいえ、カポーティにとっては痛恨の挫折《ざせつ》だった。そして「野心的な長編小説」をついに完成することが出来ずに、カリフォルニアで客死した。三十年以上、生活を共にした、やはりゲイの作家であるジャック・ダンフィーは「成功が彼を駄目にした。成功したために、彼は自分が誰なのか、何をしたのか、自分の才能がどこにあるのかを見失なってしまった」と語っているが、『冷血』のあまりに異例な成功が、カポーティを破滅に追いやったのだろうか。

そう考えていくと、『叶えられた祈り』は、ついに叶えられなかった天才の痛ましい、傷だらけの挫折の書といえる。白鳥は死の直前に、歌うような声を出すという。しかし、カポーティは、あれだけの才能を持ちながら、ついに白鳥の歌を歌うことが出来ずに、五十九歳の若さで逝《い》ってしまった。

本書は「まだ汚れていない怪獣」「ケイト・マクロード」「ラ・コート・バスク」の

三章から成る。前の二章は、P・B・ジョーンズという主人公の語る話になっていて連続性があるが、三つめの「ラ・コート・バスク」は、まったく独立した話になっている。未完であるために両者がどう関連しあっていくのかは、想像するしかない。

「まだ汚れていない怪獣」の主人公P・B・ジョーンズは、作家修業中のゲイである。年齢は三十代のなかば。現在——一九七〇年代の初め、マンハッタンのYMCAに宿泊しながら、「叶えられた祈り」という出版のあてのない小説を書いている。

彼は孤児として生まれた。孤児院で育てられ、十代でそこを飛び出し、放浪の旅に出た。以後、マッサージ師となってマイアミで働く。ニューヨークに出て、作家を志す。文学サロンに出入りし、ある女性作家のひきで短編集を出すが、さして話題にもならず、傷心のまま、ヨーロッパ、アフリカを放浪する。

この主人公P・B・ジョーンズには、年齢が十歳以上若く設定されているが、カポーティの自画像が反映されている。孤児という設定（カポーティには両親がいたが、ほとんどその愛情を知らずに育った）、南部からニューヨークに出て来た若者、パリやベニスやタンジールでの生活、なによりもゲイ。P・B・ジョーンズとカポーティには共通点が多い。編集者のフォックスが指摘しているように、P・B・ジョーンズはカポーティの「分身」といっていい。

そしてこの「分身」は、ピカレスク・ロマンの主人公のように、才たけた悪党である。平気でウソをつくし、相手の信頼も平気で裏切る。金に困って男娼《だんしょう》になる。世間の常識から見れば、最低の男である。そこが面白い。カポーティは、汚れ切った男という最底辺からアメリカの上流社会を描こうとしたのである。このP・B・ジョーンズと、華やかなリッチ・アンド・フェイマスは、実は同じ種族の人間ではないのか。シェイクスピアふうにいえば「きれいはきたない、きたないはきれい」である。カポーティは、ニューヨークやパリの虚栄の市ぶりを、P・B・ジョーンズという最底辺の人間を通して描き出そうとした。そこにカポーティの壮大な意志を見ることが出来る。

『叶えられた祈り』はカポーティ自身の言葉を借りれば「ノンフィクション・ノヴェルのヴァリエーション」である。一九四三年から六五年ころまで(十代後半から四十代まで)の日記や手紙、さらに自分について書かれたさまざまな記事を素材にしている。カポーティの文学的自伝、青春回想録にもなっている。

問題は、「ノンフィクション・ノヴェルのヴァリエーション」というところで、カポーティはこの小説のなかで実在人物を実名で登場させている。ドロシー・パーカー、モンゴメリー・クリフト、タルーラ・バンクヘッド、コレット、アリス・B・トクラス、バーバラ・ハットンらがそうである。魅力的な美しい女性ケイト・マクロードは、ジェラルド・クラーク『カポーティ』（中野圭二訳、文藝春秋、99年）によると、一九二〇年代から四〇年にかけて、社交界で話題になったモナ・ウィリアムズという女性をイメージしているという。

また、実在の人物をモデルにして、名前だけを変えてある人間もいるし、いく人かの実在人物を混ぜて作った〝事実に基づいた架空人物〟もいる。若き日のP・B・ジョーンズの師となる編集者ターナー・ボートライトのモデルは、カポーティの初期の傑作短編「ミリアム」を「マドモアゼル」誌に載せた編集者ジョージ・デイヴィスであるし、男娼となったP・B・ジョーンズをホテルに呼ぶ劇作家ウォーレスは明らかにテネシー・ウィリアムズをモデルにしている。

モデルという点でいちばん問題になったのが、前述したように第三章の「ラ・コート・バスク」である。『叶えられた祈り』を書き始めたころ、カポーティは、アメリカの上流社会の女性たちと親しく付き合っていた。たとえばケネディ夫人ジャクリーンの妹であるリー・ラジウィル、CBSの創立者ウィリアム・ペイリーの夫人バーバラ・ペイリー、ブロードウェイの演出家ノーランド・ヘイワードの夫人スリム・キース（以前、映画監督ハワード・ホークスと結婚していた）、ウォルター・マッソー夫人のキャロル（以前、作家のウィリアム・サローヤンと結婚していた）、大富豪の娘グロリア・ヴァンダービルトらである。

「ラ・コート・バスク」でカポーティは、彼女たちを実名で、あるいは仮名で登場させその内輪話を書いてしまった。いわばこれはゴシップ小説である。だから「エスクァイア」誌に発表されたとき、彼女たちはカポーティの背信行為に激怒した。

噂話《うわさばなし》好きなレディ・クールバースのモデルにされたスリム・キース、自分たちのお喋《しゃべ》りを暴露されたキャロル・マッソー。なかでもこの章のなかの、もっとも愉快なアバンチュールの主人公シドニー・ディロンはCBSの会長ウィリアム・ペイリーがモデルだったため、夫人のバーバラは激怒した。それまで社交界の花形として、〝成り上がり〟のカポーティのパトロネスの役割を果していた彼女にとっては「ラ・コート・バスク」は、恩を仇《あだ》で返された作品でしかなかった。

さらにこの章で強烈な印象を残す〝夫殺し〟のアン・ホプキンスのモデルになったアン・ウッドワード（彼女の〝夫殺し〟は一九五五年、社交界で大スキャンダルとなった）が、「ラ・コート・バスク」が「エスクァイア」に発表されたあと自殺するという事件まで起きた。

こうしたことからカポーティは、それまで付合っていた、社交界という神殿の女神たちの総スカンを食ってしまった。そうしたバックグラウンドを知ったうえで「ラ・コート・バスク」を読めば、これは現代の最高のゴシップ小説（同時にそれは、アメリカ文学の伝統であるホラ話《トール・トーク》の魅力とも重なり合う）と考えることが出来る。

カポーティは、自分の作家的人生を四つの時期にわけて考えていた。第一期は、処女長編『遠い声 遠い部屋』で作家として認められるまで。第二期は、『ティファニーで朝食を』で人気作家になるまで。第三期は、ノンフィクション・ノヴェルというニュージャーナリズムの先駆的役割を果すことにもなった画期的な傑作『冷血』で大成功をおさめるまで。

そしてカポーティ自身が考えていた第四期が、『叶えられた祈り』を完成させ、作家として円熟期を迎えることだった。しかし、カポーティにはついにこれが叶えられなかった。そこに天才作家の悲劇を見ることが出来る。

アメリカ文学の本質は、イノセンスとその喪失のドラマにあると思う。カポーティの作家としての歩みが、まさに無垢《むく》とその喪失にあった。若いころあれほど、無垢な少年や少女たちを描いていた作家が、ついに最後、『叶えられた祈り』で汚れ切った男P・B・ジョーンズを物語の中心にすえる。この小説が未完に終ったひとつの理由は、無垢から汚れへと、あまりに遠くまで来てしまったことにカポーティ自身が深く傷ついていたからかもしれない。その意味で、冒頭、八歳の無垢な少女の拙《つたな》い作文から始まっているのが痛ましいほど心に残る。

表題のもとになった聖テレサの言葉「叶《かな》えられなかった祈りより、叶えられた祈りのうえにより多くの涙が流される」の意味は正直、正確にはよく分らないのだが、普通、祈りは叶えられるとうれしいのに、叶えられたことでかえって苦しい、悲しい思いをすることがある、といった意味と考えられる。

カポーティは『冷血』を書くにあたって苦しみ抜いた。完成することを祈り続けた。ようやく祈りが叶えられ、完成した。しかし、書き上げてみると、死刑となったペリー・スミスのことがより強く思い出され、新たな苦しみとなった。聖テレサの言葉は、まさに『冷血』を書き上げたあとのカポーティの苦しみをあらわしていると思う。

（二〇〇六年六月）

この作品は一九九九年十二月新潮社より刊行された。

村上春樹訳
カポーティ
ティファニーで朝食を
気まぐれで可憐なヒロイン、ホリーが再び世界を魅了する。カポーティ永遠の名作がみずみずしい新訳を得て新世紀に踏み出す。

河野一郎訳
カポーティ
遠い声 遠い部屋
傷つきやすい豊かな感受性をもった少年が、自我を見い出すまでの精神的成長の途上でたどる、さまざまな心の葛藤を描いた処女長編。

大澤薫訳
カポーティ
草の竪琴
幼な児のような老嬢ドリーの家出をめぐる、ファンタスティックでユーモラスな事件の渦中で成長してゆく少年コリンの内面を描く。

川本三郎訳
カポーティ
夜の樹
旅行中に不気味な夫婦と出会った女子大生。人間の孤独や不安を鮮かに捉えた表題作など、お洒落で哀しいショート・ストーリー9編。

佐々田雅子訳
カポーティ
冷血
カンザスの片田舎で起きた一家四人惨殺事件。事件発生から犯人の処刑までを綿密に再現した衝撃のノンフィクション・ノヴェル！

野崎孝訳
フィッツジェラルド
グレート・ギャツビー
豪奢な邸宅、週末ごとの盛大なパーティ……絢爛たる栄光に包まれながら、失われた愛を求めてひたむきに生きた謎の男の悲劇的生涯。

叶《かな》えられた祈《いの》り

新潮文庫　　カ－3－7

Published 2006 in Japan
by Shinchosha Company

平成十八年八月一日発行
令和七年二月五日三刷

訳者　川《かわ》本《もと》三《さぶ》郎《ろう》
発行者　佐藤隆信
発行所　株式会社新潮社
郵便番号　一六二―八七一一
東京都新宿区矢来町七一
電話　編集部(〇三)三二六六―五四四〇
読者係(〇三)三二六六―五一一一
https://www.shinchosha.co.jp

価格はカバーに表示してあります。

乱丁・落丁本は、ご面倒ですが小社読者係宛ご送付ください。送料小社負担にてお取替えいたします。

印刷・株式会社精興社　製本・加藤製本株式会社

ISBN978-4-10-209507-2 C0197